CARNAVAL NOIR

DU MÊME AUTEUR

Mon cher Jean... De la cigale à la fracture sociale, essai, Zoé, 1997.
Le mystère Machiavel, essai, Zoé, 1999.
Nietzsche ou l'insaisissable consolation, essai, Zoé, 2000.
La chambre de Vincent, récit, Zoé, 2002.
Victoria-Hall, roman (prix du Premier Roman de Sablet 2004), Pauvert, 2004 ; Babel n° 726.
Dernière lettre à Théo, roman, Actes Sud, 2005.
L'imprévisible, roman (prix des Auditeurs de la Radio suisse romande 2007 ; prix des lecteurs FNAC Côte d'Azur 2006), Actes Sud, 2006 ; Babel n° 910.
La pension Marguerite, roman (prix Lipp 2006), Actes Sud, 2006 ; Babel n° 823.
La fille des Louganis, roman (prix Version Femina Virgin Megastore 2007 ; prix Ronsard des lycéens ; prix de l'Office central des bibliothèques 2008), Actes Sud, 2007 ; Babel n° 967.
Loin des bras, roman, Actes Sud, 2009 ; Babel n° 1068.
Le Turquetto, roman (prix Jean Giono ; prix des Libraires de Nancy. Le Point ; prix Page des Libraires ; prix Océane ; prix Alberto Benveniste ; prix Casanova ; prix Culture et Bibliothèques pour tous), Actes Sud/Leméac, 2011 ; Babel n° 1184.
Prince d'orchestre, roman, Actes Sud/Leméac, 2012 ; Babel n° 1253.
La Confrérie des moines volants, roman, Grasset, 2013 ; Points Seuil, 2014.
Juliette dans son bain, roman, Grasset, 2015 ; Points Seuil, 2016.
L'enfant qui mesurait le monde, roman (prix Méditerranée ; prix des Lecteurs Points Seuil), Grasset, 2016 ; Points Seuil 2017.
Dictionnaire amoureux de la Suisse, Plon, 2017.
Mon père sur mes épaules, Grasset, 2017 ; Points Seuil 2018.

METIN ARDITI

CARNAVAL NOIR

roman

BERNARD GRASSET
PARIS

Photo de la jaquette : © Gettyimages

ISBN : 978-2-246-81600-3

Tous droits de traduction, de reproduction et d'adaptation
réservés pour tous pays.

© Éditions Grasset & Fasquelle, 2018.

À Elie Soriano,
dit le Turquetto,
qui sut concilier l'inconciliable

« Là où se lève l'aube du Bien, des enfants et des vieillards périssent, le sang coule. »

Vassili Grossman

NOTE AU LECTEUR

En 1575, durant le carnaval de Venise, une série de crimes secoua la ville sans qu'on en découvrît jamais ni les auteurs ni les motifs.

Cinq siècles plus tard, à Venise, Genève et Rome, d'autres crimes sont commis, comme en écho aux précédents.

Venise, le 11 janvier 2016
Bibliothèque municipale Marciana
19 heures

– Mon trésor, on ferme !
Donatella leva les yeux sur la bibliothécaire, l'air perdu.
– Qu'est-ce qu'il t'arrive, ma chérie ? Tu as vu un fantôme ?
– Un article que je viens de lire…
La mine soucieuse, Donatella fourra lentement ses notes dans son sac, quitta sa place et se dirigea vers la sortie.
– Fais attention, ça glisse, lui lança la bibliothécaire.
Dans le hall, elle s'arrêta devant un grand miroir, ajusta son chapeau et se sourit, histoire de se rassurer. Visage fin, yeux vert-bleu en amande, jusque-là, c'était parfait. Mais pour le reste… Petite, courte sur pattes et grosse. Beaucoup trop grosse ! Et ce n'étaient pas les toasts au fromage de madame Di Meo, sa directrice de thèse, qui allaient la faire maigrir. « Je te prépare un petit toast avant que tu ne partes, ma chérie ? » Madame Di Meo s'ennuyait. Les toasts, c'était pour jouer les prolongations.

Carnaval noir

À peine dehors, elle resta immobile quelques instants, saisie par le froid. La nuit était tombée, on n'y voyait pas à dix mètres tant la brume était épaisse, et l'humidité la transperçait comme mille petites aiguilles. «Un temps de machine à coudre», aurait dit sa mère. Elle parcourut une dizaine de mètres en direction de la lagune, l'humeur joyeuse. Ce qu'elle venait de découvrir à la bibliothèque lui procurait une jubilation d'une intensité inouïe. Elle avait envie de danser. Ce lien qu'elle venait de trouver entre la Scuola Grande et Copernic... Un coup de chance! Elle voyait déjà madame Di Meo s'exclamer: «Ma chérie, tu vas faire le buzz!»

Elle ressentit soudain une énergie illimitée. Comme elle l'aimait, ce temps glacial et tranchant... Un temps qui faisait penser à la Venise ancienne: dure, cruelle, radicale... Comment sinon aurait-elle produit tous ses chefs-d'œuvre? Résisté à tant d'envahisseurs? Poussé son art à de telles extrémités?

Elle décida de s'arrêter au Gran Caffè. Autant mettre ses idées au clair avant d'appeler madame Di Meo. Elle connaissait le couplet: «Donatella ma chérie, tu fais une thèse, n'est-ce pas? Tu ne fais pas deux thèses? Si on te demande: que fais-tu, tu ne réponds pas: je fais deux thèses sur la Venise du XVIe siècle. Tu dis: je fais une thèse. Donc, on se calme et on se concentre sur l'essentiel.»

Carnaval noir

Elle rebroussa chemin, poussa la porte du Gran Caffè et embrassa l'un des employés, un homme d'une soixantaine d'années :
– Tu m'offres un cappuccino ?
– Cappuccino pour ma nièce, lança le serveur.
Elle ôta son chapeau et son cache-col, s'installa sur une banquette et ferma les yeux. La Scuola Grande del San Sepolcro, c'était un sujet de thèse sympathique. La Venise de la Renaissance, ses magnificences, ses grands peintres, le mystère du Carnaval noir, tout cela était piquant. Mais il n'y avait pas de quoi révolutionner la planète.
Tandis que là...
Une heure plus tôt, elle était tombée sur un article du *New York Times* qui l'avait déboussolée. Il traitait de la révolution copernicienne. Dans son œuvre majeure, *Des Révolutions des orbes célestes*, publiée en 1543, Copernic posait les fondements de l'héliocentrisme : c'était la Terre qui tournait autour du Soleil et non l'inverse, comme il est dit dans les Textes. Publiée en pleine Réforme, cette remise en cause aurait dû avoir sur l'Église de Rome l'effet d'un tremblement de terre. Mettre en cause les Écritures, c'était ouvrir la porte à tous les débordements, à toutes les hérésies. Pourtant, il ne se passa rien. Strictement rien. Il fallut attendre près d'un siècle et les procès de Galilée pour qu'enfin l'Église réagisse. Selon l'explication généralement admise, l'ouvrage était si complexe que personne ou

Carnaval noir

presque ne le lut. L'article du *New York Times*, vieux de dix ans, parlait d'un essai intitulé *Le livre que nul n'avait lu*[1]. Il était d'un certain Owen Gingerich, professeur à l'université Harvard. Au terme d'un travail de bénédictin, il avait recensé plus de cent exemplaires du livre de Copernic, tous annotés par des savants du XVIe siècle. Les théories de Copernic étaient donc connues de son temps. Pourquoi ne s'était-il rien passé ?

Donatella sortit un cahier de son sac et se mit à noter :

> 1. En 1496, Copernic se rend à Bologne pour y étudier le droit canon. Il loge chez Domenico Maria Novara, un professeur d'astronomie avec lequel il se lie d'amitié. Novara l'initie aux mouvements des astres. Copernic se prend de passion pour l'astronomie.
>
> 2. Giovanni, le fils de Novara, reprend la chaire d'astronomie paternelle et partage avec son propre fils, le futur peintre Paolo il Nano, sa passion pour l'astronomie. Paolo il Nano s'installe à Venise et devient le peintre attitré de la Scuola Grande del San Sepolcro. De nombreux amateurs d'astronomie se disent proches de la Scuola Grande.
>
> 3. Durant le Carnaval noir, la Scuola est détruite. Paolo il Nano est découvert pendu au pont du Rialto. Les travaux de Copernic ne déclenchent aucune réaction. Il faudra

---

1. Owen Gingerich. *The book Nobody Read. Chasing the Revolutions of Nicolaus Copernicus*, Walker Publishing Company, 2004.

Carnaval noir

attendre près de cent ans pour qu'ait lieu la révolution copernicienne.

HYPOTHÈSE : Et si le mystère du Carnaval noir et celui de la « non-révolution » copernicienne étaient liés ?

– On va fermer, mon trésor, lui lança son oncle. Fais attention en sortant, ça glisse.

Elle hocha la tête lentement, l'air absent.

Elle avait bien fait de s'arrêter au Gran Caffè. Elle saurait tenir le choc face aux questions de madame Di Meo.

Quinze jours plus tôt, celle-ci avait écrit un article sur sa thèse dans *Venezia Oggi*, un quotidien gratuit. « Une jeune doctorante de Ca' Foscari retrace l'histoire d'une confrérie vieille de cinq siècles... La Scuola Grande del San Sepolcro et son héritage contemporain. Une plongée passionnante dans la Venise de la grande époque. » Tout cela était très sympathique. Mais là, ce que Donatella subodorait était tout autre chose. Sa thèse ferait l'effet d'une bombe... Du jour au lendemain, elle serait mondialement célèbre ! On lui proposerait des postes à l'étranger. Peut-être même dans l'une des grandes universités américaines...

Dehors, l'air lui parut encore plus glacial qu'une heure plus tôt. De la place Saint-Marc à la station du vaporetto, ligne 1, elle n'en avait pas pour cinq minutes. Mais autant accélérer le pas. Elle repensa à

Carnaval noir

Raspoutine. C'est ainsi qu'elle avait surnommé le lecteur de la Marciana. Durant l'après-midi, elle avait levé les yeux trois ou quatre fois, mais non, il n'était pas là. Bizarre. Au cours des huit derniers jours, il s'était installé deux fois face à elle, et il lui avait semblé qu'il la regardait d'un air insaisissable, à la fois insistant et fuyant. Bon, des hommes d'un certain âge qui la regardaient, elle en avait l'habitude. Ils devaient se dire qu'une grosse avait moins d'occasions… Qu'elle ne ferait pas la difficile… Si seulement ils savaient, ces crétins…

Étrange personnage malgré tout. Peau très blanche, barbe noire, et ce regard fiévreux… Un vrai Raspoutine, à la fois inquiétant et attirant. Et cette difformité…

Arrivée à la riva degli Schiavoni, elle ralentit le pas. Prise dans la brume, la promenade lui parut soudain d'un romantisme fou. Au même instant lui parvint une musique ravissante, d'abord lointaine, puis de plus en plus précise. Un chœur d'hommes chantait un air vénitien que sa mère fredonnait souvent pendant sa couture :

> *La Biondina in gondoleta*
> *L'altra sera gò menà,*
> *Dal piacer la povereta*
> *La s'à in bota indormenzà.*

Carnaval noir

Les voix semblèrent soudain très proches, à peine à une dizaine de pas. Le mieux serait qu'elle laisse passer le groupe de chanteurs. Dans la seconde qui suivit, les hommes se trouvaient à un mètre ou deux, puis à moins d'un mètre. Maintenant ils la frôlaient... Ils la forçaient à suivre le même chemin qu'eux !

Elle voulut se dégager, mais aucun des chanteurs ne dévia de sa route et ils continuèrent de l'entraîner sur une dizaine de mètres, puis bifurquèrent en direction de l'allée située en contrebas, où étaient amarrées les gondoles, la bousculant sans ménagement. Elle se mit à hurler « Via ! Via ! », et repoussa l'un des chanteurs. Celui-ci la frappa au visage. Elle tomba au sol. Les quatre autres la saisirent, chacun par un membre, et la lancèrent dans l'eau glacée de la lagune où elle coula en quelques secondes.

Canton de Vaud, le 13 juin
Saint-Saphorin, château de Pré-Vigne
10 heures

— Bienvenue à tous !

Les mots de Bartolomeo San Benedetto furent accueillis par une salve d'applaudissements.

Dans le grand amphithéâtre du château de Pré-Vigne, cent cinquante garçons et filles constituaient la première des huit brigades qui seraient formées par l'association Valeurs et Traditions durant les mois d'été.

Bartolomeo se tenait sur le devant de la scène. Derrière lui, deux hommes d'une soixantaine d'années étaient assis, légèrement en retrait. L'un, aux cheveux blancs très abondants, portait la soutane. L'autre était vêtu d'une tenue kaki. Autour d'eux, une dizaine de jeunes gens se tenaient debout, tous vêtus de kaki.

— Nous avons de grandes choses à accomplir ensemble ! Vous le savez, n'est-ce pas ?

— Oui ! hurla la salle.

Il observa les visages. Ils étaient tendus, habités par l'importance de leur mission. Ils allaient sauver l'Occident. Éliminer la racaille qui l'envahissait. Qui l'avait déjà envahi. Qui se sentait en territoire conquis. Qui tuait, estropiait, menaçait en toute impunité.

– Des tâches sacrées ! Parmi lesquelles, défendre nos valeurs ! Empêcher (la voix de Bartolomeo San Benedetto se fit plus forte), empêcher, disais-je, que d'autres nous remplacent ! Car c'est bien cela qui nous guette, n'est-ce pas ? Notre remplacement !
Les participants s'égosillèrent.
– Notre tâche, votre tâche, mes amis, est sacrée : sauver le monde libre de l'invasion qui se prépare. Car il s'agit bien de cela, mes chers amis ! Entre l'immigration sauvage, la natalité débridée des envahisseurs, la lâcheté des mouvements de gauche et de presque toute la presse, la démission de nos élites, de nos soi-disant élites... (il laissa passer une salve d'applaudissements), nos terres se transforment chaque jour davantage en territoire arabo-musulman. Vous vous voyez, mes amis, en djellaba ? Et vous, mesdemoiselles, couvertes de pied en cap, un foulard islamique sur la tête ?
La salle vibra sous les huées.
– Vous le savez, mes amis... Le monde compte 1,2 milliard de musulmans. Je l'admets volontiers, tous ne sont pas fondamentalistes. Les pacifiques se comptent par centaines de millions. Les fondamentalistes ne sont que... quinze à vingt-cinq pour cent !

Tous les experts l'affirment. Si je compte bien, cela fait la bagatelle de (il laissa passer quelques secondes) deux cents millions de fanatiques. Et que visent-ils ?

Il y eut un grand silence.

– La destruction de la civilisation occidentale, reprit Bartolomeo d'une voix calme. Le remplacement de notre société par le califat ! Notre pauvre société, qui a perdu toutes ses dents... Vous la voyez, n'est-ce pas ? Elle gît au sol, là, devant vous, jambes écartées ! Prête à se faire prendre par le premier venu !

La salle écoutait, pétrifiée.

– Et il n'y a pas que les envahisseurs, poursuivit Bartolomeo. Il y a notre propre lâcheté. Dans quel monde vivons-nous ? Des hommes épousent des hommes. Des femmes prennent femme. Des ventres se louent pour fabriquer des enfants comme on fabrique des jouets... Demain, les défenseurs des animaux diront : moi, je veux pouvoir épouser mon chat ! Mon lapin ! Mon colibri ! Je m'entends si bien avec mon colibri ! Chaque fois qu'il me parle, il me dit des choses gentilles...

Il hocha la tête d'un air entendu :

– Si nous ne réagissons pas avec détermination, nous ferons le lit de la barbarie, et de ces gens-là, mes chers amis, nous serons, vous serez, les esclaves...

Ils sont prêts à se lever, se dit Bartolomeo. À se battre. À faire ce qu'on leur demandera de faire, pour autant qu'ils puissent donner libre cours à leur goût de la violence.

Pré-Vigne, c'était une idée formidable. Un lieu clos, beau, rude, qui laissait entrevoir la puissance de la Fondazione... Les pensionnaires étaient logés au château, encadrés, nourris, blanchis, rémunérés, et même vêtus. Chaque participant recevait une paire de bottes, deux chemises, deux t-shirts, une casquette, un parka, un pantalon de toile et une ceinture. À l'exception des bottes, noires, tout était de couleur kaki, et la tenue était la même pour les garçons et pour les filles. Il fallait créer l'esprit de corps.

Les huit semaines de stage coûtaient près de deux millions d'euros à la Fondazione. Mais c'était «l'argent le mieux investi au monde», aimait répéter Bartolomeo à Maurizio Zaccaria, son patron.

— Savez-vous, mes amis, mes chers amis, que pour nos huit semaines de stage, nous avons reçu quatre fois plus de demandes que nous n'avions de places à offrir?

C'était un homme d'une cinquantaine d'années, barbu, au regard noir charbon. La façon qu'il avait de projeter en avant son torse et sa tête, la force avec laquelle il prononçait son message, tout en lui enthousiasmait les pensionnaires.

— Cinq mille dossiers pour mille deux cents places ! Vous avez été choisis pour votre détermination, telle que vous l'avez exprimée dans le formulaire d'inscription sous la rubrique «motivation», en prenant en compte votre appartenance à des groupes qui, dans vos pays d'origine, partagent nos idées. Une qualité en particulier nous a aidés à vous sélectionner : votre capacité à faire corps. La preuve que vous avez le sens de l'abnégation, de la discipline. L'esprit de groupe ! Et quand il le faut, l'esprit de sacrifice ! Voilà pourquoi vous êtes nos élus !

La première année, il avait créé une simple page Facebook pour le camp d'été :

SAUVONS L'OCCIDENT
Séminaire européen
Valeurs et Traditions
Pour filles et garçons de 18 à 28 ans.
Stage rémunéré. Admission sur dossier.

Organisé sous le patronage de
La Fondation des pèlerins ibériques

Dans les quinze jours, il avait reçu plus de cinquante demandes, presque toutes de jeunes gens affiliés à des mouvements identitaires.

Il balaya les rangs du regard. Ces filles et ces garçons étaient magnifiques. Vigoureux, musclés, déterminés. Certains d'entre eux avaient le crâne rasé.

D'autres portaient des tatouages au bras, au cou, quelquefois sur le front. Ils n'étaient pas toujours très discrets, il devait l'admettre. Mais enfin, n'était-ce pas la preuve que ces jeunes vivaient leur époque ?

Il s'exprimait en anglais. Son accent italien était marquant, mais son intonation ajoutait de la force au message. Son discours était maîtrisé, d'une cohérence absolue, il le savait. C'était l'Occident tout entier qui s'unissait à travers lui.

Ils étaient le 14. Le 29 du mois, à cette même heure, le monde ne serait plus le même. Fini, les salamalecs aux migrants, les trahisons de l'Église, les intellectuels qui monopolisent les médias et plongent l'Occident en léthargie en faisant l'éloge d'un pseudo-multiculturalisme ! Ah, le multiculturalisme... Une vraie farce. Les gens prononçaient ce mot, et d'un coup ils se sentaient bons, clairvoyants, ouverts sur le monde. Quels crétins !

Place au renouveau. À l'ordre. À la dignité. Et de ce bouleversement, de cette révolution, lui, Bartolomeo San Benedetto, était tout à la fois l'inspirateur, le chef d'orchestre et l'exécuteur. Celui à qui l'Occident serait redevable de sa nouvelle Renaissance. C'était lui qu'avait choisi le Sauveur.

Qui aurait pu penser que le « diable de merde », comme l'appelaient ses camarades de classe, effectuerait un tel parcours ?

Carnaval noir

– Vous serez quelquefois appelés à exécuter des missions délicates. Vous vous heurterez à la justice des hommes. Mais pas à celle de Dieu, qui est la vraie justice, la seule à laquelle nous nous soumettons !

Il repensa aux yeux de Donatella, à l'instant où ils l'avaient jetée dans la lagune. Un regard de biche aux abois. Mais il ne s'en apitoya pas. Il se souvint de la rage qu'il avait ressentie à la lecture de son interview dans *Venezia Oggi*. De quoi se mêlait-elle ?
Il n'avait fait que rendre justice. Comme l'exigeait leur devise. Ah ! La devise... *Que les hérétiques soient éliminés*. Excellente manière de conclure sa présentation :

– Et surtout, mes chers amis, n'oubliez jamais notre devise ! *Delendi sint haeretici !*

C'était Zaccaria, son patron, qui avait eu l'idée de prendre comme devise celle de la Congregazione. Une devise vieille de cinq siècles... C'était lui, aussi, qui avait acheté le château, six ans plus tôt. « Il faut faire quelque chose pour les jeunes », lui répétait Bartolomeo depuis longtemps. Zaccaria savait qu'il disait juste. À Rome, au siège de la Fondazione, les réunions allaient bon train concernant les problèmes devant lesquels l'Église avait décidé de démissionner.

Mais ceux qui venaient assister à ces séances ne savaient que gémir, et l'heure n'était plus aux oboles ou aux lamentations.

Il regarda la salle. Elle dégageait une force. Un espoir. Dans quinze jours, ce serait le début d'une autre ère. Quinze petits jours...
Tout était sous contrôle.
– Je voudrais vous présenter vos deux interlocuteurs principaux. Le père Blaise s'entretiendra avec vous des grands principes moraux qui guident notre action. Il vous parlera du sacré. Mais il vous parlera aussi de la violence. Elle a toujours accompagné le sacré. Son propos, son seul propos, est de le protéger. La violence est donc sacrée autant que les tâches les plus saintes peuvent l'être. Père Blaise ?
L'homme en soutane quitta sa chaise et s'inclina légèrement.
– Je vous demande de l'applaudir. Le père va vous parler des valeurs du christianisme et des réponses qu'elles nous offrent, face aux problèmes d'aujourd'hui. De nombreuses menaces viennent de l'extérieur, nous ne le savons que trop. Mais d'autres, tout aussi mortelles, viennent de ceux qui devraient nous défendre, au lieu de se coucher devant la soi-disant *mo-der-ni-té* (il prononça ce mot avec mépris). Avec le père Blaise, vous découvrirez qui, dans notre propre camp, nous assassine. La

liste est longue... Nos gouvernements, nos élites autoproclamées, nos adorateurs du multiculturalisme... Sans oublier ceux dont la mission est de nous conduire à la spiritualité. Au dépassement de soi. Ceux qui, depuis l'abdication infâme qui a pour nom Vatican II, ont pensé que notre Église pouvait survivre sans colonne vertébrale.

Il y eut des hurlements.

— Je sais que vous aurez à cœur d'écouter le père Blaise.

Celui-ci s'approcha du bord de l'estrade et tendit les bras. Très vite, les applaudissements s'estompèrent. L'écoute se fit attentive.

— Je ne dirai qu'un mot.

Il laissa passer quelques secondes.

— Qu'est-ce qu'un trésor ? Un bien qui mérite d'être défendu. Le trésor de la civilisation occidentale s'incarne tout entier dans nos valeurs chrétiennes. Rien ne méritera autant votre engagement.

Il s'inclina et retourna s'asseoir, sous quelques applaudissements, moins nourris que ceux réservés aux interventions de Bartolomeo.

— Et puis, reprit celui-ci, un autre interlocuteur vous aidera à répondre à cette question vitale : Comment réagir face aux invasions ? Aux menaces ? À la lâcheté de nos institutions politiques et religieuses, oui, je dis bien, de *nos* institutions religieuses ? Je ne parle pas de l'islam (il y eut des huées), je ne parle pas non plus du grand rabbinat (les huées se firent plus fortes), non, mes amis, je parle de notre Sainte Église ! Que pouvons-nous faire ? Nous croiser les bras ?

— Non ! hurla la salle.

— Attendre patiemment que deux mille ans de civilisation chrétienne partent en fumée ? Nous laisser *rem-pla-cer* ?

Il attendit quelques secondes puis leva le bras :

— Il y a l'esprit et il y a le corps. La force, sans laquelle il n'y a pas d'esprit qui survive. Pour cela, c'est notre ami Arturo Apallo, ancien vice-champion olympique de boxe, poids mi-lourds (il se tourna vers Arturo), qui s'occupera de vous.

L'autre sourit et fit oui de la tête.

— Deux heures chaque matin et deux autres l'après-midi, ajouta Bartolomeo.

Ils allaient passer une semaine intense. À son terme, une pleine brigade serait constituée : cinq phalanges composées de quatre sections. Chaque phalange aurait un chef, et l'ensemble serait placé sous les ordres d'un brigadier. Les chefs de section seraient choisis au terme du premier jour, les chefs de phalange le surlendemain, et le brigadier quarante-huit heures plus tard, parmi les chefs de phalange. Des unités aptes à être mobilisées sous vingt-quatre heures partout en Europe.

– Notre démarche sera empreinte de pureté... De transparence... De linéarité... Et surtout, d'amour, dans la grande tradition de la pensée occidentale... Belle... Claire... En un mot, une pensée supérieure à toutes les autres.

La salle explosa.

Bartolomeo laissa s'estomper les applaudissements :

– Je vous parlerai de ceux qui ont su saisir le pouvoir. Napoléon, Lénine, Hitler, Mussolini, Staline... Mais je vous parlerai aussi de ceux qui ont reçu le pouvoir en héritage et qui, au lieu de s'assoupir, ont fait face à leur responsabilité. Je veux parler d'Isabelle la Catholique et de son époux, Ferdinand roi d'Espagne, qui ont compris, il y a cinq siècles, d'où venait le danger, et qui ont mené une guerre sainte contre les hérétiques.

Il avait ralenti le tempo de sa diction, histoire de marquer les esprits de ce qui était l'essentiel : un combat de vie ou de mort.

– Autour de moi se trouvent dix anciens de nos camps. Ils sont ici pour seconder Arturo dans l'organisation de votre entraînement physique. Nous y attachons la plus grande importance. Chacun d'eux aura en charge deux sections. Ils ont été choisis en tenant compte de vos groupes d'origine, c'est-à-dire qu'ils parlent votre langue. Et ils connaissent le fonctionnement de Pré-Vigne mieux que moi ! Faites-leur bon accueil !

La salle redoubla d'applaudissements et de cris.
– Nicolas... Rudolf... Piet... Marike...
Il prononça le prénom de chacun des dix anciens qui, tour à tour, firent un pas en avant et saluèrent. Tous furent chaleureusement applaudis.
– Notre vœu le plus cher ? reprit Bartolomeo lorsque le calme revint. Vous voir, dans une semaine, plus forts et plus déterminés à défendre nos valeurs que jamais vous n'auriez imaginé l'être en arrivant à Pré-Vigne. Je voudrais aussi, je voudrais surtout que vous preniez conscience de ceci : votre mission est sacrée.
Un long silence se fit, durant lequel il parcourut la salle des yeux et arrêta son regard sur autant de pensionnaires qu'il put :
– Nous attendons de vous de l'engagement. De la discipline. De la dureté à la tâche. Tout a été conçu pour que vous puissiez effectuer un parcours tant moral que physique. Nous souhaitons aussi que vous vous fassiez des amis. Nous avons organisé les sections selon vos nationalités. Vous trouverez les listes affichées dans le hall d'entrée du château. Maintenant, je vais lire votre serment. Le père Blaise et notre ami Arturo (c'est ainsi que vous les appellerez) vont en alternance citer vos noms. Chacun de vous prononcera ces mots : *Devant Dieu, je le jure*, suivis de notre devise : *Delendi sint haeretici*. Que les hérétiques soient éliminés.

Il laissa passer quelques secondes et reprit :
— *Je jure de faire allégeance aux valeurs chrétiennes et aux buts fondamentaux de Valeurs et Traditions. Je jure de leur consacrer toutes mes forces, ici et ailleurs. Je leur jure loyauté, fidélité et confidentialité. Je resterai à la disposition de mes frères et de mes sœurs lorsqu'ils me demanderont de les défendre, et je me conformerai aux ordres, de toutes mes forces et de toute mon âme.*
— Albanese, Alberto, cria le père Blaise.
— Devant Dieu, je le jure! *Delendi sint haeretici!*

Genève, le 14 juin
*Bâtiment des Bastions, faculté des lettres
Bureau du professeur Hugues*
11 heures

Bénédict Hugues ne se faisait pas d'illusions. L'heure était aux coupes. Transférer le latin médiéval à Fribourg, là où étaient formés les prêtres, voilà qui tombait sous le sens. Il fallait un sacrifié, et parmi les professeurs de la faculté, le moins corporatiste, c'était bel et bien lui. Les repas entre collègues, les soirées de Noël, les départs à la retraite, les jubilés, tout cela lui était insupportable. Au fond, il n'était pas des leurs.

Il regarda sa montre. Dans un quart d'heure, il serait fixé.

Il n'aurait pas que des inconvénients à Fribourg. Plusieurs de ses étudiants seraient des séminaristes. Ils auraient une relation profonde au latin médiéval. Ils lui fourniraient l'occasion d'échanges d'un haut niveau. Autre chose qu'à Genève... Une heure de train, ce n'était pas la fin du monde.

Carnaval noir

Il repensa au repas du soir... Un désastre programmé. Comme à chaque anniversaire. Antoine le regarderait avec une rage mal contenue, Anne-Sophie ferait avec lassitude quelques efforts pour sauver les meubles, et chacun s'en retournerait imbibé d'amertume.

Il fallait penser à autre chose. Au livre qu'il attendait, par exemple. Il eut un sourire de dérision. Ici, la situation était inverse. Le plaisir lui était garanti par avance.

L'ouvrage provenait d'une des plus prestigieuses bibliothèques du XVIe siècle, celle du cardinal Valsangiacomo. Ce n'était qu'un imprimé, une version latine d'un texte d'Aristote, *Du ciel*. Mais c'était la seule traduction que Boèce ait faite du philosophe grec. Boèce, dont Bénédict était l'un des grands experts de la planète.

Une des particularités du livre concernait sa reliure, deux planchettes de bois tenues par un fermoir métallique. Valsangiacomo était connu pour sa passion de la reliure. Dans sa propriété de la via Aurelia, le dernier niveau était occupé par deux ateliers, l'un dévolu au travail du bois, des peaux et de la reliure à proprement parler, l'autre à la fabrication des fermoirs métalliques.

En examinant l'ouvrage chez Christie's, Bénédict avait remarqué une légère boursouflure entre la planchette arrière et la page de garde qui lui était accolée. Sur le moment, il l'avait attribuée aux claies, des morceaux de texte recyclés que certains relieurs plaçaient à cet endroit pour donner du corps à la couverture. Il en résultait un petit renflement, assez courant pour qu'il ne s'en préoccupe pas. Une fois rentré à Genève, il s'était interrogé. Le renflement n'était-il pas trop marqué pour être le fait d'un simple empilement de claies ? Et si, à cet endroit bien improbable et connu de lui seul, Valsangiacomo avait caché un billet ? Une lettre d'amour ? L'annonce d'une paternité ? Mais très vite, cette hypothèse lui avait semblé un brin naïve. L'un des experts de chez Christie's n'aurait pas manqué de la soulever.

Il avait participé à l'enchère par correspondance, avec une mise raisonnable, et à sa surprise avait remporté le lot. Ce genre de livre n'intéressait plus grand monde. Du latin... Une traduction imprimée, en plus, pas même un manuscrit.

Autre chose encore avait poussé Bénédict à s'intéresser au livre : l'extraordinaire filiation de Valsangiacomo. Il était né à Ravenne, fils naturel de Pietro Bembo, l'un des plus savants de tous les cardinaux dans l'histoire de la Curie romaine, et de Lucrèce Borgia, que son père venait de marier contre son gré à Alfonso d'Este. Six mois après son mariage, enceinte de ses amours avec Bembo, elle avait quitté Ferrare pour le palais que Bembo possédait à Ravenne. C'est là qu'en 1503 elle accouchait du petit Amedeo, avant de retourner à son époux et à sa vie publique.

Bembo s'était pris d'une adoration pour cet enfant si vif et l'avait fait adopter par l'un de ses majordomes, Anselmo Valsangiacomo.

Personne à la Curie ne fut jamais dupe : les traits de Valsangiacomo, d'une grande délicatesse, étaient calqués sur ceux de sa mère. Du reste, son nom complet était Amedeo Pietro Lucrezio Valsangiacomo.

C'était Bembo, aussi, grand bibliophile, qui avait donné à son fils le goût des livres et de la reliure d'art.

Maintenant que Bénédict était sur le point de réceptionner le volume, l'interrogation faisait à nouveau son chemin : la boursouflure résultait-elle d'une imperfection ou cachait-elle un billet ?

Son téléphone fixe sonna. C'était son doyen.

Genève, le 14 juin
9, rue de Candolle
12 h 15

Teresa tendit à Bénédict une grande enveloppe de carton jaune et le regarda par en dessous, l'air soucieux :
– Et avec ton doyen ?
– Tout s'est bien passé.
Le doyen a dû lui faire les gros yeux et il s'est effondré, pensa Teresa. Peut-être même qu'il l'a remercié... Quarante-cinq ans, grand professeur et toujours *spaurôs dal osti*. Un trouillard comme pas possible.
– Tu donnes tes cours à trois minutes de chez toi. Tout le monde t'admire. Et les étudiantes, hein, je les vois glousser, tu es le roi du monde, et tu acceptes d'aller enseigner à Fribourg ? *Rob de mat !* Une histoire de fou !

Il lui sourit et lui donna un baiser sur la tête :
– Tu sais que je suis un grand garçon ?
Elle se détacha avec brusquerie :
– Je suis ignorante, mais je ne suis pas crétine !

Carnaval noir

Elle s'approcha de lui, leva le bras autant qu'elle pouvait, lui caressa la joue et s'éloigna d'un pas heurté. Elle se déplaçait comme si elle portait une lourde charge qui l'obligeait à lancer son corps de gauche et de droite. Marcher en *signorina* aurait été à la fois au-dessus de sa condition et au-dessous de sa dignité. Elle aurait eu le sentiment de tricher.

Bénédict alla au salon, s'assit à une grande table de ferme et posa le pli devant lui :

DHL
Expéditeur : Christie's France,
　　　　　　　103, rue Charles-Michels,
　　　　　　　93200 Saint-Denis, France
Destinataire : Professeur Bénédict Hugues,
　　　　　　　9, rue de Candolle,
　　　　　　　1204 Genève, Suisse

Il se mit à caresser l'enveloppe, le regard flottant sur les murs du salon. Ils étaient couverts de ses livres – les siens, des textes latins pour la plupart, mais aussi ceux qu'il avait hérités de son père, des traités de théologie et de linguistique qu'il ne consultait jamais, mais l'idée de s'en défaire ne lui aurait pas traversé l'esprit.

– Ton café, lança Teresa.

Elle posa la tasse devant Bénédict, lui caressa les cheveux et retourna à la cuisine.

Il murmura un merci à peine audible, déchira la languette de l'enveloppe et en retira un volume très ancien.

Sa planchette recto était recouverte d'un cuir brunâtre – une peau de porc, sans doute – orné sur toute sa surface de motifs géométriques appliqués au fer à dorer. Celle de l'arrière était ornée de quatre cabochons de bronze, disposés aux angles et parfaitement conservés.

Le fermoir s'ouvrit à la première sollicitation. À l'intérieur, une page de garde à peine jaunie était accolée à la planchette recto. En vis-à-vis, l'ex-libris du cardinal Amedeo Valsangiacomo représentait une simple croix à côté de laquelle étaient inscrits ces mots : *Delendi sint haeretici. Que les hérétiques soient éliminés.* À Paris déjà, Bénédict s'était étonné de ces mots. Drôle de devise…

Il ouvrit le livre à la dernière page, retrouva la boursouflure et passa la paume dessus.

Au toucher, il lui sembla que l'effet de gondole ne résultait pas d'un mauvais collage. Plutôt de l'épaisseur des claies. Valsangiacomo avait peut-être décidé de limiter le contre-collage à la périphérie de la garde arrière. Mais pourquoi l'aurait-il fait ? Les claies étaient des pièces perdues et les protéger n'avait pas de sens.

La seule façon de savoir de quoi il retournait aurait été de décoller la page de garde.

Il appela Catherine Colin, qui à Paris restaurait les reliures anciennes de la Bibliothèque nationale.
– Envoyez-moi une photo, dit Catherine, ce sera plus simple.
Cinq minutes plus tard, elle le rappelait. La colle était certainement une farine de poisson dont l'effet était réversible, «même après quatre siècles». Il lui suffisait de passer une éponge imbibée d'eau tiède dans la partie périphérique, là où la garde avait été collée, en laissant intacts le centre de la page et la zone qui longeait la charnière. Une ou deux heures après, le temps que l'eau atteigne la couche de colle, le papier se décollerait facilement. Il ne risquait rien.

Il reprit le livre, passa le doigt sur la boursouflure et resta immobile, le regard dans le vague. La perspective du dîner le perturbait. Il lui fallait penser à autre chose, et il décida de suivre les instructions de Catherine Colin.
Une heure plus tard, le contreplat s'était décollé sur les trois côtés de façon parfaite. Mais il était toujours accroché le long de la charnière, et Bénédict ne voyait toujours pas ce qu'il cachait. Il le saisit par le côté libéré, le souleva avec précaution et le fit pivoter

en direction de la charnière. À mi-parcours déjà, il vit que le contreplat cachait un papier jauni, plié sur lui-même. Il continua de faire basculer le contreplat autant qu'il put, et, à l'aide d'un canif, détacha le papier d'un coup sec.

C'était un pli d'environ six centimètres sur huit. À son recto figuraient quelques mots en latin, dans une écriture élégante. Bénédict les déchiffra le cœur battant :

Message confidentiel
À remettre au cardinal Amedeo Valsangiacomo
En son domicile de la via Aurelia.

Sur la garde, à l'endroit où était posé le pli, il remarqua les traces d'une poudre rougeâtre. C'était sans doute ce qui restait du sceau, après que la lettre avait été ouverte, au moment où elle fut cachée sous le contreplat.

Il déposa la lettre encore pliée sur le plateau de bois et l'observa. Était-il en train de rêver ? Qu'avait-il entre les mains ? Que pouvait bien valoir ce document aux yeux de son destinataire pour qu'il le cache avec autant de soin ?

Carnaval noir

Il saisit le canif et déplia la lettre. Le texte était écrit en latin médiéval, dans la même calligraphie que l'adresse :

Domino illustrissimo cardinali Amedeo de Valle Sancti Jacobi Scanzianus episcopus perfectam fidem, maximam gratiam summumque obsequium.
Vix Venetias reversus sum, atque ad te properus scribo, utpote qui gratias agere tibi velim pro fiducia quam tu et amici tui e Collegio Hispanorum peregrinorum exhibuistis erga me. De vita tandem timeo domini Georgii Benvenuti, ut iterum tibi aio, quem tam graviter aegrotantem video. Sed attente studui ut unus e senioribus famulis meis eum tueatur, et spero me tibi bona mox nuntiare posse, gratias iam agens tibi si in hoc negotio me adiuvas.
Sancta ecclesia nostra aerumnosis tempestatibus nunc obvia est. Venetiis factis quasi prostibulo, cogimur colluctari cum multimodis prophetiis pervagantibus, et simplicium hominum mentes praeoccupantibus. Quas videlicet circumferunt hi qui eis fidem faciunt. Inter quas formidolosior est haeresis dicta "de Christo deformi", praesertim cum e Scola Grandi Sancti Sepulcri astrologisque eius oriri videatur.
Vale.
Venetiis, anno Domini M°D°LXX°IV°, pridie idus Decembres

À l'illustrissime cardinal Amedeo Valsangiacomo

De retour à Venise, je m'empresse de vous écrire, d'abord pour vous exprimer ma gratitude au regard de la confiance que vous et vos amis de la *Congrégation des pèlerins ibériques* m'avez témoignée. Ensuite, pour ce qui est du seigneur Giorgio Benvenuti, je crains pour sa vie, ce que je vous confirme une fois encore, tant il me semble en mauvaise santé. J'ai pris toute disposition pour qu'un de mes anciens veille sur lui, et j'espère avoir bientôt de bonnes nouvelles à vous annoncer, vous remerciant par avance de me soutenir dans cette démarche.

Notre Église vit une période difficile. Ce lupanar qu'est devenue Venise nous oblige à lutter contre une prolifération de prophéties qui trouvent toujours écho auprès de gens simples. Ceux qui les prennent pour argent comptant les colportent, évidemment. Parmi toutes, l'hérésie du Christ difforme a de quoi inquiéter, d'autant qu'elle vient sans doute de la Scuola Grande del San Sepolcro et de ses astrologues.

Croyez, illustrissime cardinal Amedeo Valsangiacomo, à mes sentiments d'absolue fidélité, d'immense gratitude et de totale dévotion.
Scanziani, évêque

À Venise, ce 12 décembre 1574.

Que voulait dire ce message ? Le souci de l'auteur à propos de Giorgio Benvenuti semblait boiteux. Ce « vous remerciant par avance de me soutenir dans cette démarche » n'avait pas grand sens.

Carnaval noir

Qu'entendait par là ce « Scanzianus episcopus » ? Qui était-il ? Et cette référence obscure à « un de mes anciens » ? Et à quelle hérésie faisait-il allusion ?

Il alla sur Google, tapa *Scanziani évêque* et lut la biographie que proposait Wikipédia :

> Scanziani Guelfo. Né à Bologne en 1510. Fils d'un influent notaire de la ville, il entame des études de droit qu'il abandonne très vite au profit du droit canon et entre en séminaire dominicain. Il présente une thèse sur *La Querelle des Investitures* qui reste une référence. Ordonné prêtre en 1538, il est repéré par la Curie romaine pour ses prises de position de stricte obédience, ce qui lui vaudra une carrière fulgurante et lui donnera l'occasion de s'imposer comme l'une des plus éminentes voix de l'Église en matière de droit canon. Nommé évêque de Pérouse en 1548, puis maître d'enseignement au couvent dominicain de San Zanipolo, à Venise, en 1563, il prendra la charge de procureur auprès du tribunal du Saint-Office et la gardera jusqu'à sa mort. Il mena bataille contre la prophétie du Christ aux douze doigts. Son animosité à l'endroit du peintre Paolo il Nano lui valut d'être soupçonné de complicité dans une suite d'événements quelquefois appelée « Carnaval noir ». Il meurt le 24 février 1575, assassiné par Myriam Clasen, une riche poétesse d'origine germanique.

Carnaval noir

Il interrogea Google. Il n'y avait rien sur le Carnaval noir, mais il trouva quelques lignes sur Giorgio Benvenuti :

> Riche marchand et armateur, il faisait commerce avec l'Orient et avait construit l'une des plus belles confréries de Venise, la Scuola Grande del San Sepolcro, dont la collection de tableaux était célèbre, en particulier pour ses Titien, Véronèse, Tintoret et Paolo il Nano. Il est mort assassiné en février 1575, durant la période souvent appelée Carnaval noir, peu de jours après l'incendie qui avait réduit en cendres le siège de sa confrérie.

Encore le Carnaval noir…

Il interrogea Google : « Prophétie du Christ aux douze doigts », et lut ceci :

> En 1571, une prophétie circulait à Venise, selon laquelle un envoyé du Ciel sauverait l'Église de Rome des griffes de la Réforme. Il serait reconnaissable à ce que chacune de ses mains aurait six doigts.
> Cette prophétie traversa l'Italie comme la foudre. Les représentations de Christ à six doigts se multiplièrent. Elles étaient hérétiques, bien sûr. Mais l'Église laissa faire. Il fallait lutter contre la Réforme et l'art était une arme légitime. La fin justifiait les moyens.

Il retourna à la lettre et la relut deux fois.

Carnaval noir

Il pouvait s'agir d'un faux ne datant que de deux ou trois siècles. Une blague de potache, insérée à cet endroit pour Dieu sait quel motif. Cela réduirait à néant l'intérêt que pourrait présenter la lettre. Mais il se pouvait aussi que la lettre soit authentique... La question serait vite clarifiée. Les plus grandes maisons de vente aux enchères consultaient la fondation Bodmer, il irait interroger son expert en manuscrits anciens.

Il se laissa aller contre le dossier de la chaise et observa longuement un cadre placé au milieu de la table. On y voyait la photo en couleur d'un adolescent. Sa ressemblance avec Bénédict était frappante. Même ossature forte du visage, même brun clair des yeux, même implantation rectiligne des cheveux. Seule l'expression différait. Le regard de l'enfant était vif, presque agressif, alors que l'expression de Bénédict était douce.

Qu'avait-il fait pour en arriver là ?

Une série d'images défila. Antoine à douze ans dévalant une piste noire. Antoine soufflant sur une assiette de soupe. Antoine en train de servir au tennis. Antoine à l'âge d'un an dans les bras d'Anne-Sophie. D'autres souvenirs affluèrent, certains douloureux, d'autres insoutenables.

Carnaval noir

Il regarda sa montre. Encore une heure jusqu'au repas. Il lui fallait concentrer son attention sur Valsangiacomo. Brillant cardinal... Puissant... Célèbre pour la violence de ses diatribes à l'égard des Réformés, célèbre, aussi, pour les conditions dans lesquelles il avait été retrouvé sans vie. En 1585, à la mort de Grégoire XIII, Amedeo Valsangiacomo avait bel et bien été élu pape. Alors que la fumée blanche s'échappait déjà de la cheminée située sur le toit du palais, Valsangiacomo s'était retiré dans la petite pièce adjacente à la chapelle Sixtine, la «chambre des Larmes», où par tradition le pape à peine élu se rend pour «pleurer devant la tâche qui l'attend», souvent accompagné d'un ou deux prélats. Valsangiacomo avait insisté pour s'y rendre seul. Après une demi-heure – l'incident est relaté dans les Mémoires du cardinal Dalla Pietra – le grand chambellan avait frappé à la porte. Rien. Il avait essayé d'ouvrir, sans succès. La pièce était fermée de l'intérieur. Deux gardes suisses avaient forcé la serrure et trouvé Valsangiacomo étendu sur le sol, sans vie. Les huissiers s'étaient dépêchés d'inverser la fumée et les cardinaux d'élire Sixte V, un ancien de l'Inquisition espagnole, homme à poigne lui aussi, partisan d'une Église romaine prête à en découdre contre les Réformés.

Il alla sur Google chercher la liste des papes du XVIe siècle. En 1555, Marcel II eut un règne de vingt et un jours. En 1590, celui d'Urbain VII dura douze jours. Son successeur, Grégoire XIV, tint dix mois et onze jours. Après lui, Innocent IX régna deux mois et un jour. Et en 1605, Léon XI resta pape durant vingt-six petits jours... Et c'était compter sans les deux tentatives d'assassinat contre Grégoire XIII, déjouées par miracle. Il joignit les mains comme pour la prière et resta ainsi de longues minutes, s'efforçant de concentrer ses pensées sur cette suite de papes qui n'arrivaient pas à tenir six mois. L'expression «à chaque mort de pape» devait être antérieure au XVIe siècle...

Genève, le 14 juin
9, rue de Candolle
20 heures

Teresa retira de la casserole les tomates qu'elle avait ébouillantées et se mit à les peler en maugréant. Elle les avait élevés, Bénédict et son voyou de frère. Elle avait élevé le fils de Bénédict. Elle avait soigné le pasteur jusqu'à sa mort. Sans parler du reste... Elle avait appris le frioulan à Pierre et à Bénédict. Et même à Antoine. Comme une idiote. Comme s'ils étaient ses enfants... Tout ça pour se retrouver seule à dîner les soirs d'anniversaire.

Elle haussa les épaules. À qui la faute, sinon à elle ? « Ce n'est pas pour la Teresa, ces sorties chic. » Chaque fois que Bénédict lui avait proposé de participer au repas d'anniversaire, elle lui faisait la même réponse. La dernière fois, c'était la veille : « C'est ni avec ta femme ni avec Teresa que tu devrais dîner demain soir. C'est seul avec ton fils ! »

Il n'était pas méchant, Bénédict. Juste un peu crétin. Lui et son Boèce... Le jour où il avait cherché à lui expliquer pourquoi il s'intéressait tant à Boèce, ça n'avait pas duré cinq minutes :

— Alors il était content de se retrouver dans une prison ? À se souvenir de tout ce qu'il avait lu quand il était dehors ? Il aimait être enfermé, alors ? Il devait être un peu crétin, lui aussi...

— Pourquoi lui aussi ? avait demandé Bénédict en riant.

Elle avait haussé les épaules :

— Si tu lis tous ces livres, c'est pour avoir quelque chose dans la tête, non ? Pas pour préférer la prison à la campagne. Pour moi, c'était un crétin.

Elle se mit à peler les tomates de ses doigts si fins et si agiles qu'ils faisaient penser à des pattes d'araignée. Du reste, elle-même se voyait tout entière en araignée. Petite, maigre, très brune, et sans cesse à bouger.

Elle était de ces personnes que l'on trouve laides au premier regard, et puis on est étonné de leur vivacité, alors on dit qu'elles sont intéressantes. Bien sûr, si elles sont d'un milieu aisé, qu'elles compensent par la culture ou l'élégance, alors on dit qu'elles ont un charme irrésistible. Mais Teresa n'appartenait pas à cette catégorie... Une ronchonneuse, disait-elle en se regardant dans le miroir. *Une femine che non ferme mai di cjacarâ!* Une bonne femme qui n'arrêtait pas de radoter. *Mai contente!* Jamais contente, en plus.

Carnaval noir

Elle s'en rendait compte ; quand il n'y avait personne autour d'elle, ce qui était le cas presque tout le temps, maintenant que les enfants avaient grandi et que monsieur Bénédict avait eu l'idée de divorcer, et aussi que les années avaient passé et qu'elle devenait vieille, *bisugna viodi lis robis cemût ch'a son*. Il fallait voir les choses en face. Elle parlait toute seule, truffant ses phrases de frioulan. C'était sa façon de ne pas être entièrement happée par cette ville qui ne serait jamais la sienne, de marquer sa distance avec ces gens dont elle ne se sentait pas plus proche après cinquante ans qu'au premier jour. La seule personne qu'elle avait fréquentée en dehors de la maison avait été Lia, une cousine éloignée qui travaillait pour une famille de la rue Saint-Léger, à deux pas, et qu'elle retrouvait au parc des Bastions. Lia était rentrée au pays. Il y avait Bénédict, bien sûr. Mais il n'était plus un enfant. Il avait grandi. Il vivait avec ses livres... Triste ! Enfermé ! Quant à Pierre... « Un jour, tu les paieras cher, ces manières ! » Elle le lui avait dit cent fois. Mais bon, il gagnait des tas d'argent, alors... *Contento lui, contenti tutti*. Malgré tout, il avait de mauvaises manières. Bénédict, lui, était correct. *Un buon cristiano*.

Voilà qu'elle parlait seule, de nouveau...

C'est avec le pasteur qu'elle aurait voulu parler. Quand elle avait dix-huit ou dix-neuf ans... Se laisser aller à dire les mots comme l'aurait fait *une vere femine*. Une vraie femme. Une amoureuse ! Mais aux yeux du pasteur, elle était une petite bonne d'Udine. *Punto basta.*

Udine... Dans les années cinquante, la moitié de la ville s'était retrouvée à Genève, en maison, dans l'hôtellerie, sur les chantiers, partout. À l'âge de quinze ans, on l'avait placée chez les Hugues, les parents pauvres d'une grande famille. Emmanuel, le mari, avait choisi la théologie plutôt que la banque. Lui et sa femme venaient d'avoir un enfant et ils avaient accueilli Teresa comme c'était la coutume, avec une bienveillance froide. Pendant les repas, par exemple, dès qu'elle pénétrait dans la salle à manger, elle voyait leurs visages se fermer. Au fond, ils voulaient être servis et en même temps, ils se sentaient embarrassés de l'être.

Deux ans après son arrivée, sa patronne était morte en donnant naissance à Bénédict, et Teresa s'était retrouvée seule à s'occuper du nouveau-né. À la manière appuyée dont le pasteur la regardait lorsqu'elle montrait de la tendresse à l'enfant, elle avait compris que sa condition lui interdisait de jouer à la maman. Peut-être craignait-il que son garçon ne soit amolli par trop de tendresse... Elle était là pour nettoyer et faire le ménage. Certaines fois, lorsqu'elle se retrouvait seule avec Bénédict, elle se laissait aller à quelques caresses. Mais pas question qu'elle s'attache ! Alors elle gardait ses distances, se disant qu'un jour elle aurait des enfants à elle et qu'elle leur donnerait autant de tendresse qu'elle voudrait.

Un soir d'août, quelques semaines après que Bénédict avait fêté son premier anniversaire, elle était étendue dans sa chambre, lumière éteinte. Le pasteur avait frappé à sa porte. «C'est moi, Teresa.» Elle s'était levée, avait ouvert la porte, puis était restée devant lui, tête baissée, avant de retourner s'étendre, terrorisée, suivie par le pasteur.
Le lendemain, pendant qu'elle lui servait le petit-déjeuner, elle s'était mise à pleurer. Il était resté droit sur sa chaise, à lire son journal.

Elle aurait dû lui jeter le café à la figure. Pas parce qu'il lui avait pris son honneur, comme on disait à Udine. Elle avait accepté qu'il vienne dans son lit. Mais pour ce silence. «Tu n'es rien d'autre qu'un insecte», lui disait ce silence. «Est-ce qu'on parle à un insecte ? Est-ce qu'on cherche à consoler un insecte ? Ce serait ridicule.»

Elle avait gardé sa place, sa chambre et son lit, continuant de vouvoyer le pasteur. Elle ne dormit jamais dans la chambre conjugale. C'était lui qui la rejoignait à sa guise.
Leurs rapports furent chaque fois brefs et silencieux. Elle aimait le pasteur. Il était beau, très instruit,

habillé avec élégance... Et puis il la prenait dans ses bras. Il se mettait nu dans le lit avec elle, il lui embrassait la bouche, les seins... C'est une preuve de considération, se disait Teresa.

À sa troisième visite, il voulut lui faire l'amour par-derrière. Elle s'y soumit. Un homme frappé par le sort lui demandait son aide et la douleur qu'elle ressentait était une façon d'exprimer sa reconnaissance et son amour autant que son rang le lui permettait.

Un jour, alors que leur liaison durait depuis dix mois, il lui fallut se rendre à l'évidence : ses règles ne venaient plus ; elle avait des douleurs au ventre et l'envie de vomir la prenait sans cesse.

Emmanuel Hugues l'envoya chez un de ses amis, médecin à Vevey. «Personne n'en saura rien», lui avait-il assuré. Lorsqu'elle retourna à Genève, il lui demanda si tout était «en ordre», à quoi elle répondit «oui». À compter de ce jour, le pasteur cessa de venir dans sa chambre.

★

Elle versa la sauce sur les pâtes et contempla son assiette. Toute autre qu'elle n'aurait pas accepté de faire passer l'enfant pour éviter un scandale à monsieur le pasteur. Elle se serait fait épouser. Ou elle aurait gardé l'enfant. En tout cas, elle aurait mieux joué ses cartes.

Elle était la femme la plus bête de la terre.

Elle se moucha, sécha ses larmes et se servit de parmesan.

Malgré tout, elle avait de la chance de s'occuper de Bénédict. Un crétin qui, à cet instant, lui manquait à lui arracher le foie.

Cité du Vatican, 14 juin
Casa Santa Marta
20 heures

L'arrivée du cardinal Alfonso Fernandez-Diaz dans la salle à manger de Casa Santa Marta provoqua un mouvement de curiosité général. Toutes les personnes présentes levèrent les yeux sur lui. Les regards étaient pointus, rapides, des regards qui connaissaient les règles du jeu, car très vite, toutes les têtes se baissèrent sans que personne fît un geste ou un salut en direction du prélat. Dans la salle à manger de Casa Santa Marta, chaque mouvement portait en lui le risque d'une promotion ou d'une destitution.

El Tigre… C'était ainsi qu'on surnommait Fernandez-Diaz à la Curie. L'homme incarnait l'animal solitaire, fort et cruel. Sa manière de se déplacer, même, rappelait celle des félins : elle était souple, harmonieuse et silencieuse. On ne l'entendait jamais venir et soudain on ne voyait que lui.

– Vous serez seul, Monseigneur ?

– Vous pensiez à quelqu'un en particulier ? demanda Fernandez-Diaz en souriant.

Le maître d'hôtel sourit à son tour :

– Vue sur la mer ?

– Sur la mer immense.

C'était leur code. Une partie de la salle à manger occupait une petite estrade. À l'une de ses extrémités, une table était réservée en permanence au pape, qui résidait dans l'immeuble. Le cardinal Fernandez-Diaz, qui logeait également à Casa Santa Marta, aimait prendre ses repas à l'autre bout de l'estrade, d'où il avait une vue sur toute la pièce.

– Vous l'attendez ?

– Il est annoncé, répondit le maître d'hôtel.

Fernandez-Diaz alla s'asseoir, le regard fixe, les traits imperturbables. Il se déplaçait avec une aisance qui étonnait pour son âge et sa taille. À presque soixante-dix ans, son goût pour la natation ne l'avait pas quitté. Ancien champion de quatre cents mètres brasse à l'université de Salamanque, il gardait les qualités qu'exigeait sa discipline, la constance dans l'effort et une coordination parfaite. Chaque matin à six heures trente, son secrétaire passait le chercher et le conduisait au Cavalieri. L'hôtel, situé sur les hauteurs de la ville, possédait une magnifique piscine, où il alignait quarante longueurs de vingt-cinq mètres sans s'essoufler.

Après une demi-heure de natation, il s'isolait dans la petite zone qui menait aux vestiaires et enchaînait, en un quart d'heure, trois séries de cent pompes. Il les expédiait presque sans effort, en mouvements courts et très rapides, selon le modèle des marines américains, une façon d'entretenir la musculation autant que le souffle. À neuf heures moins le quart, il était à son bureau de la banque vaticane, dans une forme physique et psychique à la hauteur de ses ambitions.

– Comme d'habitude ?
– Comme d'habitude, répondit Fernandez-Diaz au maître d'hôtel.

Son repas était le même chaque soir, celui d'un sportif de haut niveau. Blanc de poulet grillé, pâtes à l'huile d'olive et salade.

Il jeta un coup d'œil à la salle à manger. Les tables étaient couvertes de nourriture. «Des oiseaux de proie lâchés et méchants», se dit Fernandez-Diaz. «Tout juste bons à s'empiffrer.»

Il observa les prélats. Ils ne se parlaient presque pas. Ils s'observaient, on les sentait sur leurs gardes. Le pape avait réussi à semer la terreur partout. Une opinion un peu trop clairement exprimée, et le plus puissant des cardinaux risquait de se retrouver déchu du jour au lendemain. L'avant-veille, le pape avait limogé le grand maître de l'Ordre de Malte, l'organisation caritative la plus puissante de la chrétienté. On murmurait qu'à la Congrégation pour la doctrine de la foi, les jours du préfet étaient comptés. C'était un cardinal de haut rang, le personnage le plus important de la Curie pour ce qui touchait aux questions religieuses. Mais le pape avait décidé d'avoir sa tête et sans doute qu'il l'aurait. Fernandez-Diaz, grand prêtre des finances vaticanes, s'attendait lui aussi à être mis à la retraite dans les semaines à venir. Le pape profiterait d'une restructuration de l'IOR, l'Istituto per le opere di religione, la banque du Vatican, pour se défaire du responsable des dons aux associations caritatives. En d'autres termes, de Fernandez-Diaz. Celui qui à la Curie jouissait d'une autorité discrétionnaire sur des montants colossaux. Exit Fernandez-Diaz.

Lui-même méprisait le pape, et bien sûr cela se savait. Comment aurait-il pu en être autrement ? Tout était ibérique, chez Fernandez-Diaz. La rugosité, les idées, l'impétuosité, tout. Ce pape lui était insupportable. À cause de lui, l'Église de Rome se transformait en show télévisé du samedi soir. Aucune pensée, aucune expression ne lui était trop démagogique. Tantôt il parlait de «révolution de la tendresse», tantôt il mettait sur un même rang violence islamique et violence catholique, tantôt il laissait flotter un doute sur sa conception du péché. Une vraie folie. Pour un peu, il allait distribuer des préservatifs aux touristes, place Saint-Pierre... L'Église adoptait la langue des journalistes, trahissait l'exigence spirituelle de sa mission, et la Curie assumait le rôle de grand prêtre dans le suicide de la civilisation occidentale.

Heureusement qu'il y avait sur terre des Zaccaria ou des Bartolomeo, des hommes assez courageux pour prendre l'avenir de leur Église à cœur. Eux avaient saisi les enjeux et la réponse qu'il convenait de donner aux dérives vaticanes. Grâce à eux, la situation allait très vite changer. Quinze jours de patience, après quoi... Une autre bataille suivrait alors, celle du conclave. Il y aurait une majorité à trouver, un nouveau pape à élire... Conforme à ce que devait être un pape...

Il avait ses appuis, il le savait. Mais il n'était pas encore l'heure de compter les voix. L'important était que d'abord la page soit tournée.

Alors que le maître d'hôtel s'approchait pour le servir, le pape apparut à l'autre extrémité de l'estrade, accompagné par trois hommes d'Église qui semblaient joyeux.

Ils s'apprêtaient à prendre place lorsque le pape remarqua la présence de Fernandez-Diaz. Il le regarda durant quelques secondes comme s'il ne le voyait pas et s'assit sans le saluer.

Genève, le 14 juin
Angle rue de Candolle et rue du Conseil-Général
20 h 15

Bénédict s'apprêtait à traverser la rue lorsqu'il aperçut son fils en compagnie d'Anne-Sophie. Ils se tenaient devant le Dorian, Antoine figé, le regard au sol, pendant qu'Anne-Sophie bavardait avec un homme que Bénédict ne connaissait pas. D'un geste de la main, elle montra l'intérieur du restaurant, indiquant sans doute qu'elle était attendue.

Entre-temps le signal pour les piétons était passé au rouge. Bénédict s'efforça de penser à autre chose qu'Antoine. À la lettre. À la délocalisation du latin médiéval. À Valsangiacomo. À n'importe quoi. Mais ce fut peine perdue. Les images qui lui venaient en mémoire étaient celles qu'il ne voulait pas voir. Antoine, l'air mauvais. Antoine en train de hurler, les mains sur le visage. Antoine sur une civière. Antoine à l'hôpital.

Il regarda son fils. Il avait poussé et maigri. Près de lui, Anne-Sophie continuait de bavarder. Elle était souriante, intense. On aurait pu croire qu'elle venait de gagner au loto, alors qu'elle s'apprêtait à dîner avec son ex-mari à l'occasion de l'anniversaire de leur fils qui vouait à son père une détestation féroce.

Il se souvint. C'était une soirée dansante organisée par un cousin d'Anne-Sophie, dans l'un de ces interminables appartements de la rue des Granges que les familles de banquiers se transmettaient de génération en génération. Bénédict suivait Pierre, qui s'y trouvait comme un poisson dans l'eau. Anne-Sophie l'avait invité à danser. La chose était courante : avec lui, les filles ne se gênaient pas pour prendre l'initiative, à la fois parce qu'elles le trouvaient beau et parce qu'elles sentaient bien qu'il était incapable de refuser une invitation.
Anne-Sophie lui avait dit en riant : «Tu m'as l'air un brin *out of place*.»

Il continua de l'observer pendant qu'elle discutait avec l'inconnu. C'était une femme étonnante.
Il s'apprêtait à traverser lorsque à nouveau le signal pour piétons était passé au rouge, et il en ressentit un soulagement. Il avait deux minutes de répit.
Au restaurant, ils s'embrassèrent en vitesse, leurs visages se frôlant à peine.
– Bon anniversaire, fit Bénédict.

Carnaval noir

Il tendit une enveloppe à son fils.

Antoine ne réagit pas.

– Tu pourrais dire merci, fit Anne-Sophie.

– Merci, murmura le garçon, les yeux au sol.

Ils prirent place. Au bout d'une minute de silence, Anne-Sophie se dévoua :

– Où en es-tu, avec cette histoire de délocalisation ?

Bénédict haussa les épaules :

– S'il faut aller à Fribourg, j'irai à Fribourg.

Il lui rapporta l'échange qu'il avait eu avec son doyen. Il n'y avait pas que du négatif.

Elle l'observa sans répondre. C'était tout lui. L'homme le plus facile à faire plier au monde.

Bénédict voulut se rattraper :

– Un journaliste du *Temps* vient m'interroger demain.

– Tu sais qui ?

– Bonvin. Science et société. Il s'attend sans doute à ce que je m'oppose au projet.

Elle haussa les épaules. Bonvin devait savoir à qui il avait affaire. Tout se savait à Genève.

Ils passèrent commande et durant les dix minutes qui suivirent, ils n'échangèrent pas trois mots.

– Il faut être nul pour faire du latin médiéval, lança Antoine de but en blanc.

– Sois aimable avec ton père, dit Anne-Sophie.

Elle avait dit ces mots sans conviction.

– Je ne dis rien de mal, c'est la vérité. Et en plus, Boèce. Un gars qui est content d'être en prison.

– Tu es fatigant, fit Anne-Sophie, toujours sur le même ton.

Le garçon haussa les épaules :

– D'ailleurs, papa le sait très bien. C'est pour ça qu'on le vire à Fribourg.

Anne-Sophie secoua lentement la tête. Bénédict eut une moue fataliste :

– Il n'a pas tout à fait tort.

Une longue minute s'écoula sans que personne parle.

– On ne va pas faire de vieux os, fit Antoine. Les cousines m'attendent.

Les cousines, c'étaient les filles de Pierre.

– Elles ont préparé un buffet à la piscine pour mon anniversaire. Pierre sera là.

Bénédict s'y attendait. Pierre le charmeur. L'audacieux. L'homme à succès. Pierre qui habitait une villa somptueuse à Cologny, avec piscine dedans, piscine dehors, parc immense et vue sur le lac. Pierre qui était rentré à la banque Hugues en parent pauvre et qui, vingt-deux ans plus tard, était élu associé senior, en d'autres termes, grand patron.

– Ils les ont trop cuits, leurs spaghettis, fit Antoine.

Anne-Sophie le foudroya du regard et se tourna vers Bénédict :
— Tu sais que ton fils a commencé la boxe ?
Antoine toisa son père :
— Trois fois par semaine. Chez Baumgartner, l'ancien champion. Ça peut se révéler utile, on ne sait jamais.
Bénédict baissa les yeux.
— J'adore, ajouta Antoine en souriant.
La veille, en le voyant taper comme un damné sur le sac de sable, Baumgartner lui avait demandé : «Tu boxes qui, là?» Antoine n'avait pas répondu.

— Tu as des voyages ? demanda Anne-Sophie.
— La semaine prochaine. Colloque à Ca' Foscari.
— Le sujet ? demanda Anne-Sophie.
— Boèce...
Il sourit :
— *What else?*
— Tu ne veux pas nous en dire plus ? lança Antoine.
— *Isolement et créativité.*
— De quoi se marrer.
Bénédict jeta un coup d'œil à son fils et vit qu'en dépit de son ton moqueur, celui-ci attendait qu'il lui parle :
— Le par-cœur n'a plus la cote, je le sais. Mais voilà, pour atteindre une véritable intimité avec une œuvre, rien ne le remplace. Si tu as le texte en toi, il circule

dans tes veines, tu vis son rythme, ses respirations. Il devient une part de toi pour toujours. C'est grâce au par-cœur que Boèce a transformé son emprisonnement en consolation.

— Je vois, fit Antoine d'un ton sec.

Il se leva, dit «je me casse», et quitta le restaurant.

— Je m'y suis mal pris, fit Bénédict après un long silence.

«Quand tu es avec lui, tu deviens pompeux.» Combien de fois Anne-Sophie ne lui avait-elle pas martelé ces mots. Elle avait raison. Devant Antoine, Bénédict imitait son propre père jusque dans ses postures. On aurait dit qu'il cherchait à se rendre ridicule.

Un jour qu'Antoine voulait passer le week-end à Verbier dans le chalet de son oncle, Bénédict lui avait refusé la permission, sous prétexte qu'il devait étudier. Le ton était monté.

— Tu n'es qu'un gosse mal élevé!

— Et toi, tu es jaloux de Pierre.

C'était une simple gifle qu'il voulait donner à son fils. Petite et sèche, histoire de remettre les pendules à l'heure. Mais Antoine avait à son tour levé la main. Voyant que son fils s'apprêtait à lui porter un coup, Bénédict avait appuyé son geste au point qu'Antoine avait perdu l'équilibre et, dans sa chute, s'était cogné le visage contre une table.

À l'hôpital, on lui avait diagnostiqué une fracture bifocale de la mandibule.

– Qui t'a mis dans cet état, mon bonhomme ? lui avait demandé le médecin.

– C'est moi, avait dit Bénédict.

– Pas de quoi plaisanter, cher monsieur. Celui qui a fait ça pourrait être traduit en justice.

Genève, le 14 juin
9, rue de Candolle
22 heures

Au moins, il avait découvert la lettre. Il la relut une fois, puis une fois encore, lentement, incapable de rassembler ses idées.

Il se laissa aller contre le dossier de sa chaise, ferma les yeux et repensa aux circonstances dans lesquelles il avait lui-même lu Boèce pour la première fois, l'année de ses treize ans.

Tout au long de l'hiver, il avait souffert d'asthme, et le médecin avait conseillé à son père de l'envoyer un mois d'été à la Lenk, une station de l'Oberland bernois connue pour ses thérapies à l'eau sulfureuse. Un pasteur y hébergeait des enfants asthmatiques.

Durant tout le voyage, son père n'avait cessé de lui adresser des remontrances: «Tu n'oublieras pas de répéter ton latin... La cure est coûteuse, tâche d'en profiter... Attention où tu mettras les pieds...». Après quoi il se replongeait dans un livre dont il tournait les pages d'un geste nerveux. Bénédict s'était dit que la lecture de ce texte l'irritait, mais comme l'agacement était chez son père une attitude fréquente, il n'y avait pas prêté plus d'attention.

Son problème, lors du voyage, était qu'il avait besoin d'uriner. Dans la crainte de se faire réprimander, il n'avait pas bougé de son siège durant tout le trajet, sachant que cela lui aurait valu un « Tu m'écoutes quand je te parle, au lieu de filer Dieu sait où... ? ». Arrivé à la pension, son besoin était devenu insupportable. « Tu m'attends dehors pendant que je parle au pasteur », lui avait ordonné son père. Au bout d'une demi-heure, n'y tenant plus, il était entré dans la maison. Alors qu'il cherchait les toilettes, la voix de son père lui était parvenue : « Mon aîné, Pierre, est un motif de grande fierté. Enfin... On les fait comme on peut, n'est-ce pas ? L'un est brillant, l'autre est renfermé, maladroit... Pourtant je vous assure les avoir élevés de la même façon. »

Le premier de la classe, c'était lui, Bénédict. Mais voilà, il n'était pas « brillant »... Son frère, lui, savait mettre le monde dans sa poche. Y compris son père, qu'il surnommait « le cadenas » et qui pourtant lui réservait son estime.

La voix de son père lui revint à l'oreille. Il avait usé d'un ton badin. Sans doute qu'à ses yeux, commenter avec détachement les travers de son fils lui permettait de passer aux yeux de son collègue pour un grand pasteur, très au fait de l'âme humaine, capable de prendre de la hauteur sur des sujets personnels. Cependant, dans l'instant, il avait éprouvé un sentiment d'insuffisance. Ce n'était pas son père qui était coupable de l'avoir ainsi jugé et condamné. C'était lui qui, tout simplement, était inadéquat. Son père en souffrait, et pour cette souffrance, méritait d'être aimé encore plus.

Au moment des adieux, son père lui avait tendu le volume qu'il lisait dans le train. C'était *La Consolation de Philosophie*.

— Ce n'est pas de ton âge, mais enfin, essaie.

Le geste avait bouleversé Bénédict. En lui offrant un texte dont il soulignait le caractère difficile, son père ne lui marquait-il pas sa confiance ? Son estime, même ? N'était-ce pas là une reconnaissance de ses capacités scolaires ? Aurait-il eu le même geste à l'égard de Pierre ? Sûrement pas. Il allait s'accrocher à ce livre durant tout l'été et au retour ferait à son père la démonstration que la confiance qu'il avait placée en lui était méritée, que du texte confié comme on transmet un flambeau, il avait fait une étude approfondie, scrupuleuse, digne du grand prédicateur qu'était son père.

Le don du livre de Boèce avait tant désemparé Bénédict qu'au moment où son père s'était approché pour lui donner l'accolade, il s'était mis à pleurer.

Carnaval noir

Le pasteur s'était alors adressé à lui d'une voix forte :

— Regarde-moi bien dans les yeux. Tu n'as pas envie que les autres se moquent de toi, n'est-ce pas ?

Bénédict avait fait non de la tête.

— Alors c'est parfait. *Kopf hoch*. Tête haute. Tes émotions n'intéressent personne. Sache-le. Si tu as la nostalgie de la maison, garde-la pour toi.

Pour finir, son père était parti sans l'embrasser.

Son regard se perdit dans le vide. Il avait été d'une naïveté confondante avec son père, il le savait. Pire encore, à chacune des injustices qu'il subissait, il trouvait une justification dont il était, lui, Bénédict, seul coupable. Douze années après sa mort, il continuait de ressentir pour lui un amour tendre.

La découverte du texte de Boèce avait adouci de beaucoup la solitude de son séjour. Le philosophe l'avait écrit à Pavie, alors qu'il avait été emprisonné par le roi Théodoric le Grand. Il allait être exécuté, il le savait, et dans l'attente de la mort, il avait trouvé la lumière, revisitant tout ce que la lecture lui avait laissé comme souvenirs, transformant sa solitude en sagesse. Bénédict comprit qu'il existait un monde clos mais lumineux, baigné de culture, protégé, où personne ne pourrait venir le ridiculiser. Un monde fait pour lui.

Carnaval noir

À son retour de la Lenk, Bénédict était impatient de parler du Boèce à son père. Il avait préparé une note écrite et prévoyait de la lui présenter au moment du repas. Mais ce soir-là son père ne se montra pas. L'envie de partager le tenaillait. Mais avec qui ? Son frère se serait moqué de lui. Quant à Teresa, elle lui aurait lancé un de ses « Mais qui tu crois que je suis, moi, pour comprendre ces choses ? ». Il patienta jusqu'au petit-déjeuner du lendemain, lorsque enfin il retrouva son père : « J'ai beaucoup aimé le livre que tu m'as offert. » Son père se leva, s'essuya la bouche, lança : « C'est parfait, mon garçon », et quitta la salle à manger. Il fut absent au déjeuner, de même qu'au dîner, et le lendemain, Bénédict n'osa plus parler de sa lecture, encore moins de la note qu'il avait préparée, conforté malgré tout par l'idée que son père et lui partageaient pour Boèce une même admiration. Il ne voyait pas très bien ce qui, chez son père, pouvait expliquer une telle attirance, mais l'idée lui était trop douce pour qu'il la mette en cause.

Son père et lui ne discutèrent plus de Boèce, et le malentendu se poursuivit durant plus de dix ans. Lorsque Bénédict choisit comme sujet de thèse : *L'influence des tragiques grecs dans la poétique de Boèce* et qu'il en informa son père, très ému par l'occasion de revenir sur l'épisode du don, son père avait réagi en laissant tomber : « Si tu penses que c'est un bon sujet… » Bénédict aurait espéré un sursaut, une approbation vive, au moins un « Tu vois que j'ai bien fait de te donner ce texte ! ». Bénédict attendait, aussi, l'occasion de lui dire combien il lui était redevable. Mais tout ce qu'il obtint comme réaction fut ces quelques mots d'une indifférence crasse.

Son père vint à la soutenance mais s'éclipsa avant le débat, si bien que lorsque le jury se montra élogieux, il n'en écouta pas un seul mot. Le lendemain, il téléphonait à Bénédict pour s'excuser. Craignant un début de grippe, il avait préféré « ne pas prendre de risque ».

Deux mois environ après la soutenance, Emmanuel Hugues fêtait ses soixante-dix ans, et Bénédict invita son père à déjeuner au Lyrique. Le restaurant comptait une partie bistrot et une salle plus petite, appelée Restaurant français. C'était là que Bénédict avait choisi de réserver. Ils seraient en tête à tête : Pierre avait une réunion importante : « Je passerai embrasser papa le soir à la maison », avait-il dit à Bénédict au téléphone. Le Restaurant français avait sa propre entrée, qui donnait sur le boulevard du Théâtre, et Bénédict fut surprise de voir son père arriver par la partie bistrot. Il se leva et le prit dans ses bras. L'accolade manquait de chaleur, mais c'était là chose courante avec son père et il s'efforça de ne pas en faire grand cas. Lorsqu'ils prirent place, il vit son père jeter un coup d'œil autour de lui :

– Pierre ne vient pas ?

Bénédict lui dit qu'il passerait l'embrasser à la maison.

– On est donc juste tous les deux ? Allons côté bistrot, ils font moins de chichis.

Bénédict lui sourit :

– C'est un jour important. Il mérite d'être fêté dignement, non ?

– Laissons tomber les manières, rétorqua son père, on est entre nous.

En fin de repas, son père lui lança :

– Désolé, pour ta soutenance. J'étais vraiment mal fichu. Ça s'est bien passé ?

– J'ai eu les félicitations du jury, répondit Bénédict.

Son père hocha la tête.

– Je te dois beaucoup, pour Boèce. C'est grâce à toi...

Les traits impassibles, les yeux sur son assiette, Emmanuel Hugues laissa s'écouler un long silence. Enfin il haussa les épaules :

– C'est très bien, je te félicite. Mais cette façon qu'il a, ton Boèce, de toujours plier l'échine... Je trouve cela prodigieusement agaçant. Enfin, il t'a intéressé. C'est l'essentiel.

Carnaval noir

La thèse de Bénédict l'avait établi comme l'un des lecteurs les plus distingués du philosophe. Très vite, on lui confia la chaire de latin médiéval et sa carrière académique prit un tour brillant.

Une dizaine d'années plus tard, à l'occasion de la rénovation d'une villa vénitienne, le propriétaire découvrit un lot de manuscrits anciens et mandata Elisabetta Parravicini, professeur de latin à Ca' Foscari, l'université de Venise, pour en faire l'inventaire. Celle-ci confia à Bénédict l'étude de l'un d'entre eux, un court texte truffé de formules mathématiques et de schémas géométriques. Bénédict établit qu'il était de la main de Boèce, et qu'il s'agissait d'un document dont toute trace avait disparu depuis le Moyen Âge, sa fameuse traduction du texte d'Euclyde sur la géométrie[1]. Après en avoir démontré la paternité, Bénédict l'avait transcrit, annoté et publié. Cela avait été le point de départ d'une grande et belle amitié avec Elisabetta Parravicini.

Maintenant, il lui semblait que la fatigue s'était dissipée. Son regard tomba sur la lettre de Scanziani. Il relut deux passages avec grande attention :

> Ensuite, pour ce qui est du seigneur Giorgio Benvenuti, je crains pour sa vie, ce que je vous confirme une fois

---

[1]. L'original se trouve à la Biblioteca Marciana de Venise, sous la référence LM/4-5/Lat/312.

encore, tant il me semble en mauvaise santé. J'ai pris toute disposition pour qu'un de mes anciens veille sur lui, et j'espère avoir bientôt de bonnes nouvelles à vous annoncer, vous remerciant par avance de me soutenir dans cette démarche.

Demande-t-on un soutien lorsque l'on commet une bonne action ? Cette phrase devait se comprendre comme l'annonce d'un meurtre, celui de Giorgio Benvenuti par un homme de main à la solde de Scanziani. Du reste, pourquoi Valsangiacomo aurait-il caché cette lettre, s'il s'était agi d'un mot anodin ?

Le deuxième passage était encore plus énigmatique :

Notre Église vit une période difficile. Ce lupanar qu'est devenue Venise nous oblige à lutter contre une prolifération de prophéties qui trouvent toujours écho auprès de gens simples. Ceux qui les prennent pour argent comptant les colportent, évidemment. Parmi toutes, l'hérésie du Christ difforme a de quoi inquiéter, d'autant qu'elle vient sans doute de la Scuola Grande del San Sepolcro et de ses astrologues.

Que venait faire l'hérésie du Christ difforme dans cette histoire ? Quel pouvait être son rapport avec les astrologues et le lupanar qu'était devenue Venise ? Que cachait cette lettre ?

Saint-Saphorin, le 14 juin
Château de Pré-Vigne
23 h 15

Le sommeil ne venait pas. Forcément... Dans quelques jours, dans quelques petits jours... Quel parcours depuis Spello, où il était né...

Bartolomeo se souvint. À la maison, c'était «Polydactylie post-axiale bilatérale» et «volonté du Seigneur». À la Scuola dell'Infanzia comunale, ce n'était que «diable de merde» ou «fils de Satan», des mots que ses camarades de classe avaient sans doute entendus dans la bouche de leurs parents. Pendant les récréations, ils se mettaient en cercle autour de lui, mimaient un sixième doigt à l'une de leurs mains et criaient: «C'est le doigt du diable! C'est le doigt du diable!» Bartolomeo attrapait l'un d'eux, mordait ce qu'il arrivait à saisir de lui, une main, une jambe, un bras, et s'y accrochait de toute sa force, jusqu'à ce que trois ou quatre autres se ruent sur lui, le rouent de coups et l'obligent à lâcher prise.

Au village, ils étaient plusieurs à ne pas vouloir l'approcher.

Carnaval noir

Le lendemain de ses huit ans, sa mère disparut. Quelques semaines plus tard, Padre Teofilo, un cousin de son père, l'amena à la chapelle Baglioni, où une fresque de Pinturicchio recouvrait un mur entier. «Regarde le personnage central.» L'enfant était médusé. La fresque représentait Jésus âgé d'une douzaine d'années, entouré des docteurs de la Loi. Tout dans la fresque était éclatant: la décoration, les nombreux personnages qui entouraient Jésus enfant, leurs habits, leurs expressions, jusqu'aux livres jetés à terre. Mais ce qui avait fasciné le plus Bartolomeo était la manière dont le Christ montrait ses doigts à l'assistance. L'index de sa main droite était posé sur l'extrémité du majeur gauche. «Le Christ argumente avec les docteurs de la Loi», avait poursuivi Padre Teofilo, «et sans doute qu'il énumère ses arguments. Mais peut-être veut-il dire autre chose… Écoute bien ce que je vais te raconter.»

Il y avait de cela cinq siècles, à Venise, une prophétie circulait, selon laquelle un envoyé du Christ viendrait sauver l'Église. Cet homme aurait six doigts à chaque main:

— Tu vois cette trace, là, exactement à côté de la main droite de Jésus? Et celle-là, à côté de l'autre main? Tu les vois, n'est-ce pas?

— Oui, avait répondu Bartolomeo après une courte hésitation.

Carnaval noir

Car de trace, il n'était pas sûr d'en voir une. Mais si Padre Teofilo disait qu'il y en avait une, c'est qu'elle y était.

Au moment de la prophétie, raconta Padre Teofilo, lorsque la fresque avait été peinte, les mains du Christ comptaient six doigts chacune. Une dizaine d'années plus tard, l'évêque avait demandé que le sixième doigt soit caché.

Bartolomeo l'avait regardé en silence. «Le Bon Dieu t'a choisi pour ton courage et ta force», avait ajouté Padre Teofilo, «pour dire au monde que ceux qui sont différents ont leur place. Pour amener la paix parmi les hommes…» Mais comment amener la paix quand à l'école toute la classe se mettait en cercle autour de lui et se moquait de ses doigts ?

– Le Seigneur le sait, lui avait répondu Padre Teofilo. Le destin qu'il t'a réservé est à la hauteur de la confiance qu'il te porte.

La découverte de la fresque allait bouleverser la vie de Bartolomeo. Au cours des six années qui suivirent, il se rendit à la chapelle Baglioni des centaines de fois et ressentait chaque fois la même émotion, incrédule devant tant de confiance placée en lui par le Seigneur.

Lorsqu'il eut quatorze ans, Padre Teofilo le fit embaucher comme apprenti auprès d'un éleveur de bétail. Il s'y montra infatigable. L'année suivante, ce fut Teofilo, encore, qui le fit inscrire à la bibliothèque municipale de Spello. Sa soif de lecture émerveilla le prêtre. Livres d'histoire, récits religieux, romans, il n'y avait aucun texte qu'il ne finît de lire en une nuit ou deux. Lire était sa réponse aux responsabilités que le Seigneur lui avait assignées. Il l'avait compris à la lecture des Évangiles : pour faire de grandes choses, il lui fallait maîtriser le verbe. Comment le Christ aurait-il obtenu l'adhésion sans réserve des apôtres autrement que par la magie de ses mots ?

Lorsqu'il eut seize ans, Padre Teofilo le présenta à l'intendant de Maurizio Zaccaria, l'un des plus grands propriétaires terriens de toute l'Ombrie. L'intendant l'engagea comme surveillant des ouvriers recrutés pour la période des vendanges, puis des saisonniers de la récolte des olives.

Un jour de mai, l'intendant le fit appeler. Zaccaria, le grand patron, voulait le voir à Milan. Ce fut Padre Teofilo qui l'éclaira sur le motif de son voyage. La veille, Aldo Moro avait été assassiné par les Brigades rouges. Le patron cherchait un garde du corps pour sa fille âgée de douze ans. Padre Teofilo avait dit à monsieur Zaccaria que Bartolomeo ferait l'affaire.

– Tu lui as parlé des doigts ? avait demandé Bartolomeo.

— Il a balayé l'affaire d'un geste, lui avait répondu Padre Teofilo.

C'était donc un vrai chrétien.

Zaccaria l'engagea sur-le-champ. Sa préparation au tir et au close-combat fut l'affaire de quelques semaines.

Le jour où il prit ses fonctions, l'enfant l'attendait dans la cour intérieure de l'hôtel particulier, via Santo Spirito. Elle était minuscule, blonde, très fine, et ressemblait trait pour trait au Jésus de la fresque. Même beauté. Même délicatesse. Même regard serein.

Il lui avait ouvert la portière arrière. Elle avait pris place et lui avait lancé :

— Tu ne veux pas t'asseoir avec moi ?

— Je n'en ai pas le droit, avait répondu Bartolomeo. Je dois rester devant pour mieux observer si quelqu'un nous veut du mal.

Elle n'avait pas réagi et ils n'avaient plus parlé, ni sur le chemin de l'école ni au retour. Une fois à la maison, elle lui avait demandé :

— Tu me les montres ?

La demande de la fillette l'avait soulagé. Il avait exhibé ses mains en les mettant à la verticale, comme s'il l'invitait à compter ses doigts.

L'enfant avait longuement arrêté son regard sur les mains de Bartolomeo :

Carnaval noir

– Comment s'appelle ton sixième doigt ?
– Mes doigts portent tous le même nom, avait répondu Bartolomeo. Ce sont les doigts du Christ.
– Tu as de la chance, lui avait répondu la fillette.

Il resta au service de Maria Cristina durant six années, au cours desquelles il rêva mille fois que des brigadistes attendaient la fillette à la sortie de l'école. Seul contre tous, il la sauvait de leurs griffes. On l'aurait embrassé, remercié, félicité, fêté. Il imaginait des cérémonies, préparait des remerciements pour tel cadeau, pour telle médaille. Mais l'occasion d'accéder à la gloire en sauvant Maria Cristina ne vint jamais.

★

Douze années plus tard, Maria Cristina lui avait demandé d'être le parrain de son premier enfant. C'était après un épisode difficile de sa vie, lorsque durant plusieurs semaines, il s'était senti suivi. Il repérait des voitures, pas toujours les mêmes, forcément, des voix dans la rue qui parlaient par codes, des regards qui se détournaient à son approche. Il s'en était ouvert à Zaccaria. La véritable cible, c'était son patron, bien sûr. Bartolomeo n'était qu'un pion. Ou plutôt, la première de deux cibles. Zaccaria l'avait envoyé chez son médecin personnel. Après quelques visites, ils étaient convenus qu'il ferait un séjour d'un mois dans une maison de repos. La cure, suivie du geste affectueux de Maria Cristina, lui avait procuré une sérénité nouvelle. À son retour, Zaccaria lui avait offert des cours privés d'anglais et d'histoire.

À Padre Teofilo aussi, il devait beaucoup. Grâce à lui, sa vie avait suivi une voie simple et droite : défendre l'Église de toutes ses forces.

Bien sûr, sa reconnaissance la plus grande allait au Christ, à qui il dédiait sa vie. Tout entier à son Sauveur et à la mission que celui-ci lui avait assignée, il n'avait jamais connu de femme.

Il quitta son lit et se posta, debout, devant la double fenêtre grande ouverte. La lune était aux trois quarts, et sous sa lumière on voyait les terrasses de vignes tomber en cascades jusqu'au lac et les Alpes se détacher du ciel bleuté. Il resta ainsi durant quelques minutes, immobile, apaisé.

Tout se mettait en place. Dans quelques jours le monde allait changer de visage, et ce serait grâce au «petit diable de merde».

Genève, le 14 juin
9, rue de Candolle
22 h 45

Bien droite dans son lit, toutes lumières éteintes, Teresa ferma les yeux. C'était son instant préféré, celui de son rituel. Il consistait à ramasser « ses petites billes ». Elle passait en revue les moments importants de sa vie et les revivait aussi intensément qu'elle pouvait. À chacun, elle avait associé un nom, de façon à pouvoir le convoquer tout entier en une minute.

Dans de tels instants, elle n'était plus un petit insecte venu nettoyer la maison des Hugues et se faire trouer le derrière comme une dévoyée. Elle se transformait en personne respectable, qui aurait pu regarder ses parents dans les yeux. Ses réunions de famille avaient pour nom *Les miens*. Elle était alors enfant à Udine, entourée de ses trois frères. Pour ses discussions avec Lia, au parc des Bastions, c'était *Lia et moi*. Si elle voulait revivre la soutenance de thèse de Bénédict, il lui suffisait de penser *Dottore* et c'était comme si l'un des membres du jury, une professeur de Bologne, cuisinait Bénédict devant ses yeux, comme ce jour-là. Scandalisée par tant d'insistance, Teresa s'était mise à la haïr. Il avait fallu qu'au terme des questions, la professeur complimente Bénédict sur sa maîtrise du sujet pour que la colère de Teresa s'apaise.

Certains soirs, elle s'arrêtait sur un souvenir particulier, dont elle pensait qu'il était sur le point de lui échapper. Elle le reprenait dans chacun de ses détails, s'y accrochait, pensait à eux de toutes ses forces, jusqu'à ce qu'elle soit rassurée.

L'inverse arrivait aussi. L'image du médecin de Vevey revenait souvent et la blessait. Elle l'appelait *Le voyou*. Il lui avait lancé, d'un ton sec : «Tout ira très bien, vous verrez.» Quoi, très bien? Ça voulait dire quoi, très bien? Qui était-il, ce voyou, pour lui dire que tout irait très bien quand il se préparait à lui enlever son enfant du ventre?

D'autres souvenirs, plus humiliants encore, venaient la hanter. «Autrement.» C'était le seul mot que le pasteur prononçait lorsqu'ils faisaient l'amour. Elle devait se retourner, en espérant qu'il ne la blesse pas, ou qu'il ne lui lance pas, comme il l'avait fait à deux reprises : «La prochaine fois, tu te vides avant.» Il s'était essuyé sur le drap avant de quitter la chambre. À ce souvenir, elle avait associé comme nom *Teresa vidée*. Mais il lui suffisait de penser à *Exercices d'écriture* pour qu'elle retrouve de la gratitude envers cet homme qui lui préparait des pages de vocabulaire français lorsqu'elle était arrivée à Genève.

Un autre souvenir l'attristait, qui revenait souvent. Le *Bacio di buona notte*. Longtemps, elle avait retenu l'affection qu'elle aurait voulu exprimer à Bénédict. Elle ne voulait pas tomber dans l'excès. Au début, parce qu'elle était une domestique et n'avait pas le droit de jouer à la maman, plus tard parce qu'elle avait peur de ne pas être payée en retour. Si le garçon avait ressemblé à son père, elle aurait beaucoup souffert. Autant se protéger. Du coup, le *Bacio di buona notte* qu'elle donnait aux garçons était bien froid. Pierre était un arrogant, il s'en fichait complètement. Mais Bénédict l'attendait, son *bacio*, elle le voyait bien.

Un papa de Sibérie, une maman morte, et une Teresa sèche comme du bois sec. Cet enfant n'avait jamais eu sa dose de tendresse.

Genève, le 15 juin
59, avenue de Champel
8 heures

— C'était bien, chez les cousines ? demanda Anne-Sophie.
— Non, répondit Antoine.
Il s'assit et se servit un café.
— Pierre était là ?
Il secoua la tête. Pierre avait dû partir en voyage. Les cousines avaient invité un autre garçon. Un snob. Elle l'observa avec attention :
— Tu fais moins le fanfaron qu'hier soir.
Il haussa les épaules :
— Je n'ai jamais fait le fanfaron.
Au moins, il avait perdu de sa superbe :
— Il faudra bien qu'un jour ton père et toi trouviez un terrain d'entente. En plus, tu adores le latin. Vous pourriez avoir des échanges passionnants.
— Des échanges avec une couille molle ? Tu rigoles.
Elle s'apprêtait à le gifler lorsque Antoine la défia du regard :
— Tu sais très bien que j'ai raison.

Genève, le 15 juin
Café Le Lyrique
11 heures

— Bonjour.
Devant Bénédict se tenait une sorte de princesse biblique :
— Mado Antille. Je remplace Stéphane Bonvin, ajouta la jeune fille.
Il se leva pour lui tendre la main et dans sa précipitation fit tomber son porte-documents.
— J'étais votre étudiante.
— Bien sûr...
Il se souvint d'une fille rondelette, plutôt insignifiante. La personne qu'il avait devant lui était d'une beauté irréelle.
Elle rit :
— Je sais... Quinze kilos. Et j'avais les cheveux frisés...
Il ne savait pas où poser les yeux :
— Je ne voulais pas vous embarrasser... Antille, c'est ça ?
À nouveau, elle éclata de rire. Ça faisait drôle, une Noire qui s'appellerait Antille. Ses parents adoptifs

étaient valaisans. Dans la région de Sierre, des Antille, il y en avait beaucoup :

— Mais Mado est mon vrai prénom ! Enfin, presque.

Elle s'appelait Marie-Madeleine. Sa famille biologique appartenait à la minorité catholique d'Éthiopie.

La première fois qu'elle l'avait vu passer la porte de l'auditoire 102, elle s'était liquéfiée. Elle n'avait jamais vu homme d'une telle allure. À la fois séduisant et timide. Beau à couper le souffle, incapable de regarder une étudiante dans les yeux. Savant, aussi, habité par son sujet, qu'il traitait dans un français d'une rare élégance.

Elle s'était dit que sa gaucherie le rendait encore plus irrésistible. Elle se souvint qu'après un cours, à la cafétéria, elles s'étaient retrouvées à quatre autour d'une table, à ne parler que de lui. « Il a une classe folle », avait dit Mado. « Tu peux le dire », avait surenchéri l'une des filles, « toute la classe est folle de lui. » Elles s'étaient esclaffées.

Il lui demanda quel souvenir elle avait gardé de son enseignement.

Elle laissa échapper un rire :

— Celui d'un professeur brillant qui notait sec !

Il protesta. Il avait toujours eu le sentiment d'être équitable.

— Équitable mais pas charitable ! Vous étiez craint ! Mais vous étiez aussi admiré…

Il resta silencieux durant quelques secondes, le regard inquiet, puis demanda ce que Bonvin lui avait donné comme indications, à propos de leur interview.

— Il voudrait que nous abordions la place des humanités dans l'enseignement.

Il se montra intarissable. Le latin était une langue d'une beauté et d'une poésie inégalées, dense, aussi, élégante, concise… Mais voilà, il n'offrait ses récompenses qu'à ceux qui voulaient bien passer des heures à décortiquer un texte, à en saisir les subtilités, les finesses, les doubles sens… Tout cela n'était pas dans l'air du temps.

Il se tut d'un coup, sortit la grande enveloppe jaune de son porte-documents et en extirpa la lettre de Scanziani :

— Vous arrivez à déchiffrer ?

Elle eut un rire gêné. Le document avait une sacrée allure, mais elle n'en comprenait pas un seul mot.

Lorsque Bénédict acheva de lui raconter l'histoire de la trouvaille et de lui traduire la lettre, elle eut un geste des épaules, comme si elle frissonnait :

— Il y a quelque chose de dérangeant dans ce texte, vous ne trouvez pas ?

Elle lui demanda si elle pouvait prendre la lettre en photo pour son article :

— Quelques mots, rien de plus ?

Cité du Vatican,
15 juin 2016, place Saint-Pierre
13 h 45

La vie semblait douce, place Saint-Pierre. La brise, encore fraîche à cette heure du jour, invitait à l'insouciance. La majesté du lieu, les colonnades immenses, tout était là pour apaiser, pour rassurer.

Des badauds se photographiaient en selfie, après s'être assurés d'avoir la basilique en arrière-plan. Leurs expressions étaient souriantes, joueuses, parfois émues.

Deux hommes, pourtant, semblaient étrangers à ce bonheur. Immobiles, le regard intense, les traits tendus, ils faisaient penser à ces bêtes qui, lorsqu'elles sont à l'affût, cessent de respirer pour qu'on ne les remarque pas.

L'un, âgé d'une quarantaine d'années, s'appelait Mounir. Maigre, très brun de peau, il portait une barbe de trois jours sur un visage marqué par la petite vérole. L'autre était Arturo. Ils conversaient en arabe.

– Le couple à la poussette passera le contrôle à l'Arc des cloches, murmura Mounir. Le poste est à ma gauche, à trente mètres d'ici. Tu le vois ?

Carnaval noir

Arturo acquiesça d'un clignement des paupières.

– Les deux frères se présenteront de l'autre côté de la place, près du bureau de poste. La jonction se fera à l'entrée de la basilique.

– Pour la poussette?

– Elle est à l'atelier, répondit Mounir d'une voix à peine audible. La barre du bas fait sept millimètres. On la remplacera par une autre de onze. La différence sera indétectable à l'œil. Les détonateurs font dix de diamètre et huit centimètres de long. Il y en aura quatre dans la barre.

– Quatre? Pourquoi quatre?

– Deux pour Casa Santa Marta, un pour le couple et un de réserve. Tout se passera comme prévu.

Arturo se dit qu'il avait eu de la chance de le rencontrer.

« Moi aussi, je suis né en Libye! » lui avait-il lancé en arabe, main tendue. C'était quatre mois plus tôt, au Caffè Il Cavallo, dans le Trastevere. Il savait qui était Mounir, bien sûr, il ne l'avait salué ni par hasard ni par nostalgie. Mounir dirigeait la cellule romaine du djihad libyen.

– Là, le mari du couple à la poussette s'accroupit, reprit Mounir, tournant à peine la tête. Juste avant d'entrer dans la basilique, côté Uffizzi. Tu vois où?

Arturo pivota très légèrement sur sa gauche:

Carnaval noir

– Je vois.
– Il fait semblant de chercher quelque chose dans le panier de la poussette, débloque la barre et fait coulisser trois détonateurs. Il en remet deux à l'autre équipe. Tous pénètrent dans la basilique. Le couple à la poussette se dirige à droite de la nef, les deux autres à gauche, côté porte Alexandre VII. La suite, tu la connais.

Arturo imagina la scène. Le couple se retrouve dans la basilique. La femme serre l'enfant contre sa poitrine et regarde son mari, lui dit «je t'aime» ou «Dieu est grand» ou quelque chose du genre. Son mari répète après elle. Ils s'effleurent une dernière fois, une caresse de la main. Le mari embrasse la tête de l'enfant et déclenche le détonateur. Dans la basilique, c'est un carnage. Les corps sont déchiquetés. L'explosion fait des dizaines de morts. Peut-être cent. La panique est totale. Dans la minute qui suit, une double explosion se produit à Casa Santa Marta, l'une au rez-de-chaussée, l'autre au deuxième étage, à la porte de l'appartement 201. Là où loge le pape.

L'Histoire bascule. Et le lendemain, la presse du monde entier consacre ses grands titres à l'événement.

«Carnage place Saint-Pierre...»
«Le pape victime d'une incroyable sauvagerie...»

«La chrétienté frappée au cœur...»

«Double succès, sinon rien, nous sommes bien d'accord?» lui avait dit Bartolomeo quatre mois plus tôt.

Il regarda Mounir et eut soudain pour ce Libyen qu'il haïssait, comme il haïssait tous les Libyens qui les avaient chassés de Libye, lui et sa famille, une bouffée d'amitié. Grâce à ce voyou, il toucherait sa prime. Une montagne d'argent. Plus que ses gains de combat cumulés durant toute une carrière. De quoi retrouver ses trois enfants, où qu'ils soient. «Vous ne vouliez plus voir votre père? Lui non plus, ne veut plus vous voir. Mais voici ce qu'il donne à chacun de vous.»
Ses enfants auraient beau insister, il refuserait de les voir. Tout ce qu'il voulait, c'est qu'ils sachent quel genre d'homme il était. Peu importe ce qu'il avait fait, on ne le traitait pas comme ça. Surtout pas ses enfants. S'ils avaient été élevés en Libye, ils sauraient ce qu'est le respect aux parents...

Le regard au loin, il tourna légèrement la tête vers Mounir :
– Les équipes ?
– Tu dois me faire confiance.
– J'ai des comptes à rendre.

Carnaval noir

— Pour le couple à la poussette, c'est réglé. Pour les deux autres, nous avons l'embarras du choix ; cinquante volontaires s'annoncent chaque jour. Tu n'imagines pas le désespoir de ceux qui arrivent.

Arturo hocha la tête, lui donna l'accolade et s'éloigna.

Pour retrouver la via del Mattonato, où il habitait, il aurait pu emprunter le lungotevere della Farnesina, cela aurait été plus court. Mais il n'avait rien de mieux à faire, et puis tout lui souriait, ce matin, alors il décida de prolonger la promenade et emprunta le lungotevere Vaticano en direction de Castel Sant'Angelo. Il traverserait le Tibre au pont Umberto et pousserait jusqu'à piazza Navona, revoir les affiches qui insultaient le pape.

Tout s'imbriquait comme des pièces de puzzle. Bartolomeo serait content.

Il repensa au couple. Aller se faire sauter avec un nouveau-né… Il n'était peut-être pas très intelligent, mais ça, il n'arrivait pas à le comprendre.

Il réprima un sourire triste. Difficile d'être intelligent lorsque le métier consiste à prendre des coups sur la tête… Mais il n'était pas idiot ! La preuve, cela faisait cinq ans que Bartolomeo lui faisait confiance.

Il y avait une chose qu'il savait bien faire : calculer. Les chiffres le rassuraient. Il se lança dans l'exercice :

Carnaval noir

combien de coups avait-il pris sur la tête en ne comptant que les rencontres professionnelles : dix-sept ans de combats, à raison de six par an, en moyenne, soit un peu plus de cent. Avec une moyenne de huit reprises, cela faisait huit cents. Combien de coups à chaque reprise de trois minutes ? Une dizaine. Total, huit mille. Ce n'était pas rien, huit mille coups sur la tête…

Des images de combat défilèrent. Cette façon qu'il avait de boxer… Crochets du gauche par rafales. Uppercuts. Directs du droit… Sans cesse à l'attaque. Question prudence, zéro. « Couvre-toi, bordel ! » lui hurlaient ses entraîneurs durant le combat. Son problème, c'était qu'il n'arrivait pas à faire deux choses en même temps. D'abord, l'attaque.

Il laissa échapper un petit rire. Malgré ces huit mille coups, il n'était pas complètement idiot. Il voyait bien que dans cette histoire d'attentat, chacun roulait pour soi. Lui, Mounir, Bartolomeo, le grand patron de Bartolomeo – le *commendatore* Zaccaria, qu'il avait vu une seule fois et qui lui avait tendu la main comme s'il craignait d'attraper un microbe –, les kamikazes de Mounir… Ils cherchaient tous autre chose. Au fond, ils se méprisaient. Mais pour réussir, il fallait jouer collectif. Le seul vraiment sincère dans cette histoire, c'était Bartolomeo. Et ces crétins de martyrs, il fallait le reconnaître. Se faire sauter alors que rien ne les y obligeait, ça voulait quand même dire quelque chose. Ils savaient ce qu'ils voulaient, ils en connaissaient le prix, et ils étaient prêts à le payer. Chapeau.

Lui, ce qu'il voulait, c'était aider Bartolomeo. Un homme qui s'était montré très généreux avec lui. Lorsque, dix-huit ans plus tôt, personne ne voulait lui offrir du travail, il lui avait fait confiance. Et puis, il voulait toucher sa prime. Montrer à ses enfants qui il était.

Il s'était toujours occupé de ses enfants. Gino avait beaucoup pris de lui. « Celui-là, au moins, il est de toi », lui lançait sa femme en riant. « Haha, monsieur est inquiet... ? » qu'elle ajoutait. Après quoi elle s'étonnait qu'il se mette dans une colère noire. Dans toute la Libye, il n'y avait pas une femme qui osait parler comme ça à son mari. Pas une !

Il imagina ses enfants réunis devant lui, adultes, forts, beaux... Il accéléra le pas, histoire de penser à autre chose, sinon il allait encore se mettre à pleurer comme un imbécile.

Piazza Navona, il repéra les affiches. Depuis une semaine, elles proliféraient dans tout le centre-ville. On y voyait le visage du pape, l'air renfrogné, avec, en dessous, des commentaires insultants en dialecte romain, qui se terminaient par ces mots :

Carnaval noir

Ma n'do sta la tua misericordia ? Mais où donc est ta charité ?

Bientôt de l'histoire ancienne, se dit Arturo.

Genève, le 15 juin
Musée Bodmer
15 heures

D'habitude, les visites de Bénédict au musée Bodmer le comblaient. Se retrouver en intimité avec le manuscrit de *La Divine Comédie*, l'original de la Bible de Gutenberg ou le *Faust* de Goethe en version autographe, tenir en main des originaux de Virgile, Thomas d'Aquin ou encore Flavius Josèphe, tout cela le mettait en joie. Mais cet après-midi, le souvenir de son entrevue avec la journaliste du *Temps* ne cessait de l'irriter. Il s'était montré trop bavard.

Nicolas Ducimetière l'attendait dans la salle de conférences, où quatre épais volumes étaient disposés sur une table. Bénédict reconnut le Briquet, un passage obligé pour authentifier tout manuscrit ancien. Son auteur, Charles-Moïse Briquet, avait passé sa vie à recopier et à dater des milliers de filigranes de papiers anciens.

Bénédict sortit la lettre de son porte-documents et la posa avec précaution sur la table. Nicolas se pencha sur elle au point de presque la toucher du nez :

– Le tamis qui a recueilli la pâte à papier était d'une grande finesse... C'est un indice positif.

Il se recula, les yeux toujours sur la feuille. L'encre était métallographique, et ses dépôts (il pointa l'index sur la feuille), là où leur teinte était plus sombre, sur les «n» et les «m», attestaient qu'elle était d'époque. Le papier avait été attaqué par le sel et l'oxyde métallique, du fait de la plus forte concentration de l'encre sur ces lettres, mais il était de qualité et il avait résisté. Il n'y avait aucun trou.

– Voyons le filigrane, fit Nicolas.

Il saisit la lettre par ses bords avec délicatesse et l'exposa à la lumière naturelle :

– Je vois un lion... ailé et nimbé... Le symbole de saint Marc l'évangéliste...

Il se tourna vers Bénédict :

– Ce sont les armoiries de Venise. Le papier provient d'un des battoirs de la République.

Il remit la lettre à la lumière :

– Le filigrane est assez particulier.

À l'intérieur d'un cercle barré d'une ligne verticale, on voyait une tête d'animal ceinte d'une auréole. Deux ailes déployées entouraient la bête :

– Dessin malhabile, poursuivit Nicolas. C'était un moyen simple de personnaliser le filigrane.

Il reposa la lettre sur la table, ouvrit le troisième tome du Briquet et chercha le chapitre consacré aux filigranes vénitiens :

– C'est celui-ci. Donne-moi une minute.

Il quitta la salle de conférences et revint avec une feuille de papier calque qu'il posa sur l'ouvrage de Briquet. D'un trait précis, il copia le filigrane, plaça le papier calque sur la lettre et cala les deux filigranes l'un sur l'autre avant de les présenter à la lumière :

– Pile poil. Briquet relevait à la main les filigranes des feuilles originales. J'ai procédé selon le même principe, mais inversé, pour ne pas endommager ta lettre. Conclusion : elle est authentique. Il y a autre chose.

Il se saisit du deuxième tome du Briquet et le feuilleta :

– Voilà. Référence 10475. Le fabricant de ton papier était un certain Ercole Turazza. Le papier a été fabriqué par lui, à Venise, en 1568. Ce document est exceptionnel. Tu permets que je le lise ?

Pendant que Bénédict notait les détails de l'analyse, Nicolas prit le temps d'une lecture soigneuse :

– Étrange, cette lettre, tu ne trouves pas ? Valsangiacomo, c'était bien le cardinal ? Celui des reliures ? Bizarre qu'il ait caché cette lettre... Et ce « je vous remercie par avance de me soutenir dans cette démarche »... Bizarre, lui aussi.

Il rendit la lettre à Bénédict :

– L'aventure, mon cher !

Genève, le 15 juin
9, rue de Candolle
18 heures

Bénédict posa la lettre de Scanziani devant lui et l'observa, l'air perplexe.

Sur quoi était-il tombé ? Une curiosité de collectionneur ? Un bavardage insignifiant ? Un secret vieux de cinq siècles ?

Il y avait dans cette lettre quelque chose de vénéneux.

Il en fit une copie au scanner, écrivit quelques mots à Elisabetta et lui transmit le tout.

Genève, le 17 juin
9, rue de Candolle
7 heures

Teresa s'approcha de Bénédict et lui tendit *Le Temps* :
— Ils auraient pu mettre ta photo ! Au lieu de ces mots qu'il faut être savant pour comprendre...

L'article de Mado occupait la moitié supérieure de la page 15. Une photo montrait les deux dernières lignes de la lettre, et Bénédict se dit que l'effet était bien plus élégant que si tout le texte avait été reproduit. L'article avait pour titre :

« Le latin, langue palpitante »

L'histoire de la lettre, les péripéties de sa découverte, son mystère, tout était relaté sur un ton romanesque. Dans une sorte de « Défense et illustration des humanités », Mado mettait en opposition l'intérêt de la lettre et la décision de délocaliser l'enseignement du latin médiéval. L'article était sincère, presque emporté. Mais en soulignant l'incongruité de la délocalisation, il laissait entendre que Bénédict avait cédé trop facilement, qu'il aurait dû se battre.

La lecture de l'article embarrassa Bénédict. Devait-il remercier la journaliste pour son compliment ? Lui téléphoner ? Mais que lui dire sans être ridicule ? Un courriel ferait mieux l'affaire.

Il brancha son ordinateur, cliqua sur « mail », et se ravisa. Appeler la journaliste serait quand même plus élégant. Mais lorsqu'il s'imagina au téléphone avec elle, les mots lui manquèrent. Il valait mieux attendre qu'il ait du nouveau. Il se sentirait plus à son aise.

La sonnerie de son ordinateur le sortit de ses pensées. C'était Elisabetta.

Carissimo,
Tu m'as mis la tête à l'envers avec ton histoire. Où vas-tu chercher des lettres pareilles, toi qui vis dans le silence des banques suisses ?
J'ai été traîner à la Marciana, où l'une des bibliothécaires a passé plus d'une heure à rassembler quelques textes de référence. Je te résume le résultat de mes recherches :
Scanziani était l'un des plus brillants juristes de l'Église du XVIe siècle. Il venait de Bologne, où il avait présenté une thèse de droit canon sur la « Querelle des investitures » qui lui avait valu une réputation très flatteuse au sein de la Curie romaine. Un intellectuel hors norme.

Carnaval noir

Un mot sur la Querelle. C'était le conflit qui opposa longtemps le pape au Saint-Empire romain germanique. Qui devait nommer les évêques ? Dès lors qu'ils contrôlent des biens temporels, c'est à nous de les investir, disaient les monarques. Mais leur tâche relève de l'Église, rétorquait la papauté, ils doivent être nommés par nous et nous seuls.
Scanziani traita le sujet en justifiant avec panache le choix d'une papauté dominatrice. La Curie romaine vit en lui un homme sûr, doublé d'un juriste hors pair, assez cinglant pour, un jour lointain, faire un bon pape.

Tu le sais, entre Venise et Rome, les conflits étaient incessants. Les mœurs dissolues de Venise, son système de gouvernement insaisissable, tout cela irritait la papauté. Venise lui échappait. Les confréries étaient richissimes…
La Querelle des investitures se transposait une fois encore. Rome voulait intervenir dans les nominations des dirigeants des Scuole. Or, les confréries étaient laïques. La charité, c'est affaire de Dieu, disait la Curie. L'argent, c'est le nôtre, répondait Venise.
Scanziani ne devint jamais pape. Il périt d'une main féminine, celle de Myriam Clasen, une riche poétesse originaire d'Allemagne dont les œuvres sont encore aujourd'hui éditées en vénitien. Elle a tué Scanziani un soir qu'il la visitait, d'un coup de poignard dans chaque œil, va savoir pourquoi. Puis elle s'est suicidée en sautant dans le Canal Grande, à la vue de plusieurs témoins. On n'a jamais compris le motif de son conflit avec Scanziani.

Carnaval noir

Elle était riche, mais lui n'avait pas une réputation d'homme avide. Ce qu'il voulait, c'était devenir pape. Bizarre, cet assassinat suivi d'un suicide, tu ne crois pas ? Il venait en point d'orgue à ce que nous appelons le Carnaval noir, une série de crimes commis en l'espace de quelques jours au cours du mois de février 1575, dont les auteurs comme les motifs sont restés mystérieux. Si tu arrives à trouver un début d'explication, tu auras ton heure de gloire.
Je joins trois notes qui pourraient t'aider.
Je me réjouis de te voir dans quelques jours et je t'embrasse.

Elisabetta

P.S. À propos de l'hérésie dont il est question dans la lettre : en 1571, une prophétie circulait à Venise, selon laquelle un envoyé du Christ sauverait l'Église des griffes de la Réforme. Cet homme serait reconnaissable à ce que chacune de ses mains aurait six doigts. Cette prophétie traversa la Péninsule comme la foudre. Les représentations de Christ aux douze doigts se multiplièrent. Elles infligeaient une blessure au corps du Christ, mais l'Église laissa faire : elles ravivaient l'espérance populaire, et la fin justifiait les moyens. Il fallait lutter contre les avancées inquiétantes de la Réforme, et l'art religieux était une arme légitime. Ce fut seulement à partir de 1585, sous le règne de Sixte V, que l'Église s'attacha à faire disparaître les représentations du Christ aux douze doigts.

Saint-Saphorin, le 17 juin
Château de Pré-Vigne
12 h 30

– Jette un coup d'œil, dit Blaise. C'est bizarre, cette histoire.

Bartolomeo vit la photo qui reproduisait quelques lignes de la lettre de Scanziani, puis lut le titre de l'encart :

«Un bien mystérieux procureur»

Parmi toutes, l'hérésie du Christ difforme avait de quoi inquiéter la Curie, d'autant qu'elle provenait sans doute des astrologues de la Scuola Grande del San Sepolcro. Il se pourrait bien que cette lettre soit un document exceptionnel, qui nous renvoie à un mystère vieux de cinq siècles : la succession de meurtres et d'exactions commis à Venise en 1575, durant quelques jours de son carnaval, souvent appelé le Carnaval noir.

Bartolomeo était livide.

Genève, le 17 juin
9, rue de Candolle
14 h 15

Teresa entrouvrit la porte du salon :
— Tu veux un café ?
Elle attendit une seconde ou deux, murmura *mai content,* et repartit.
— Bien sûr, répondit Bénédict après qu'elle lui ait tourné le dos.

Il lut la première des trois pièces jointes que lui avait transmises Elisabetta :

Giorgio Benvenuti. Marchand de pierres précieuses, philanthrope et grand collectionneur. A créé la Scuola Grande del San Sepolcro. Possédait des Titien, des Veronèse, des Tintoret, et de nombreuses toiles de deux peintres qui eurent leur heure de gloire au XVIe siècle, le Turquetto et Paolo il Nano. Très lié avec Jakob Clasen, riche marchand de pierres précieuses lui aussi, grand amateur d'astronomie et originaire de Nuremberg.

Carnaval noir

Il s'arrêta sur la référence à Nuremberg. Copernic n'avait-il pas publié dans cette ville ?

Il passa à la lecture de la deuxième note.

Paolo il Nano. Vasari en dit quelques mots dans ses Vies : Né à Bologne, comme Scanziani. Famille d'astronomes, les Novara. Son grand-père était Domenico Maria Novara, une sommité en Europe (c'est chez lui qu'avait logé Copernic, du temps de ses études de droit canon, à Bologne). Son père, Giovanni Novara, fut lui aussi grand astronome et succéda à son propre père à la chaire d'astronomie de l'université de Bologne.

Paolo il Nano n'était pas nain, simplement court de taille, il avait même une très belle tête. On dit de ses toiles qu'elles étaient supérieures en émotion à celles de Titien, dont il avait été l'élève. Outre le sens du « colorito » qui était la marque des grands peintres vénitiens, il Nano avait une extraordinaire précision du trait, la spécialité des Florentins de l'époque, qu'on appelait le « disegno ». Chez il Nano, ce goût de la précision était sans doute dû à ce qu'il avait grandi dans une famille d'astronomes. Il avait à peine quarante ans quand il est mort. Presque toute son œuvre et son atelier ont brûlé un soir de carnaval, dans la nuit du 14 au 15 février 1575. On l'a retrouvé pendu au pont du Rialto le 20 février.

Cette histoire de Copernic et de Novara piquait la curiosité.

Carnaval noir

Il alla sur Google, tapa « Copernic Novara » et s'arrêta sur un article paru une douzaine d'années plus tôt dans le *New York Times*.

Bénédict savait que les procès de Galilée découlaient directement des découvertes de Copernic. Comment expliquer que des théories aussi insupportables aux yeux de l'Église n'aient pas été combattues durant si longtemps, si ce n'est par l'effet d'un étouffement ? Quelle violence a réussi à les tenir enfouies ? Se pourrait-il qu'un lien existe entre le Carnaval noir et la révolution copernicienne ?

La lecture de la troisième note fut vite expédiée.

Tina Di Meo. Historienne, professeur honoraire à Ca' Foscari, spécialiste du XVIe siècle vénitien, connue surtout pour sa biographie de Véronèse. Elle a aussi écrit une monographie piquante : Les mains courantes des Capisestieri durant la deuxième moitié du XVIe siècle. Les Capisestieri étaient les chefs de district, les commissaires de police de l'époque. Elle a consacré sa thèse de doctorat à Paolo il Nano, et saurait t'en dire plus sur lui que quiconque. Si cela t'amuse, je te la présente.

Il resta un long moment à s'interroger sur le meilleur moyen de communiquer ces informations à

Carnaval noir

Mado. Le cœur battant, il réunit le mail d'Elisabetta, ses trois notes, l'extrait du *New York Times*, et lui transmit le tout, ajoutant en objet ces mots : *On en parle ?*

Il avait à peine envoyé son message qu'il sentit son téléphone portable vibrer :
– Permettez que je me présente, cher monsieur : mon nom est Bartolomeo San Benedetto. C'est à votre frère que je dois votre numéro. Pierre, mon ami…

Bénédict ne broncha pas. Que venait faire Pierre dans cette histoire ? Et qui était cet homme volubile qui parlait avec un fort accent italien ?
– J'ai lu l'article, à propos de la délocalisation du latin. Eh oui, nous ne sommes plus très nombreux à apprécier la vraie culture classique. Et pour la lettre… *Complimenti !* Quelle trouvaille !

Bénédict continua de se taire.

L'homme dirigeait une fondation italienne dont le principal bailleur de fonds était Maurizio Zaccaria, « le banquier, grand collectionneur de manuscrits, vraiment très grand, si vous voyez ce que je veux dire… »

C'était aussi le grand-père de sa filleule :
– Nous travaillons en famille ! dit-il dans un rire forcé.

Il était de passage à Genève et souhaitait beaucoup rencontrer Bénédict :

— À dîner, pour un thé, un whisky, ce qui vous fera plaisir.

Cette façon de faire déplut prodigieusement à Bénédict. Il avait entendu parler de Maurizio Zaccaria comme d'un homme discret, une sorte de banquier non officiel du Vatican. Voulait-il soutenir l'enseignement du latin ?

— À propos ! Ça m'intéresserait beaucoup de voir l'original de la lettre dont parle l'article, avait ajouté San Benedetto.

Bénédict se dit que s'il déclinait l'invitation, Pierre saisirait l'occasion de l'humilier devant son fils : « Imagine la scène, Antoine. Je mets ton père en contact avec un gars passionné de manuscrits, plein aux as, et ni une ni deux, ton père l'envoie promener ! »

— Entendu pour un café, dit Bénédict.

Genève, le 17 juin
Bar de l'hôtel Beau-Rivage
18 h 30

Bénédict repéra son interlocuteur au premier coup d'œil. Il dégageait une impression conforme à celle qu'il avait ressentie au téléphone. Élégance pompeuse et sourire excessif.

– Vous permettez…

L'homme lui tendit une carte de visite. Avant même d'y jeter un coup d'œil, Bénédict fut frappé par ses ongles, trop brillants pour que cela ne soit pas l'effet d'une couche de vernis.

La carte de visite était au nom de Valeurs et Traditions.

– Je suis professeur de latin médiéval, dit Bénédict. Mon champ de compétence est très étroit. Que puis-je vous apporter ?

Bartolomeo sourit :

– Votre lettre parle d'une prophétie vieille de cinq siècles, à propos d'un Christ difforme.

– C'est exact, fit Bénédict.

– Je voudrais vous acheter la lettre.

Bénédict le regarda, l'air interloqué :
— À des fins d'étude ? Pour une collection ?
— Savez-vous ce qu'est un vrai collectionneur, professeur Hugues ? Quelqu'un dont la passion a pour seule limite l'argent qu'il peut y consacrer. Il se trouve que mon patron a beaucoup de moyens. Il souhaite acheter votre lettre et m'a demandé de négocier avec vous un prix généreux.

Il croisa les mains et attendit une réaction. Bénédict l'observa. Qui était cet individu ? Pourquoi un tel intérêt ? Et que venait faire son frère dans cette farce ?

Alors qu'il fuyait le regard de son interlocuteur, ses yeux tombèrent sur ses mains. Il ne put réprimer un mouvement de surprise.

Bartolomeo sourit :
— Ça vous effraie ? Vous voulez tout voir ?

Il tint ses deux mains à la verticale, doigts écartés :
— Polydactylie. C'est ainsi que ça s'appelle. Pour tout vous dire, elle est postaxiale bilatérale. Le doigt en plus est du côté de l'annulaire, et l'anomalie touche les deux mains.

Il eut une expression fataliste :
— C'est pour cela que je soigne mes doigts comme une courtisane. Au moins qu'ils soient présentables, n'est-ce pas ? (Il eut un rire forcé.) Revenons à nos affaires. Votre lettre m'intéresse beaucoup.

Bénédict expliqua qu'il avait trouvé cette lettre par hasard et entendait la garder. Animer une classe de latin n'était pas chose facile. Il utiliserait la lettre comme outil pédagogique.

Il fit mine de se lever.

– Mon président m'a demandé de vous en offrir quarante mille euros.

– C'est très généreux de sa part, mais c'est non. J'ai du reste commencé des recherches...

– Ne refusez pas, reprit Bartolomeo, la voix soudain tendue.

Ce petit prof était-il conscient qu'il se mettait en travers de la route de Bartolomeo San Benedetto ? Que son entêtement risquait de mettre en péril la sauvegarde du monde chrétien ?

– Vous n'êtes pas un homme d'argent, reprit Bartolomeo, je le vois, et cela vous honore. Mais donnez-moi une petite minute, le temps de vous faire une proposition que vous considérerez avec grand intérêt.

Bénédict eut un mouvement de surprise :

– Vous entendez : que je ne pourrai pas refuser ?

Cette fois, il se leva tout à fait.

– Professeur...

Le ton de San Benedetto était faussement suppliant.

Bénédict se rassit. Au point où il en était, autant être sûr qu'il pourrait se justifier aux yeux de Pierre.

La proposition de Bartolomeo s'articulait en trois points. La Fondazione lui achetait la lettre pour un montant de cent mille euros, pour lesquels il pouvait lui fournir dès le lendemain une garantie de la banque Hugues. Le deuxième volet de la proposition touchait à la discrétion. La lettre – ou sa photocopie – ne devait être communiquée à personne. Enfin, la Fondazione s'engageait, en temps voulu, à le faire participer aux recherches qu'elle entreprendrait à propos des protagonistes cités dans le document. Mais il restait entendu que lui-même ne prendrait aucune initiative parallèle.

Bénédict n'en croyait pas ses oreilles. Il se leva, lança «Vous plaisantez, cher monsieur», et quitta le bar d'un pas rapide.

Genève, le 17 juin
Bar de l'hôtel Beau-Rivage
20 h 30

Il la lui fallait, cette lettre. Elle était à lui. Elle avait été écrite pour lui. La prophétie dont elle parlait, c'était la sienne. Pas celle d'un médiocre professeur de latin.

Et ce n'était pas seulement de lui, Bartolomeo San Benedetto, qu'il s'agissait. Il y avait aussi Padre Teofilo. Cette lettre était une manière de le remercier. De l'honorer. De lui dire : « Padre, tu m'as fait confiance, et de cela je te serai reconnaissant jusqu'à mon dernier jour. Cette lettre montre que toi aussi, tu avais une mission sacrée à accomplir. Et voilà que tu l'as menée à bien. »

Surtout, il y avait la mission elle-même ! Sa mission ! Pour cela, aussi, la lettre ne devait pas disparaître dans les tiroirs de ce petit professeur de rien du tout. Cette lettre était pour lui, Bartolomeo San Benedetto. Sa feuille de route. Un signe du destin. Une fois sa mission accomplie, cette lettre annoncerait au monde que le Seigneur lui avait confié une mission sacrée.

Soudain, la tristesse prit le pas sur la colère. La lettre n'était accompagnée d'aucun signe. Le destin avait-il oublié de se manifester ? Il pensa aux mots du Christ sur la croix. *Eli, Eli, lama sabachthani ?* Seigneur, Seigneur, pourquoi m'as-tu abandonné ?

Le destin avait-il décidé que lui non plus, Bartolomeo, n'avait besoin d'aucun présage ? Que le signe majeur du destin, il l'avait sur chacune de ses mains ? Que c'était même ingrat de sa part de vouloir être rassuré ? Il les avait, ses preuves.

Il regarda ses mains. Tout était là, sous ses yeux. Six et six. Les douze doigts du Christ.

Il pensa à Padre Teofilo. Il n'aurait pas été content de le voir douter de sa mission. Il pensa à la fresque, sur laquelle on avait masqué le sixième doigt.

Soudain, il crut défaillir. Ils étaient en juin ! Le sixième mois ! Le sixième ! Et... ils étaient aussi en 2016 ! Encore un six ! Et cet article venait de paraître le... 17 du mois ! Dix-sept, c'est un 1 suivi d'un 7. Et sept moins un, cela faisait six ! Trois fois le chiffre 6 ! L'annonce de l'Apocalypse !

Il ressentit un bonheur immense. Bien sûr, le message n'était pas pour tout le monde. Mais lui l'avait reçu. Et il en avait tiré ses conclusions... Le destin avait voulu le rassurer. Sois tranquille, lui disait-il. Cette lettre est pour toi et pour toi seul. Tu l'obtiendras.

Lutry, le 18 juin
Rive du lac Léman
8 h 30

Certains jours par forte bise, le lac avait l'air brouillon, avec des vagues petites, désordonnées, très nerveuses. D'autres fois, lorsque la brume cachait les côtes françaises, il était gris et placide, sans la moindre ridule, et prenait des airs de grand fleuve majestueux. Il lui arrivait aussi de se métamorphoser à vue d'œil, passant très vite du gris-vert au glauque, puis au vert bouteille, et de temps à autre, par endroits, à un bleu très sombre, presque noir, surtout vers l'est, du côté de Saint-Gingolph. On avait alors le sentiment de se trouver face à un océan.

Le matin, avant même de préparer son café, Mado sortait sur son balcon et observait le lac. Ces variations la renvoyaient à son enfance et à son père valaisan. C'est à lui qu'elle devait son goût d'observer la nature. «Dans les villes, s'il pleut, les gens prennent un parapluie et le tour est joué», disait son père. «En montagne, on épie chaque détail. On essaie d'anticiper les vents ou la grêle. Quand on risque son troupeau ou sa récolte, quelquefois même sa peau, prendre le temps, ce n'est pas du luxe. »

Ce matin-là, une brume épaisse rendait le lac grandiose. Mado l'observa longuement, avala son café et descendit sur le quai faire son jogging. Cinq kilomètres séparaient Lutry, où elle habitait, de l'extrémité ouest d'Ouchy, Mado effectuait l'aller-retour en moins d'une heure.

Dix ans plus tôt, elle avait essayé la piscine.

Pas facile d'éviter la blessure lorsqu'on se retrouve en intimité dans l'eau avec des inconnus et qu'on est une négresse. Elle captait les coups d'œil entendus, les sourires réprimés, repérait les visages qui évitaient de la saluer... Elle essayait de tourner la tête, se dire ni vu ni connu, on fait semblant de rien.

Au bout de quinze jours, elle avait remplacé la nage par la course.

La compagnie du lac lui était bienfaisante. Elle le voyait toujours beau et tendre, même dans ses jours de fureur. Certains matins, l'envie la prenait de le photographier. Un clic sur son portable et l'image serait à elle pour toujours. Mais elle s'y refusait, par fidélité à un souvenir qui avait marqué son enfance.

★

Elle devait avoir douze ou treize ans et faisait une promenade en forêt avec son père. Celui-ci avait soudain tendu le bras devant elle, l'obligeant à s'arrêter. Après quelques secondes de silence, il avait soufflé :

– Écoute !

Un gazouillis s'échappait d'un sapin. On aurait dit le bruit des tout petits baisers, ceux que l'on donne aux enfants, ou alors aux très aimés, des baisers rapides et tendres, posés en rafale sur les yeux, le front ou aux commissures des lèvres.

Après avoir chanté durant à peine une demi-minute, l'oiseau s'était envolé.

– *Loxia curvirostra*, lui avait dit son père. Bec-croisé des sapins. Celui-là, pour l'écouter, il faut avoir de la chance. C'est un romanichel... Il n'était pas magnifique ?

– La prochaine fois, on l'enregistre !

Son père l'avait regardée longuement :

– Le bonheur n'aime pas qu'on lui mette la main dessus, mon trésor. Laisse-le filer. Il sera content de te revenir.

Il l'avait prise dans ses bras et l'avait couverte de petits baisers délicats, comme pour imiter le chant de l'oiseau :

– Ce n'est pas mieux, ça ?

Elle s'était agrippée à son père et celui-ci avait fondu en larmes.

Carnaval noir

★

Elle courait vite, par longues foulées, avec naturel. Elle avait les jambes très minces des femmes de son pays, interminables, au mollet à peine marqué. Elle était belle à voir, elle le savait. Les gens qu'elle croisait lui lançaient souvent un compliment, et Mado en ressentait une joie immense.

Peu après le port de Pully, alors qu'elle n'était pas même à mi-chemin, elle s'arrêta brusquement et resta debout, tête baissée. Bénédict avait quinze ans de plus qu'elle. Bénédict avait sa vie. Bénédict n'avait pas besoin d'elle. Elle était noire. On les aimait bien, les Noirs. Pour un verre. Ou pour quelques nuits. Quelques semaines. Au plus quelques mois. Pas au-delà. C'était sympathique de coucher avec une Noire. C'était valorisant. On passait pour large d'idées. On aiguisait la curiosité des amis.

Elle s'assit sur l'un des bancs disposés face au lac et s'efforça de penser au dossier que Bénédict lui avait envoyé la veille. Il y avait de quoi se réjouir. Les points de convergence entre la lettre de Scanziani, les recherches de Bénédict et ce que l'on savait du Carnaval noir étaient nombreux. Bonvin serait intéressé par la note qu'elle lui préparait, cela déboucherait sur un grand article. Sans doute même plusieurs.

Mais sa tristesse ne se dissipait pas. Pourquoi Bénédict s'intéresserait-il à une négresse ?

Elle pensa à Blaise, qui lui répétait sans cesse :

— Il n'y a pas plus belle que toi.

Elle lui avait lancé un jour :

— Quel est le plus beau poème jamais écrit ?

— *Le Cantique des cantiques*, avait répondu Blaise.

— Tu sais ce qu'il dit, *Le Cantique des cantiques* ? Tu le sais, n'est-ce pas ?

Il avait hoché la tête avec gravité.

— Alors dis-le ! Dis les mots !

— Ce sont des mots magnifiques !

— Dis-les !

— *Je suis noire mais je suis belle.*

— C'est magnifique si tu veux ! avait rétorqué Mado. Tout est dans le « mais ». Je dois sans cesse justifier ma négritude. Est-ce que tu sais ce que cela veut dire, de devoir se justifier à chaque instant ?

Il le savait, bien sûr. Et comment qu'il le savait. Il n'en était pas sorti lui-même, de ces justifications.

Rome, le 18 juin
Trastevere, Caffè Il Cavallo
16 heures

— Ça va comme tu veux ? demanda le patron du café à Mounir.
— Un cappuccino, et cela ne pourrait aller mieux.
Ali et sa rouquine étaient déterminés. Aucun problème de ce côté-là. Il les retrouverait le lendemain au café, d'où ils iraient ensemble à l'atelier de mécanique. Le landau était prêt. Il restait à mettre au point la manipulation du barreau où seraient glissés les détonateurs. Une demi-heure et l'affaire serait réglée. Pour le reste... Se faire exploser dans la basilique plutôt qu'au milieu du désert était plus spectaculaire, mais sur le fond, cela ne présentait aucune difficulté supplémentaire.
Pour ce qui était de Casa Santa Marta, l'opération s'annonçait plus délicate. Parmi les *shahid*[1] qui s'étaient portés volontaires, Mounir avait à choisir deux kamikazes aguerris, capables de tirer parti de la panique générale qui serait créée par l'explosion

---

1. Martyrs.

dans la basilique. Ils auraient à neutraliser le garde suisse, franchir la porte Alexandre-VII, arriver jusqu'à la résidence du pape et enfin se faire exploser, l'un au rez-de-chaussée, l'autre au deuxième étage. Ces deux-là devaient être capables de gérer les impondérables dans des conditions extrêmes.

Il avait rendez-vous le lendemain avec quelques anciens de Derna, pour la plupart des membres de Dawlah[1] qui avaient survécu au carnage. Après la bataille, certains des survivants s'étaient repliés à Syrte pour continuer le combat. D'autres avaient fui la Libye. Parmi eux, les plus chanceux s'étaient retrouvés entassés sur des rafiots qui les avaient portés jusqu'à Lampedusa, d'où quelques-uns avaient réussi à gagner Rome.

Lui-même était arrivé en Italie trois ans avant la bousculade. En sachant l'italien, en plus. Merci aux colons... Petits boulots par-ci par-là... Ceux qui débarquaient en masse n'avaient que la perspective de vivre en cloportes. Certains préféraient se sacrifier pour leur foi. Si c'était ce qu'ils souhaitaient... Comme disaient les Italiens : *Contenti loro, contenti tutti.*

Il pensa aux amis d'Arturo, Bartolomeo et Zaccaria.

---
1. État islamique.

Ils n'avaient pas même négocié. Ils les auraient eus avec dix fois moins, leurs martyrs.

Enfin, tant mieux pour lui. L'affaire bouclée, il irait habiter à Berlin, où son frère tenait une épicerie à Königsberg, dans le quartier turc. Le magasin adjacent, un commerce d'appareils ménagers, était à reprendre. Il pourrait acheter le fonds de commerce, rembourser la dette de son frère sur l'épicerie et meubler un appartement pour eux deux.

À la révolution, sa fidélité au régime avait failli lui coûter la vie. Cela faisait cinq ans qu'il croupissait à Rome. L'occasion se présentait de quitter toute cette crasse et il n'allait pas la rater. Ces histoires de loyauté, c'était terminé.

Genève, le 18 juin
Siège de la banque Hugues & Cie
17 heures

À l'instant précis où Pierre Hugues poussa la porte de l'ascenseur, trois huissiers postés derrière le comptoir d'accueil se levèrent et lancèrent un «bonsoir, monsieur Pierre» aux allures de chorale militaire.

Hugues & Cie était la plus ancienne des banques privées de Genève. Désormais quatrième seulement par le total des fonds sous gestion, elle s'accrochait à son rang, et son personnel saluait les associés-gérants comme autrefois les gens de maison s'adressaient à leurs maîtres, en les appelant par leur prénom.

Depuis qu'il avait été nommé à la tête de l'établissement, Pierre Hugues avait augmenté les revenus de la banque de manière considérable. La nouvelle clientèle se recrutait parmi la nomenklatura russe, les riches familles du Moyen-Orient, et quelquefois des Européens comme Zaccaria, proche de la Curie. Tous étaient nantis, bien sûr. Mais ils n'avaient pas le même prestige ni la même surface que les caisses de pension hollandaises ou les immenses fonds souverains d'Asie, des groupes qui chaque année augmentaient leurs placements par milliards. Cette clientèle échappait à Pierre et à ses associés.

Il se tourna vers les trois huissiers et demanda que l'un d'entre eux le conduise chez lui. En temps normal, il aurait effectué le trajet jusqu'à son domicile à pied. Mais en cette fin d'après-midi, l'envie de goûter au plaisir de la promenade l'avait quitté. L'appel qu'il avait reçu de son frère une heure plus tôt l'irritait encore plus que celui qu'il avait reçu de l'hurluberlu qui lui demandait de dîner avec lui.

Un irresponsable qui ne lui causait que des ennuis, voilà ce qu'était son frère.

— Il m'a laissé entendre que sa Fondazione a un compte chez toi, c'est le cas ? avait demandé son frère.
— Je n'ai pas le droit de te répondre, tu le sais bien.
— Il prétend qu'il te connaît. Il a mon numéro de portable. Si tu le lui as donné, c'est que tu le connais.
— J'ai pensé que cela t'amuserait d'échanger quelques mots avec lui. Son patron est un grand amateur de culture classique.

Jamais content, ce crétin de Bénédict. Il lui envoyait un acheteur prêt à débourser des sommes faramineuses pour une lettre qui ne lui avait rien coûté, et monsieur faisait le difficile. Un benêt.

Malgré tout, les propos de son frère avaient de quoi inquiéter. Un vrai collectionneur n'aurait pas mis une telle insistance à ce qu'aucune recherche ne soit entreprise en dehors de lui-même. Le travail déjà effectué sur la lettre ne pourrait que la valoriser. Que voulait cet homme ?

Il est vrai que les gens nouvellement riches avaient souvent des exigences de star...

– Demande-lui un prix exorbitant, ça te fera un joli pactole.

Mais son frère n'avait rien voulu entendre.

Il prit place dans la Mercedes et demanda à l'huissier de le conduire chez lui. Mais à mi-chemin, il changea d'avis et se fit déposer à l'hôtel Beau-Rivage. Autant en finir avec l'énergumène. Cette idée d'aller raconter que la Fondazione avait un compte chez eux... qu'il avait un pouvoir de signature... Ce San Benedetto était un imbécile.

Mais le plus imbécile des deux, c'était lui, qui avait cumulé les imprudences dans sa relation avec Zaccaria. À commencer par son intronisation. Une farce !

Il se revit en compagnie de Zaccaria, au siège de sa Congregazione, via di Santa Chiara. L'entrée de l'immeuble se faisait par une église. Plutôt de quoi être rassuré… Mais après avoir traversé la nef et la sacristie, il s'était retrouvé dans une pièce immense aux murs couverts de livres sur cinq ou six mètres de hauteur, où se pressaient une centaine de personnes revêtues de capes en soie verte. Qu'est-ce que c'était que cette comédie ? À l'instant même, il avait regretté d'avoir accepté. À en juger par les regards et les postures, tous semblaient prendre cette cérémonie très au sérieux. Il remarqua même trois cardinaux, les seuls à ne pas avoir revêtu la cape verte. Leur participation était plus troublante que rassurante. Car ce qu'il pensait être une fondation avait des allures de secte grotesque.

«Signez là», lui avait dit Zaccaria. «Le registre date de 1525, regardez, c'est marqué en latin, *Congrégation des pèlerins ibériques.*» Il avait ajouté, en faisant un clin d'œil : «C'était l'époque de la Réforme, mais maintenant, protestants, catholiques, nous sommes tous amis, pas vrai ?» Une dizaine d'années plus tôt, il avait créé la Fondazione, en reprenant ce qui restait de la Congregazione, c'est-à-dire un nom très proche, le registre historique de ses membres et sa devise.

À la sortie, Zaccaria lui avait remis une très élégante pochette de cuir noir aux armes de la Fondazione, sur laquelle figurait leur devise en lettres d'or : *Delendi sint haeretici.* À l'intérieur se trouvait la cape de soie verte.

Ce soir-là, ils avaient dîné en compagnie du cardinal Fernandez-Diaz, l'un des prélats qu'il avait aperçus à la cérémonie, le plus impressionnant des trois par la taille. Il avait interrogé Pierre : «Avez-vous entendu parler de la Querelle des investitures?» Pierre avait admis sa grande ignorance. «C'est l'éternel problème d'une Église qui se veut éternelle», avait poursuivi Zaccaria. «Pouvoir se défendre contre ceux qui la voient comme une proie facile.» À sa création, au début du XVIe siècle, la congrégation s'occupait de recevoir les pèlerins en provenance d'Espagne. Le cardinal était natif de Salamanque. «Notre ami le cardinal nous ramène à nos racines ! Savez-vous quel était son sujet de thèse?» Fernandez-Diaz s'était mis à rire : «Je l'ai présentée il y a un siècle ! Il est vrai que les problèmes de notre chère Église sont récurrents, nous le savons…» Fernandez-Diaz avait hoché la tête. Le sujet de sa thèse était bien sûr la Querelle des investitures, qu'il avait résumée avec brio en trois phrases.

Fernandez-Diaz avait une compétence de grand banquier en matière de gestion financière, et Pierre comprit qu'il avait la main haute sur les activités caritatives de l'Église. Il en confiait les montants à Zaccaria, banquier italien ayant pignon sur rue, qui transférait les fonds à la banque Hugues. Ainsi, aucun lien ne pouvait être établi entre la Curie et un établissement helvétique, et l'utilisation des fonds pouvait se faire en toute discrétion.

Carnaval noir

À son retour à Genève, Pierre n'avait pas osé parler de son intronisation à ses associés. Tout, pourtant, aurait justifié une telle démarche. Adhérer à cette mascarade était le plus sûr moyen de s'attacher Zaccaria à peu de frais. Il aurait pu raconter l'épisode dans le détail et ses associés en auraient ri de bon cœur. Mais voilà, il ne l'avait pas fait. Rien de grave, pour autant que cette histoire de Bartolomeo se règle vite.

Un détail lui vint à l'esprit, qui l'irrita encore plus. À son retour de Rome, ne sachant quoi faire de la cape – n'osant pas s'en débarrasser non plus, Zaccaria pouvait l'interroger, l'inviter à une cérémonie –, il l'avait laissée dans sa pochette de cuir et rangée dans le coffre de son bureau. Elle était là depuis dix ans.

Il fallait qu'il règle ce problème. Il ne pouvait pas mettre la pochette dans une corbeille à papier, la femme de ménage l'aurait reposée sur son bureau. Ou elle se serait adressée à la gouvernante de la banque, qui aurait ouvert la pochette et découvert la cape.

Le lendemain à la première heure, il cacherait la pochette dans son attaché-case et irait se promener au bord du lac, du côté de Versoix.

Au bar du Beau-Rivage, il trouva San Benedetto attablé en compagnie de deux gaillards blonds,

énormes. À peine vit-il Pierre qu'il les congédia d'un mot et se leva :
— Pierre ! Merci d'être venu quand même. Vous prenez un verre ?

Saint-Saphorin, le 18 juin
Château de Pré-Vigne
22 heures

Debout dans la grande bibliothèque de Pré-Vigne, cela faisait dix minutes qu'Arturo faisait les cent pas et échangeait en arabe sur son portable. Il écoutait, surtout, ponctuant les mots de son interlocuteur d'un «*na'am*». Oui. Il conclut d'un «*inch'Allah*», raccrocha et se tourna vers Bartolomeo :

— Tout est en place.
— Récapitule, demanda Bartolomeo.
— Ce sera bien le mercredi 29. Jour de la Saint-Pierre et Paul. On est sûr que le pape sera à Rome. Les deux équipes sont prêtes. Ils veulent les premiers transferts pour le 24.
— Ce sera fait, dit Bartolomeo.

Les conditions financières avaient été définies. Moitié une semaine avant, moitié le lendemain. Cent cinquante mille euros par martyr, une véritable fortune pour la cellule, d'autant que les martyrs étaient bénévoles. Le transfert se ferait auprès d'une filiale de la banque Hugues basée dans les îles Vierges. De là, l'argent repartirait sur un autre compte, situé aux Bahamas.

— Je t'écoute, fit Bartolomeo.
— Ils seront quatre, répartis en deux équipes. Cinq si l'on compte l'enfant.

— Quel enfant ? demanda Blaise. Il y a un enfant dans l'histoire ?
— Un nouveau-né, fit Arturo. C'est la volonté de ses parents. Ils veulent que leur enfant aille au paradis avec eux.
Blaise le regarda d'un air ahuri :
— Vous voulez faire exploser un nouveau-né ?
— Laisse Arturo décrire l'opération. Nous discuterons des détails après.
— Des détails ? Tu appelles ça des détails ?
— Tu vas comprendre, fit Arturo, donne-moi trois minutes. On commence avant la première messe, à neuf heures moins le quart. Les deux équipes passent le contrôle à deux guichets différents. L'une sera constituée du couple et de son enfant, l'autre de Libyens de Daech. Deux frères.
— Explique pour les explosifs, demanda Bartolomeo.
— Ceux que Mounir a choisis sont indétectables. Des plaques souples et minces. Elles seront portées

par la femme, sur sa poitrine. L'essentiel pour elle sera de ne pas se faire palper. Avec l'enfant dans ses bras, cela ne fera pas un pli. La difficulté vient des détonateurs. Ils sont forcément en métal, détectables à la seconde où ils passent le portique de sécurité. C'est la raison pour laquelle Mounir et moi avons décidé de donner suite à la proposition du petit couple. La poussette de l'enfant jouera un rôle déterminant dans l'opération. Les détonateurs seront glissés dans l'une de ses barres métalliques. La barre d'origine sera remplacée par un tube d'un diamètre à peine plus important. À l'œil, la différence sera impossible à repérer. Tout se passera très vite. Le mari gardera l'un des détonateurs pour sa femme et en remettra deux aux frères. Lui et sa femme se dirigeront vers l'abside ouest et se feront exploser. Il y aura une panique générale. Dans le tumulte, soit le garde suisse en faction à la porte Alexandre VII restera sur place, tétanisé, soit il s'approchera du lieu de l'explosion. Dans un cas comme dans l'autre, la porte sera facile d'accès. Elle donne sur la piazza Santa Marta. De là, les deux frères auront tout loisir d'approcher Casa Santa Marta, le bâtiment où loge le pape. Un membre de la garde pontificale est toujours en faction devant la porte principale, un autre en civil se tient près de lui, et un troisième se trouve à l'intérieur du bâtiment, au sommet des escaliers qui mènent au comptoir du concierge. Le pape prend toujours son petit-déjeuner dans la salle à manger du rez-de-chaussée. C'est un lève-tôt, et à cette heure, il sera de retour dans sa chambre. Il loge au deuxième étage, côté est.

Blaise regardait Arturo, abasourdi.

– Au moment de l'explosion, les deux membres de la garde pontificale accourront en direction de la basilique Saint-Pierre. Le contraire est impossible. Dans sa partie arrière, la basilique donne sur la place, où il n'y a pratiquement aucune circulation. Peut-être que l'agent de sécurité placé à l'intérieur de Casa Santa Marta ne bougera pas, mais il sera facilement maîtrisable. L'un des hommes de Mounir se fera sauter au rez-de-chaussée, l'autre au deuxième étage. Et il n'y aura plus de pape.

– Et les dégâts à l'intérieur de la basilique ? demanda Blaise.

– Peu de chose, répondit Arturo.

– Peu de chose ? Qu'entends-tu par peu de chose ?

– La quantité d'explosifs sera limitée à ce que la jeune femme pourra porter sur elle. La hauteur sous plafond est immense. Les dégâts seront horizontaux. Des gens, surtout.

Bartolomeo regarda Blaise. Il semblait perdu. Bartolomeo, lui, était d'une immense sérénité. Ils allaient gagner sur trois tableaux. L'opinion du monde entier en voudrait aux islamistes d'avoir porté le fer au cœur de l'Église. Ils éliminaient l'homme qui la menait à sa perte. Et trois, l'élection de son successeur se porterait sur un cardinal aux idées conservatrices. Dès la convocation du prochain conclave, le cardinal fournirait à Zaccaria le détail de plusieurs transferts qui allaient «convaincre» quelques collègues de voter dans le bon sens. Peut-être bien que le prochain pape serait un Espagnol à la poigne de fer...

La seule petite ombre au tableau était cet arrogant de professeur.

– À propos, lança Bartolomeo. Il faut qu'on règle cette affaire de lettre...

– Tout est en place, répondit Arturo.

– On agit avec modération, je te le répète.

– Ne vous faites aucun souci, dit Arturo.

– Cette histoire d'enfant m'est insupportable, intervint Blaise.

Bartolomeo lança un coup d'œil à Arturo et ce dernier comprit qu'il devait quitter la pièce.

Bartolomeo chercha le regard de Blaise. Quinze jours plus tôt, il s'était dit que Blaise serait très blessé d'être écarté des discussions qu'il aurait avec Arturo. Autant en faire un complice. Blaise avait alors apporté au projet sa pleine adhésion. «Il faut réparer l'Église du Christ avant qu'elle ne soit détruite de l'intérieur», avait-il dit. «Et le prix à payer sera peu de chose comparé à l'enjeu.»

Carnaval noir

Voilà qu'il semblait prêt à reculer.
– Tu flanches ? lui demanda Bartolomeo.
– Imagine qu'on échoue. Nous apparaîtrons comme plus cyniques que ceux que nous voulons combattre. Et nous laisserons le terrain libre aux lâches de tous bords.

Les gens diraient : À vouloir combattre les autres, la Fondazione les imite :
– Où est la pensée du Christ dans ce meurtre d'enfant ?

Bartolomeo se leva d'un geste brusque.
– Tu es un bon chrétien, Blaise. Et je comprends que cette histoire te bouleverse. Mais cet enfant ira au paradis.

Blaise secoua la tête :
– Il n'y a pas que ça.
– Notre Église est en péril, Blaise.

Le père se rassit :
– Je me fais la réflexion vingt fois par jour. Je me suis engagé à la servir de toute mon âme. Et tu sais mieux que quiconque comment elle m'a traité.

Mais il avait beau en vouloir à l'Église, cette histoire d'enfant le révulsait :
– Je ne suis pas sûr d'être taillé du bon bois pour ce genre d'aventure.

– Nous nous apprêtons à sauver le monde ! dit Bartolomeo. T'en rends-tu compte ? Le monde ! Nous allons sauver l'Occident de ses envahisseurs. Sauver notre pauvre Église de l'ennemi intérieur. Offrir à nos enfants la possibilité de vivre selon les préceptes de Notre-Seigneur... Cela a un prix. Si toi et moi n'avons pas le courage de le payer, qui l'aura ?

Blaise baissa les yeux.

— Si notre Église a survécu, c'est parce qu'elle a combattu, poursuivit Bartolomeo. Quant à cet enfant, il ira au paradis, d'abord parce qu'il sera reçu par le Seigneur comme le sont les Saints Innocents, ensuite parce que par son sacrifice, il aura contribué à sauver l'Église du Fils. Que serait-elle sans ses martyrs ?

Saint-Saphorin, le 18 juin
Château de Pré-Vigne
Minuit

Étendu dans le noir, Arturo n'arrivait pas à trouver le sommeil. Trop de pensées l'agitaient. Et tous ces bouleversements qui l'attendaient... D'abord, ses enfants devraient lui présenter des excuses. Ils l'avaient trahi. Ils l'avaient traité comme un-moins-que rien. Alors qu'il était leur père! Quoi qu'ils disent ou fassent, il était leur père! Il avait beau avoir été en prison et ne pas les avoir vus durant dix-huit ans, il restait leur père. Et un enfant doit respecter ses parents! En Libye, les choses se seraient passées autrement. Et pas seulement pour eux. Pour leur mère, aussi... Cela dit, les problèmes qu'il avait eus avec sa femme ne les regardaient pas. C'étaient ses problèmes à lui et à lui seul. Surtout maintenant que leur mère était morte. Ils n'avaient pas un mot à dire. Pas un traître mot. Cela aussi devait faire partie des conditions. Vous me présentez vos excuses et point final. En plus, vous étiez trop petits pour comprendre. Après quoi, il se montrerait bienveillant. Il était leur père, et un père doit savoir pardonner. Tout se ferait dans une atmosphère... Le mot lui manquait. Mais ce n'était pas une question de revanche. On ne prend pas une revanche sur ses enfants. Il leur dirait : mes enfants, on oublie le passé. Maintenant, on est comme tout le monde. On forme une vraie famille. Voilà le mot qu'il cherchait ! Familiale ! Ils se retrouveraient dans une atmosphère familiale.

Lorsque lui et sa femme s'étaient séparés, Achille avait dix ans, Isabella dans les sept, et Gino trois, peut-être quatre. Il avait été condamné à l'âge de quarante-quatre ans, il en avait soixante-deux, il fallait ajouter dix-huit ans aux âges des enfants, ce qui faisait : vingt-huit pour Achille, vingt-cinq pour Isabella et vingt et un ou vingt-deux pour Gino.

Il avait toujours adoré ses enfants. Personne ne pouvait dire le contraire. Il ne s'entendait pas avec sa femme, voilà tout. Elle n'était qu'une coquette. Elle aurait dû savoir qu'on ne lui parlait pas comme ça. Si les maris qui venaient de Milan ou de Turin acceptaient ce genre de liberté, tant pis pour eux. Lui venait d'Afrique. Et un homme qui vient d'Afrique a le sens de l'honneur.

Enfin... Tout ça, c'était le passé. Bientôt, les choses allaient changer. Et même du tout au tout.

Val d'Anniviers, le 19 juin
Sur la route des Haudères
7 heures

Blaise quitta Pré-Vigne à sept heures du matin. Il avait besoin de se retrouver. De s'asseoir au chalet. De voir Christopher.

Durant tout le voyage, la représentation qu'il se faisait de l'attentat ne quitta pas ses pensées. Un nouveau-né explosait. Il imaginait ses petits morceaux de chair et d'os éparpillés dans la basilique. Ici une main, là sa tête... Tout cela pour qu'une poussette puisse servir de cheval de Troie à des détonateurs. Et lui qui avait promis au Seigneur de lui consacrer sa vie, se retrouvait complice d'un crime monstrueux entre tous, l'assassinat de l'innocence.

Il passa Sierre, remonta le val d'Anniviers jusqu'à Saint-Luc et prit le funiculaire qui menait à Tignousa. De là au chalet, il ne lui resterait qu'un bout de randonnée à flanc de coteau.

Le chalet était l'œuvre du grand-père. Il l'avait construit de ses mains, un vrai chalet d'alpage, avec au rez-de-chaussée l'atelier de fabrication et à l'étage une petite pièce. À côté du chalet, il y avait les écuries et encore un cabanon, de quoi loger un garçon de ferme.

Anne, la mère de Blaise, y avait passé tous ses étés jusqu'à ce qu'elle rencontre son père et l'épouse. À son mariage, elle avait quitté Saint-Luc pour les Haudères et le grand-père avait mis le chalet en fermage.

L'année de ses dix ans, le père de Blaise avait été pris dans «l'avalanche», comme on disait. Des avalanches, il y en avait beaucoup dans les vallées, depuis toujours. Mais celle-là était particulière, une avalanche rocheuse qui avait emporté un bout de montagne et fait plus de quatre-vingts morts parmi ceux qui travaillaient au barrage de Mattmark. Le corps de son père n'avait été retrouvé que trois semaines plus tard. Des semaines longues comme des siècles, jusqu'à ce qu'enfin arrive l'appel.

— C'est les ténèbres, répétait sa mère.

Lorsque tombait la nuit et qu'ils savaient que les recherches étaient arrêtées, que l'appel ne viendrait pas ce soir-là, ils montaient se coucher. La mère prenait Blaise dans son lit et ils se serraient à s'étouffer.

À la fin de l'automne, sa mère avait trouvé du travail à la laiterie des Haudères. Un soir, quelques mois plus tard, elle lançait à Blaise :

— Et si on récupérait le chalet ?

Durant les mois d'été, elle gagnerait trois fois ce qu'elle touchait en laiterie. Ils pourraient louer une vingtaine de vaches, que des blanches. Ce serait un peu plus cher, mais plus facile. Pour la traite, ils engageraient un garçon. Sa mère s'occuperait de faire le fromage et Blaise aiderait. À onze ans il avait de la force.

À la fin juin, ils étaient montés à l'alpage. Blaise n'était pas près d'oublier cette poya. Les paysans voulaient bien se montrer solidaires, mais de là à confier leur bétail à des débutants, il y avait un pas. Ils n'avaient réussi à louer qu'une dizaine de vaches, heureusement toutes des blanches, et le fromage avait à peine suffi à payer la location des bêtes.

Jusqu'à l'âge de dix-sept ans, Blaise avait passé tous ses étés au chalet d'alpage. Cette année-là, fin septembre, sa mère s'était tuée en montagne. L'automne d'après, il entrait au séminaire et mettait à nouveau le chalet en fermage.

Maintenant, c'était Christopher qui s'en occupait. Blaise s'y rendait trois quatre fois chaque été, presque toujours pour la journée, en général pour repartir le lendemain avant l'aube pour une escalade en haute montagne.

À mi-chemin entre Tignousa et le chalet, là où le sentier bifurquait en direction de l'hôtel Weisshorn,

Carnaval noir

il y avait un banc. Blaise s'y arrêta. Son tête-à-tête avec la Couronne impériale, c'était une petite tradition. Il parcourut lentement du regard chacun de ses sommets : pointe du Besse... Obergabelhorn... mont Durand... Cervin... pointe de Zinal... Corne de Sorebois... enfin pointe de Tsirouc. Il les avait tous gravis, pour la plupart à de nombreuses reprises. Le Cervin, sept fois, la pointe de Zinal, douze fois au moins. Il reporta son regard sur le Cervin. Au départ de Zermatt, c'était une dent énorme, fière et très élégante. De là où il se trouvait, son sommet paraissait plat, et sa découpe se poursuivait d'est en ouest en une immense épaule. Ah ça, il était moins romantique que vu depuis Zermatt. Mais il était beau quand même. Plus humble, plus montagnard. Moins carte postale. Personne ne photographiait le Cervin depuis Saint-Luc. Du reste, les touristes ne le reconnaissaient même pas.

Ils l'avaient escaladé deux fois, sa mère et lui. La première lorsqu'il avait quinze ans, la seconde juste après la descente de l'alpage, l'année où sa mère était morte.

C'est à sa mère qu'il devait son amour de la haute montagne, sa technique aussi. Même sa force physique. Dans le couple, c'était elle qui possédait les gènes du Valaisan, une ossature lourde, puissante. Question résistance, il avait pris d'elle. C'était à sa mère, aussi, qu'il devait sa foi. «Elle décuple tes forces », lui disait sa mère. « Elle te donne des ailes. Elle rend heureux. » Elle lui disait aussi, lorsqu'ils grimpaient : « La montagne, c'est l'œuvre du Seigneur. C'est son miroir. »

La première année, au chalet, sa mère s'était montrée d'une combativité extraordinaire. Elle n'avait pas fait appel à un garçon d'écurie, pour la traite. La location du troupeau, cela faisait déjà trop. Il la voyait se lever à quatre heures et demie chaque jour, traire quelques vaches, transporter les bidons à l'atelier, fabriquer les premiers lots, faire deux autres traites, fabriquer deux autres lots, tous les jours jusqu'à la fin septembre. Elle n'arrêtait pas. Ses fromages pour raclette sortaient du moule parfaits, prêts à l'affinage. « Qu'en dis-tu, mon Blaise ? » Elle réussissait tout. « Avec ce qu'elles broutent, le goût est là, c'est forcé. » Elle l'éblouissait. Elle était son soleil.

Et puis elle avait été son âme damnée. Son soleil noir, comme il l'appelait dans ses prières. Un soleil qui avait carbonisé sa vie.

« On joue à cache-cache ? »

Les mots insupportables lui revinrent en mémoire, et avec eux des images qui continuaient de le hanter, nuit après nuit. Qui l'avaient hanté toute sa vie. Qui l'avaient poussé à chercher le pardon et l'apaisement dans le Christ. Quarante ans plus tard, l'apaisement se révélait toujours impossible. Alors il s'était perdu dans la vengeance et les reproches à l'égard d'une Église qui trahissait ceux qui la servaient et les jetait à la vindicte populaire.

Il reprit la promenade en direction du chalet, et ce dernier quart d'heure de marche l'apaisa. À cette période de l'année, l'herbe était drue. Son vert dense et soutenu disait sa richesse. Avec les azalées sauvages, les bleuets et les violettes, la prairie prenait un air de gaieté. Cette herbe forte et ces fleurs allaient embaumer le lait et donner au fromage toute sa saveur d'alpage. Il se réjouit de retrouver les blanches. C'étaient de bonnes laitières, les blanches. Deux traites par jour, et abondantes. On pouvait les laisser la nuit à la belle étoile. Pas comme les noiraudes... Des courtes sur pattes qui venaient du val d'Hérens et passaient leur temps à se chamailler. Elles étaient belles, aussi, elles avaient du panache. Mais celles-là, pas question de ne pas les rentrer, on les aurait entendues toute la nuit. Christopher les mettait à brouter en dessous du chalet et les ramenait le soir à l'étable, où il fallait les attacher. C'est là que se faisait leur traite, car en prairie, le garçon de ferme aurait dû leur courir après. C'étaient de piètres laitières, en plus, certaines ne donnaient rien.

Carnaval noir

Mais elles faisaient partie du troupeau et il fallait s'en occuper.

Il trouva Christopher affairé à la cuve, en train de préparer le premier lot de la matinée :
— Vous tenez la grande forme, je vois !
— La machine fonctionne encore, fit Blaise en le serrant dans ses bras.

Il le regarda. Il était plus beau que jamais. Un mètre quatre-vingt-dix et capable de déplacer une cuve de soixante litres. Un gaillard. C'est vrai qu'il lui ressemblait. Mais l'Américain aussi était un costaud.

— Six cent cinquante litres à la première traite, reprit Christopher. Vous restez jusqu'au midi ? J'ai du bagne.

C'était le fromage de la vallée voisine.

— Si vous avez un creux, je vous en coupe un bout.
— Surtout pas, dit Blaise. Fais ton travail. J'attendrai le raclette.

Quelques chaises de plastique rouge traînaient derrière le chalet. Il s'installa sur l'une d'elles et attendit midi sans rien faire d'autre que laisser son regard flotter sur les prés, la Couronne impériale ou les noiraudes en écoutant le bruit que faisait Christopher dans l'atelier.

Il était apaisé. Il avait pris ses décisions.

Carnaval noir

Une heure plus tard, Christopher s'approcha :
— On attaque ?

Ils s'installèrent devant les écuries, où Christopher avait monté une installation de fortune qui permettait de présenter la demi-meule à un feu de bois. Personne ne faisait griller le raclette comme cela dans les vallées. Le fromage fondait lentement, il fallait faire preuve de patience... Mais le goût était unique. Au velouté du fromage s'ajoutait une pointe de bois brûlé qui lui donnait une saveur d'une grande finesse.

Au bout de deux heures, il ne restait de la demi-meule que la croûte. Christopher apporta le kirsch.

— Ce que je vais t'annoncer n'est pas le début d'une discussion, dit Blaise après qu'ils eurent trinqué. C'est une information. On est d'accord ?

Christopher le regarda, l'air inquiet :
— C'est vous qui dites.

Le lendemain, il irait voir le notaire de Saint-Luc. Il n'avait aucune parenté proche, ni frère ou sœur, ni cousins, ni neveux. Il voulait que le chalet revienne à Mado lorsqu'il ne serait plus là. Christopher la connaissait, elle ne lui chercherait pas noise. Blaise fixerait comme condition que sa vie durant elle lui laisserait le chalet en fermage pour trois fois rien. Quelques kilos de fromage à chaque poya, comme maintenant. Il serait tranquille, Mado se sentirait un peu chez elle et ils auraient quelque chose en commun, qui les lierait longtemps.

– Je ne sais pas quoi dire, fit Christopher.
Il avait les yeux embués.
Blaise se leva, le serra fort dans ses bras, longuement, et prit le chemin de Tignousa.

Rome, le 19 juin
Via Pietro Sensini
11 heures

Le souffle court, Jamilah marchait aussi vite qu'elle pouvait le long de la via Sensini, courant presque, haletante, comme si le diable la pourchassait. Quelques minutes plus tôt, Zeina s'était mise à hurler, et avant de voir Ali exploser, elle avait pris le bébé dans les bras et s'était dépêchée de quitter leur logement. Situé en demi-sous-sol, le studio captait du trottoir la chaleur, les effluves des gaz d'échappement et les bruits de la rue, si bien qu'à cinq heures du matin déjà, il était impossible d'ouvrir la fenêtre.

Elle poursuivit sa marche durant une demi-heure au même rythme, puis s'arrêta d'un coup, épuisée, et rentra d'un pas lent. Elle était à bout. Moitié par angoisse, moitié à cause des cris du bébé, elle ne dormait plus.

Elle demandait à Ali : « Et s'il y a un accroc ? Si l'un de nous ne monte pas avec les autres ? » L'important était qu'elle tienne la petite bien serrée contre sa poitrine au moment où il activerait le détonateur. Lui serait collé à elle. Tout se passerait à la perfection. Ils se présenteraient en *shahid* devant leur Bienfaiteur. Il les recevrait avec miséricorde, et ils vivraient dans un bonheur éternel.

Elle lui avait demandé aussi : « Et si parmi ceux qui sont tués il y a des frères ? »

Il lui avait répondu d'un ton sec : « Ne t'en fais pas pour eux. Si ce sont des apostats ou des blasphémateurs, ils méritent la mort. Si ce sont des croyants, ils seront martyrs, eux aussi, et iront au paradis. »

Ali passait ses journées et une partie de la nuit devant son écran, à lire les messages que postaient les frères, à leur écrire, aussi, à écouter des sermons, surtout ceux d'Anwar al-Awlaqi, un martyr assassiné au Yémen en 2011. Ils avaient une résonnance particulière. Sur YouTube, Ali avait trouvé des centaines d'heures de prêche. Le message du frère Anwar était d'une clarté et d'une noblesse absolues : l'Occident était en guerre contre les musulmans, tous les musulmans, et il relevait de leur devoir sacré de se défendre. Ailleurs sur YouTube, un nom revenait sans cesse dans la bouche des imams, celui d'Ibn Taymiyya. Comme elle était belle et claire, la pensée d'Ibn Taymiyya, que le Seigneur lui accorde Sa miséricorde. Fluide comme l'eau du ruisseau. Tranchante comme la lame. Quelle inspiration… Quel apaisement… Seule la révélation prophétique pouvait le guider dans la voie de Dieu, Ali en était convaincu. À lui de faire sa part de travail, à lui de mener le djihad, le combat sacré contre tous ceux qui empêchaient une stricte pratique de l'islam, qu'ils soient juifs, chrétiens ou musulmans. La raison n'avait pas sa place dans le cheminement vers le Divin, il fallait la bannir d'emblée. Discuter le principe même de ce bannissement était interdit. Seuls les Textes, dans leur interprétation la plus stricte, détenaient la Vérité.

Il compta les jours. Ils étaient le 19.
Au même instant, Jamilah passa le seuil de la porte.
– Dans dix jours ! s'exclama Ali. Dix jours ! Et nous serons tous trois au paradis ! Au paradis, Jamilah ! Tu te rends compte ?

Trastevere, le 19 juin
Caffè Il Cavallo
12 heures

— Nous nous sommes trompés de combat, fit l'un des deux hommes assis face à Mounir. Ce sont les chrétiens que nous devons combattre. Les infidèles. Pas nos apostats.

Il s'appelait Abdel Aziz. Lui et son frère Mido venaient de Derna, où ils avaient combattu dans les rangs de Dawlah.

— Pourquoi vous n'avez pas poursuivi avec les autres jusqu'à Syrte ? demanda Mounir.

Les deux frères haussèrent les épaules. Le scénario serait le même qu'à Derna, ils le savaient. Défaite programmée de l'État islamique, et en prime pilonnages de l'aviation américaine... Ils auraient fini prisonniers ou carbonisés.

— Les choses se répètent, répondit Mido. Il y a trois jours, le port de Syrte est tombé, tu le sais. Là aussi, les nôtres seront tués jusqu'au dernier.

Mounir hocha lentement la tête.

— Ils s'y mettent tous, reprit Mido. Américains, Italiens, Anglais... Sans compter les brigades de

Carnaval noir

Misrata. À la fin, ça sera comme à Derna. Le massacre.

– La mort n'est pas notre problème, intervint Abdel Aziz. Nous voulons retrouver notre Bienfaiteur.

Les chiens d'Italiens avaient colonisé le pays. Ils l'avaient pillé, violé, humilié. Voilà qu'à présent des Libyens massacraient des Libyens.

– Pour nous présenter propres devant Lui, reprit Mido, nous devons d'abord faire notre devoir.

Son modèle était Khalid el-Islambouli, celui qui avait assassiné Anwar el-Sadate. Le précurseur du djihadisme moderne. Son acte accompli, il s'était écrié: «J'ai tué Pharaon et je n'ai pas peur de la mort.» Un martyr parmi les martyrs.

La tâche d'Abdel Aziz ne serait pas moins grandiose. C'était lui qui allait tuer le pape... Il pensait souvent aux mots qu'il allait prononcer, une fois sa mission menée à bien. Ses derniers mots avant de se présenter devant son Bienfaiteur seraient: «Mort au roi des infidèles.»

– On nous dit que ceux d'Al-Qaïda sont des apostats, reprit Mido, notre ennemi proche, soi-disant. Et eux, ils disent que les apostats, c'est nous, l'État. Pour finir, on laisse les infidèles continuer à tirer les ficelles.

– Le seul qui a tout compris, ajouta Abdel Aziz, c'est notre frère ben Laden, que le Seigneur lui accorde Sa miséricorde. C'est les infidèles qu'il faut massacrer.
– Il faut faire payer aux chrétiens ce qu'ils nous ont fait, reprit Abdel Aziz. *Wa'llâhî bi'llâhî*. Avec Dieu et en Lui.

Val d'Anniviers, le 19 juin
Sur la route de Saint-Luc
13 heures

— Je voudrais passer à confesse.

C'était dix ans plus tôt. Mado était venue à l'église une fin de lundi.

Elle le rendait fou, Mado. Des jambes de gazelle et un corps qu'il devinait rond de partout, fait pour être caressé, embrassé, léché, mordu... Et ses yeux... Il n'avait jamais vu des yeux si grands et si sombres. Et sa façon de les poser sur les siens... Comme si elle s'offrait.

Il s'était perdu, avec Mado.

L'église avait deux confessionnaux, et il avait demandé à Mado, en s'efforçant de rire, si elle préférait se confesser dans l'un plutôt que dans l'autre. Elle avait fait non de la tête et il avait compris qu'elle avait ressenti sa plaisanterie comme une moquerie, ou comme une légèreté, ce qui revenait au même, vu que ce qu'elle avait à confesser était grave.

— Père, pardonnez-moi, parce que j'ai péché.
Jour et nuit, elle commettait le péché de chair.
— Dans ta tête ou pour de vrai ?
Rien que dans sa tête. Mais elle se caressait pour de vrai.
Pensait-elle à un seul homme ou à plusieurs ? Ressentait-elle de la joie ? De la honte ?
C'était à un seul homme. Toujours le même. Un homme qui existait vraiment. Lorsqu'elle s'imaginait avec lui, elle ressentait d'abord une joie immense, puis un sentiment de honte. Puis, très vite, l'envie de sentir cet homme en elle reprenait le dessus.
Il avait arrêté la confession, d'un coup :
— On en reste là pour aujourd'hui.

Il flanchait, une fois de plus. Confesser, c'était s'oublier. Être à l'autre. Comment faire avec Mado, dont il recevait le souffle, l'haleine, l'odeur ?
Elle n'était revenue à l'église qu'un mois plus tard. Elle voulait reprendre :
— C'est difficile. Et douloureux.
Il lui avait demandé, comme on se jette à l'eau :
— Ce sera douloureux pour les deux ?

Elle l'avait regardé quelques instants, puis avait chuchoté :
— Je l'espère de tout mon cœur et je le crains de toute mon âme.
Il s'était entendu dire :
— Demain je monte à Tignousa. Si tu veux, on y va ensemble.

Il n'avait fait que se perdre. Avec sa mère, avec Marietta, avec Mado, avec ceux de Pré-Vigne…

Cet été-là, Blaise avait trouvé mille prétextes pour ne pas mettre le chalet en fermage. Il y avait des problèmes avec la cuve. L'écurie prenait l'eau. Il fallait réparer le groupe électrogène…

Mado prenait le car jusqu'à Sion, puis le train pour Sierre et de là le car jusqu'à Saint-Luc, et enfin le funiculaire. Chaque fois trois heures à l'aller, autant au retour. Tout le monde la voyait.

«Elle me donne un sacré coup de main.» C'étaient ses mots, répétés à l'envi. Mais Mado ne restait pas longtemps au chalet. Cela aussi semblait bizarre.

Blaise se disait que le Christ était un homme, aussi. Qu'il avait peut-être flanché avec Marie-

Carnaval noir

Madeleine. Que de toute façon Mado était faite pour être aimée.

Il se perdait, dans le corps de Mado. Dans ses caresses, dans ses baisers, dans son plaisir qu'elle exprimait avec tant de délicatesse, comme si elle le chantait. Dans ses mots. Dès qu'elle quittait le chalet, la honte tombait sur lui, une honte double, celle d'avoir trahi ses vœux et celle d'avoir osé prendre exemple dans le Christ. Il attendait que le funiculaire ferme, puis il descendait au village à pied, en soutane, après s'être couvert d'habits, mettant ce qu'il trouvait, couche sur couche, qu'il fasse étouffant ou qu'il tonne. Il descendait jusqu'à Saint-Luc en sandales et remontait en marchant très vite, courant presque, sandales à la main, répétant sa prière du cœur, celle de Nicolas de Flüe, dix fois, cent fois, à haute voix :

> *Ô mon Dieu et mon Seigneur,*
> *prends-moi à moi, et donne-moi tout en entier à toi.*
> *Ô mon Dieu et mon Seigneur,*
> *arrache de moi tout ce qui me sépare de toi.*
> *Ô mon Dieu et mon Seigneur,*
> *donne-moi tout ce qui m'attire à toi.*

Devant le chalet, il se couchait face contre terre, bras en croix, les pieds en sang, ruisselant de sueur ou de pluie, et demandait pardon au Seigneur.

Carnaval noir

Une après-midi de fin août, son évêque diocésain l'avait convoqué à Sion. «Tu es où? Tu peux venir de suite?» Il ne lui avait pas même demandé de s'expliquer. Il y avait eu menace d'aller raconter aux journaux.
– Tu seras révoqué. Et tu ne seras pas transféré.
– Je n'aurai plus de paroisse?
– J'en suis désolé, avait répondu l'évêque.
Pour Christopher, le diocèse avait décidé de ne pas prendre de sanction. Marietta avait appelé son fils d'un prénom américain, il y avait un doute, les apparences étaient sauves. Mais là, ce n'était plus possible.

Il avait trouvé une place de professeur d'histoire dans un internat lausannois. Cinq ans plus tard, la Fondazione lui avait proposé un poste d'enseignant durant les mois d'été, qu'il avait accepté sans hésiter. Une façon de renouer avec le catéchisme.
Il avait mérité une sanction, il le savait. Mais l'Église ne l'avait pas puni pour son péché. Elle l'avait rejeté par peur du qu'en-dira-t-on. Elle s'était couchée. Ceux qui la servaient étaient faillibles, il fallait qu'elle le comprenne. Qu'elle les aide, dans leur finitude. Qu'elle les défende. Au lieu de cela, elle les jetait aux chiens.

Elle avait roulé sa bosse, Marietta. Elle fréquentait beaucoup, tout le village le savait. Un jour de lessive, elle avait remarqué des traces de sperme sur un caleçon de Blaise. Elle s'était approchée de lui et l'avait regardé en silence, le caleçon en main. C'était sans doute sa façon d'être une bonne chrétienne. Ou de laisser parler son envie d'un homme. Peut-être même qu'à ses yeux, c'était un peu la même chose, d'aider un homme et d'aimer le Seigneur, que l'un n'allait pas sans l'autre.

Ils avaient fait l'amour une seule fois et Marietta avait quitté son service trois mois plus tard, pour aller travailler à Martigny.

C'était le facteur des Haudères qui lui avait appris la nouvelle. «Elle attend un gamin, la Marietta.» Elle avait baptisé son fils d'un prénom américain, sans doute parce qu'il y avait eu un Américain qui avait passé l'été aux Haudères.

Avec Mado, c'était autre chose.

Venise, le 19 juin
Quartier de Zanipolo
19 h 30

« Une demi-heure vous suffira », avait dit le concierge à Bénédict. Mais les masses de touristes étaient si compactes et placides que pour aller des Zattere à Zanipolo, cela lui prit le double de temps. Il dut sans cesse s'arrêter, céder le passage, patienter. Il en profitait pour laisser son regard traîner. Comme à chacune de ses visites, la ville lui parut plus décadente que la fois précédente. Et comme toujours, elle l'envoûtait. Chaque pont, chaque palais, chaque canal, était l'occasion d'une émotion, d'une découverte, d'un étonnement. Les eaux avaient beau être fétides, les façades des bâtiments rongées par le sel marin, l'air insupportable de chaleur et de puanteur, Venise était irrésistible.

Elisabetta avait réservé à L'eccellenza, un petit restaurant situé face à Zanipolo : « Autant que tu sois dans l'ambiance, Scanziani logeait dans le monastère voisin. »

À peine Bénédict avait-il franchi la porte du restaurant qu'Elisabetta se précipita dans ses bras :

– Tu t'es égaré ?

Il lui sourit :

— Marcher dans Venise est aussi troublant que commettre un péché.

Depuis qu'elle avait perdu sa compagne, deux ans plus tôt, ils ne s'étaient pas revus, et il eut du plaisir à la voir aussi souriante. Elle avait pris du poids et son allure s'était alourdie, mais ses traits, plus épais, lui donnaient une beauté plus affirmée.

Elle le prit par le bras et le dirigea vers sa table :

— Je te présente quelqu'un qui veut te connaître depuis longtemps.

Un homme s'approcha d'eux. C'était son frère Riccardo, qui enseignait l'histoire du christianisme à l'institut Cavanis. Elle lui avait parlé de la lettre.

— Zaccaria est quelqu'un de connu, fit Riccardo. Une sorte de gentleman à l'ancienne. On le dit proche de la Curie, en particulier de Fernandez-Diaz, le cardinal, un homme très puissant au Vatican. On ne l'imaginerait pas associé à ce Bartolomeo tel que vous le décrivez. Quant à cet intérêt pour votre lettre, je le trouve curieux.

— Mon frère est le banquier de Zaccaria. Disons : l'un des banquiers suisses de Zaccaria.

— À t'écouter, fit Elisabetta, ton Bartolomeo s'intéresse à cette lettre pour l'étouffer.

Le frère d'Elisabetta avait publié une monographie sur le nonce apostolique de l'époque, le cardinal Angelo Gandolfi, celui qui se retrouvait

Carnaval noir

régulièrement en opposition à Scanziani au tribunal du Saint-Office :

— Ils étaient trois qui comptaient vraiment, dit Riccardo. La présidence incombait au nonce, vu que c'était le tribunal du pape et que le nonce était son représentant. Le juge inquisiteur était toujours un dominicain, et le doge siégeait comme membre de droit.

Si Angelo Gandolfi avait été nommé nonce apostolique par Pie V, c'était précisément parce qu'il n'aimait pas Venise, ses fastes et sa pompe. Les deux hommes avaient grandi dans la dureté, et le pape cherchait pour Venise un ambassadeur de sa trempe, un homme qui sache résister aux facilités. La Réforme avait déjà contaminé la Toscane et l'Ombrie, elle n'allait faire qu'une bouchée d'une ville qui s'était transformée en lupanar. Pie V ne voulait pas y être représenté par un de ces petits marquis comme il en croisait tous les trois pas dans les couloirs de la Curie. Au moment de sa nomination, Gandolfi était à Assise, une bourgade où les habitants étaient de vraies gens, pas des courtisans sans cesse à l'affût d'une occasion de corrompre ou d'être acheté. « Transforme Venise en Assise et tu seras canonisé », avait lancé le pape à Gandolfi.

— J'ai retrouvé un échange qui avait pour cadre le procès de Paolo il Nano, dont ma sœur vous a parlé.

Carnaval noir

— Les archives avaient disparu durant des siècles, intervint Elisabetta. C'est le professeur Zorattini, de l'université d'Udine, qui est tombé dessus à la Bibliothèque vaticane.

— Imaginez une minuscule pièce aux murs nus, à l'exception d'un crucifix, reprit Riccardo. Trois hommes sont assis à une petite table, Scanziani, Gandolfi au milieu, et le doge. Ils se touchent presque. Sur une banquette, à leur gauche, les représentants du Sénat. Devant eux, l'accusé, son avocat, et les témoins.

Il tendit quelques feuillets à Bénédict :
— Lisez.

Vendredi 31 janvier 1575

Mgr Scanziani
Tu t'appelles Paolo Emilio Benito Novara et tu es connu sous le nom de Paolo il Nano. Quelle est ta profession ?

Paolo il Nano
Je suis peintre. J'ai étudié dans l'atelier du maître Titien à Biri Grande, où j'ai été reçu à la Confrérie.

Mgr Scanziani
Sais-tu pourquoi tu es ici ?

Paolo il Nano
Mon tableau qui représente un Christ aux douze doigts contient des éléments qui ne vous agréent pas.

Carnaval noir

MGR SCANZIANI
À ton avis, lesquels de ces éléments, comme tu dis, me dérangent ?

PAOLO IL NANO
Les douze doigts du Christ et les signes du Zodiaque.

MGR SCANZIANI
Décris-les.

PAOLO IL NANO
J'ai représenté le Christ avec à chaque main six doigts, desquels partent des sarments de vigne jusqu'au haut du tableau où chacun des sarments s'enroule autour d'un des signes du Zodiaque.

MGR SCANZIANI
Pourquoi tu as représenté le Christ avec à chaque main six doigts ?

PAOLO IL NANO
Parce qu'une prophétie s'est répandue en Vénétie, qui indique que notre Sainte Église sera sauvée des griffes de la Réforme par un homme qui naîtra avec six doigts à chaque main.

MGR SCANZIANI
As-tu cru en cette prophétie ?

PAOLO IL NANO
J'ai pensé qu'elle était porteuse d'espérance pour notre Sainte Église.

MGR SCANZIANI
Et pourquoi as-tu représenté les signes du Zodiaque ?

Carnaval noir

PAOLO IL NANO
Parce qu'ils incarnent le temps qui passe, Monseigneur, et qu'ils sont au nombre de douze. Comme les doigts du Christ sur la toile, le nombre des tribus d'Israël et encore...

MGR SCANZIANI
Il suffit. N'y a-t-il pas d'autres motifs qui t'ont fait choisir les signes zodiacaux ?

PAOLO IL NANO
Je ne le sais pas moi-même, Monseigneur. C'est une représentation que j'ai imaginée sans me l'expliquer. C'était un acte artistique.

MGR SCANZIANI
Tes figures géométriques font-elles référence à des découvertes scientifiques ?

PAOLO IL NANO
Je ne saurais vous le dire, Monseigneur. Elles représentent l'Univers, la Création de notre Seigneur. Mais je ne suis ni astronome ni astrologue. J'ai laissé mon imagination travailler. Je suis un artiste.

MGR SCANZIANI
Mais tu viens de Bologne, comme tu l'as dit.

PAOLO IL NANO
Puisque je l'ai dit et que nous sommes cousins.

MGR SCANZIANI
Ton grand-père était astronome. Ton père aussi.

PAOLO IL NANO
Mais pas moi, Monseigneur. Je ne suis que peintre.

Carnaval noir

MGR SCANZIANI
Sais-tu que seule notre Sainte Mère l'Église a autorité d'interpréter les découvertes scientifiques ? D'appréhender les signes de l'existence du Créateur ? Sais-tu que te substituer à notre Sainte Église est commettre le blasphème ?

PAOLO IL NANO
Le Seigneur nous a doté de sens et d'intelligence.

MGR SCANZIANI
Qu'est-ce qui me dit que tes signes zodiacaux ne sont pas des codes ? Qu'est-ce qui me dit que ce ne sont pas les marques d'une société secrète qui veut se dresser contre notre Sainte Église ?

L'AVOCAT
Monseigneur juge-procureur, mon client n'a fait que reproduire d'innocentes figures zodiacales. Paul le Véronais, qui a été jugé ici-même il y a douze mois, a représenté des hallebardiers habillés à l'allemande, des bouffons…

PAOLO IL NANO
Et des nains, Monseigneur !

L'AVOCAT
Monseigneur, la toile peinte par il Nano fait dix-sept pieds de haut et trente-neuf de large. Les signes zodiacaux n'occupent qu'une infime fraction de sa surface.

MGR SCANZIANI
Ce n'est pas une question de surface mais de symbole !

PAOLO IL NANO
C'est un travail artistique, Monseigneur.

Carnaval noir

MGR SCANZIANI
Venons-en à tes personnages. En représentant le corps de notre Sauveur avec à chaque main six doigts, tu commets une hérésie, ne le sais-tu pas ?

PAOLO IL NANO
J'ai peint l'espoir qu'un jour très proche les méfaits de la Réforme soient terrassés.

MGR SCANZIANI
Tu as aussi choisi de montrer des rabbins vêtus de noir, la tête recouverte de leur toque traditionnelle. Où est le christianisme dans ta peinture ? Où est la gloire de Notre-Seigneur ?

PAOLO IL NANO
J'ai peint les Écritures, Monseigneur. Rien de plus. Elles disent que ses disciples l'appelaient rabbi, et j'ai pensé qu'il convenait de le représenter ainsi.

Bénédict reposa les feuillets :
– Ça ne vous paraît pas étrange, cet acharnement à l'égard des signes zodiacaux ?
– C'est vrai, Scanziani semble plus préoccupé par les signes du Zodiaque que par les douze doigts du Christ. Les douze doigts incarnaient une prophétie populaire. Ils constituaient un désagrément passager. Les signes zodiacaux portaient en eux la puissance de la Science, la mise en cause des Écritures... Scanziani a dû comprendre que le danger, là, serait plus long à venir mais infiniment plus dévastateur. Quatre-vingts

ans plus tard, les procès de Galilée mettront l'Église sens dessus dessous.

— Deux jours après cet interrogatoire, intervint Elisabetta, le 2 février, le tableau disparaît. Dans la nuit du 14 au 15 février, Giorgio Benvenuti, le grand maître de la Scuola Grande del San Sepolcro, meurt assassiné. Le même soir, la Scuola part en fumée, et avec elle presque tout l'œuvre connu du Nano. Lui-même sera retrouvé pendu le 20 février au matin. Et le 24 du mois, Scanziani sera assassiné.

Il y eut un silence.

— Que cache ta lettre ? demanda Elisabetta. Pourquoi ce Bartolomeo est-il si désireux de mettre la main dessus, au point de te faire des propositions mirobolantes ?

Trastevere, le 20 juin
Caffè Il Cavallo
10 heures

— On parle italien ou arabe ? demanda Mounir.
Le visage du jeune homme assis en face de lui s'illumina :
— Arabe, bien sûr ! Jamilah le comprend parfaitement.
La jeune femme assise à ses côtés eut un rire gêné.
Autant le jeune homme était brun, grand et maigre, autant elle était petite, ronde et rousse. Elle tenait un enfant dans ses bras.
— Quel âge a l'enfant ? demanda Mounir.
— Six mois, répondit l'homme.
— Sept dans une semaine, ajouta la femme.

Elle caressa les cheveux du bébé. «Grâce à Mounir, nous pourrons enfin aller vers le mieux», lui avait dit son mari, «sortir de l'enfer et atteindre la paix.» Aller vers la paix ? Elle n'en était pas sûre. Ce qui était certain, en revanche, est qu'ils se trouvaient bel et bien en enfer.
Mounir observa la fillette.

— C'est pour elle, surtout, fit Ali. Ici, elle sera toujours méprisée.
— Elle ne sera jamais heureuse, intervint Jamilah. Jamais. Elle le sera au paradis.

À la manière dont sa famille l'avait traitée lorsqu'elle avait annoncé qu'elle sortait avec un Libyen, elle n'avait aucune illusion sur ce que subirait leur enfant.

Elle se souvint des mots d'Ali, qui l'avaient tant impressionnée : « Ceux à qui Dieu accorde le paradis éternel vivront un bonheur que rien ne viendra interrompre, ni maladie, ni douleur, ni tristesse. » Elle l'avait cru. La religion chrétienne prônait l'amour, oui, mais pour les siens. Aux yeux de ses parents, Ali était le diable en personne. Alors qu'avec elle, il se montrait plus doux et plus attentif que tous les siens réunis. Elle voulait être la femme d'Ali, complètement, et la perspective de se réfugier dans l'islam lui était apparue comme un immense soulagement. Sa conversion était un passage obligé, et elle s'y était conformée avec joie.

Ali avait voulu qu'elle apprenne les mots sacrés par cœur. Elle les avait tant répétés qu'elle s'en souvenait encore comme d'une poésie.

Achhadou an lâ illâha illa-llâh,
wa-achhadou anna Mouhammadan rassoûlou-llâh.

Carnaval noir

*J'atteste qu'il n'y a pas de divinité excepté Dieu,
et j'atteste que Mahomet est le Messager de Dieu.*

Quinze jours après qu'elle avait prononcé son vœu, il lui avait dit : « Maintenant, tu t'appelles Jamilah, parce que cela veut dire belle et que tu es belle. »

— Ce sera pour le 29, reprit Mounir. Je compte sur vous ?
— Tu peux, répondit Ali. Nous sommes avec toi. Nous voulons retrouver le Seigneur la tête haute, après lui avoir montré comment nous traitons les infidèles.
— Dieu accorde sa miséricorde à ceux qui lui sont dévoués, dit Mounir en quittant sa chaise.

Ils se fixèrent rendez-vous sur place le 25, pour les repérages.
— Les deux autres seront là, ajouta Mounir.

Venise, le 20 juin
Palazzetto Ventura
11 heures

– Oh la la, c'est si vieux, tout ça !
Tina Di Meo eut un sourire un peu forcé :
– Mais ça me plaît ! Ça me plaît *in-fi-ni-ment* !
Elle avait invité Elisabetta et Bénédict à prendre un café dans son appartement du palazzetto Ventura, en bordure du Canal Grande.
– Vous savez quel âge j'aurai dans un mois ? Quatre-vingt-un ans ! Mais je lutte, hein, je lutte !

Elle avait choisi Paolo il Nano comme sujet de thèse «par paresse», cela lui avait permis de boucler sa recherche en un rien de temps. Quelques références chez Vasari dans ses *Vies*, un portrait du Nano fait par le Tintoret, les reproductions de quatre toiles, toutes en mains privées, aux États-Unis, et le tour était joué. Mais le peintre méritait d'être étudié. Il réunissait les deux qualités maîtresses de la peinture du XVIe italien, le *disegno* et le *colorito*, la précision du trait des Florentins et le sens de la couleur des grands Vénitiens.

Carnaval noir

– Et puis il était très beau, le portrait qu'a fait de lui le Tintoret en atteste. Il est exposé ici, à l'Académie, une tête de trois quarts à la mine de plomb. Imaginez que je me souviens encore de ce poème si touchant que la poétesse Myriam Clasen lui avait dédié. Vous vous rendez compte? Après cinquante ans! Bon, pas tout le poème, juste quelques vers:

> *Ti che te robi la luse dai visi*
> *andando drento le nostre àneme,*
> *ti che tristesse e zogie te indovini*
> *e te le scoverzi co arte divina,*
> *consolandone de i nostri destini...*

> *Toi qui captes la lumière de nos visages*
> *Et pénètres nos cœurs,*
> *Toi qui devines nos tristesses et nos joies,*
> *Et les dévoiles de ton art divin,*
> *Toi qui nous consoles de nos destins*[1]...

Elle s'interrompit quelques instants, très émue:
– Bon, ce n'est pas de la grande grande poésie. Myriam Clasen était une richissime héritière qui écrivait de jolies petites choses, rien de plus. Mais pour moi, ce poème est un souvenir très cher. Je récitais ces vers avec un homme qui n'était pas mon mari!

---
1. Extrait du poème «À P.», de Myriam Clasen. Traduction de l'auteur.

Carnaval noir

Tout en séchant ses larmes, elle se mit à rire :
– Mais le mari existait, comprenons-nous bien ! Oh la la, c'est si vieux, tout ça… Bon, reprenons. Du Nano, presque tout a brûlé, et le pauvre garçon a été retrouvé pendu.

Elle tendit à Bénédict quelques feuilles de format A4 reliées par un trombone :
– À l'époque, il n'y avait pas de véritable corps de police. La responsabilité de l'ordre public incombait aux *capisestieri*, les chefs de district. J'ai écrit un mémoire sur leurs mains courantes. C'était il y a longtemps… Bon, voilà que je me perds…

Elle secoua la tête, l'air de se gronder :
– Je vous lis les rapports d'un certain Giorgio de Cataldo au Conseil des Dix, l'organe de contrôle de la ville nommé par le Sénat. Ils sont en vénitien.

Elle se mit à traduire à vue.

Rapport de Giorgio de Cataldo, chef du district des Frères. Nuit du samedi 15 au dimanche 16 février 1575.

Mes Seigneurs,
Agitation importante mais pas inhabituelle, compte tenu de la période de carnaval. Un assassinat à l'arme blanche, suivi ou précédé de sévices. Un incendie majeur de cause inconnue. Quatre vols. Sept pugilats, dont deux ont nécessité un transfert à l'hôpital.

Détail de l'assassinat. Identité de la personne décédée, lieu de récupération du corps et description des sévices.

Elisabetta chercha le regard de Bénédict :
— Tu entends ?

Giorgio Benvenuti :
Corps récupéré sous le pont du Rialto, flottant sur le dos.
Gorge tranchée sur 12 cm.
Front marqué d'une étoile et d'un croissant de lune.
Identification par témoins de notoriété.

— On dirait un crime rituel, fit Elisabetta.

Tina se replongea dans la note du policier :

Incendie de la Scuola Grande del San Sepolcro :
Intervention de vingt-quatre hommes au moins, dont dix du district, douze de Castello et deux de Dorsoduro. À ces chiffres, il convient d'ajouter une vingtaine de bénévoles. Bâtiment consumé du rez-de-chaussée à la toiture. Toujours debout. L'intérieur est noir comme du charbon. Cause du sinistre inconnue, mais déclenché par plusieurs départs de feu (au moins trois).

— Et Donatella, ton étudiante qui s'intéressait à la Scuola Grande del San Sepolcro, n'avait-elle pas recueilli des informations intéressantes ?
— Qui est Donatella ? demanda Bénédict.

— Qui était, précisa Tina. Une merveille de jeune fille… Elle préparait une thèse sur la Scuola Grande del San Sepolcro et m'avait consultée pour Paolo il Nano, vu que c'était le peintre attitré de la Scuola. Elle est morte en janvier.

Son corps avait été retrouvé dans la lagune, devant les Giardini. C'était par temps de brume, la pauvre fille avait dû glisser. Une autopsie avait conclu à la noyade.

— Elle menait une recherche formidable sur les événements qu'à Venise on appelle le Carnaval noir. Quelques semaines avant sa mort, j'avais même fait un article sur elle dans *Venezia Oggi*.

Bénédict demanda s'il restait une trace de son travail de thèse.

— Je pense que oui, fit Tina, car elle était dessus depuis au moins six ou sept mois. Mais qui aura le courage d'aller sonner chez ses parents ?

Venise, le 20 juin
Osteria di San Marina
13 h 30

Ils s'étaient retrouvés à l'Osteria di San Marina, à quelques ponts de Zanipolo.
Bénédict posa son regard sur Elisabetta :
– *Praesentia tua me multum gaudet !*
– *Tua laetitia me complet.*
Ils éclatèrent de rire.
– Tu vas bien ?
Elisabetta caressa la main de Bénédict :
– Tu es gentil de te préoccuper de moi. Ça va.
– Tu es seule ?
– Je le suis à nouveau. Depuis peu.
Il y eut un court silence :
– J'ai mon âge, mes habitudes... Mes exigences, aussi.
Bénédict hocha la tête :
– Nous en sommes tous là ! À ne pas oser mais à vouloir quand même... Allez, on se reprend. Si tu devais commencer une recherche sur cette Scuola, demain matin, où irais-tu ?

Carnaval noir

Ce serait à la Marciana et aux Archives. Du temps de la République, les Vénitiens étaient fiers de leur ville et de ses fastes. Ils ne laissaient pas passer un événement sans en faire un récit.

Une de ses collègues avait recensé l'ensemble des chroniques écrites au fil des siècles :

— Elle s'appelle Dorit Raines. Son œuvre est un classique pour qui veut comprendre la Venise intime. Elle l'a intitulée *L'invention du mythe aristocratique*. En une dizaine de pages, elle y donne la liste de toutes les chroniques vénitiennes du XVIe siècle. Avec un peu de chance, tu trouveras une piste.

Il s'agissait souvent de manuscrits rédigés en vénitien et difficiles d'accès, mais cela valait la peine d'essayer. Tina était championne de vénitien, autant y aller avec elle.

Bénédict sentit son téléphone vibrer. C'était Anne-Sophie. L'appartement de Candolle avait été mis à sac et Teresa avait eu le crâne fracassé. Elle avait été hospitalisée en soins intensifs.

Cité du Vatican, le 21 juin
Basilique Saint-Pierre
9 h 30

— Je ne pensais pas qu'il y aurait autant de monde à cette heure-ci, murmura Mido.

Il avait toujours été le petit, Mido. Gentil. Timide. Sans cesse prêt à faire plaisir... « C'est un doux, ton petit frère, tu dois l'aider », répétait leur mère à Abdel Aziz.

Abdel Aziz le regarda, l'air inquiet. Ce n'était pas le moment de flancher. À Derna, c'était la guerre. Chacun défendait sa peau. Ils étaient soldats. Là, c'était différent. Depuis qu'ils avaient pris contact avec Mounir, Abdel Aziz se faisait du souci. Pas sûr que son frère tienne. Heureusement, il y avait leur mère. La plus déterminée de la famille... Une force... Elle avait perdu son fils aîné à Benghazi. Puis ses deux filles et ses gendres dans un convoi bombardé par les Américains, alors qu'ils tentaient de fuir le pays en passant par la Tunisie. De ses cinq enfants et de leurs conjoints, il lui restait la veuve de son aîné, qui vivait avec elle, Mido et lui. « Faites votre devoir ! » lui avait martelé sa mère le matin même, « votre devoir de croyants. » Elle et sa belle-fille s'étaient déclarées candidates au djihad. Quand on leur demanderait d'agir, elles seraient prêtes.

Les deux frères prirent une attitude nonchalante et traversèrent la basilique dans sa diagonale, jusqu'à la porte Alexandre-VII, où un garde suisse était posté en vigie :
– À ton avis ?
– Il va bouger, fit Mido. Il va y avoir une telle panique de l'autre côté, c'est impossible qu'il reste sur place.
– S'il ne bouge pas, on lui passe la cordelette, fit Abdel Aziz. Personne ne fera attention à lui. Ne t'en fais pas.

Ils quittèrent la place Saint-Pierre et prirent par la via della Conciliazione, en direction du Tibre.
– Ce que nous faisons est très important, fit Abdel Aziz. Nous sommes les bâtisseurs d'un règne nouveau. Ces salauds ne vont pas disparaître en un instant. Mais leurs jours sont comptés. Ils n'ont plus de dents. Leur monde est usé.
Mido hocha la tête en silence.
– C'est fini, pour eux. Comme pour ces chiens de juifs. Ils ont beau voler la terre de nos frères, ils ne perdent rien pour attendre. Eux aussi vont être

anéantis. Je te dis. Grâce à des martyrs comme notre frère et toi et moi, et nos sœurs et leurs maris, demain notre mère, nous bâtissons le Royaume, je te dis.

Genève, le 21 juin
Hôpitaux universitaires
19 h 30

Bénédict n'avait pas su qui appeler. Les parents de Teresa étaient morts depuis longtemps, ses frères et sa sœur aussi. Cela faisait des années qu'il ne l'entendait plus parler de son amie Lia, qui venait du Frioul comme elle, et qui devait être très âgée. Ni d'un neveu qui habitait à Gallipoli. «Et ton neveu, celui qui habite à Gallipoli, comment va-t-il?» Il ne lui avait pas posé la question une seule fois. Elle allait peut-être mourir et il n'avait pas une adresse, un nom, un parent, un ami lointain, à qui écrire quand elle serait morte.

À l'accueil des soins intensifs, un médecin s'approcha de lui:

— Pugin, chef de service. On s'assied deux minutes?

À en juger par l'impact sur la boîte crânienne, elle avait dû être frappée avec une barre de fer. Le choc avait créé un hématome qui s'était déjà résorbé, mais elle restait dans un coma profond.

Bénédict lui demanda ce que voulait dire profond.

— La référence, c'est l'échelle de Glasgow. On définit un état de conscience entre 0 et 15. Le sien se situe entre 9 et 10.

À 3, le patient était au fond de l'inconscience. Le niveau 15 correspondait à un état normal. Il se pouvait que celui de Teresa s'améliore au cours des deux ou trois prochaines semaines, ou qu'il empire très vite. L'évolution était impossible à prédire, ni son sens. Si elle sortait du coma, rien ne permettait de savoir si elle souffrirait de séquelles ou de quelle gravité elles seraient.

Pugin se leva et pointa l'index sur une petite boîte bleue :

— Si vous voulez la voir, vous devez porter un masque.

Ils se dirigèrent vers une grande salle où les patients étaient isolés les uns des autres par des rideaux. Une batterie d'instruments et d'écrans entourait chaque lit et laissait à peine assez de place pour que deux visiteurs puissent se tenir près du malade.

Bénédict repéra Teresa. Les yeux clos, bandée, intubée, elle semblait être à un fil de la mort. Ses jambes maigres et très brunes étaient couvertes de gros bas blancs cousus de fil rouge vif qui tranchaient par leur esthétique et créaient un effet dérangeant.

Pugin capta le regard de Bénédict :

– Ça évite les thromboses. On en met à tous les comateux.

Bénédict posa les yeux sur le visage de Teresa, à l'affût d'un frémissement.

– Le coma est un état mystérieux, reprit Pugin. Certaines fois, on assiste à des miracles. Il arrive aussi qu'on garde espoir et que l'espoir débouche sur la mort.

Elle va mourir, se dit Bénédict. Elle allait partir, et avec elle le reste de sa vie.

Il se souvint d'un dîner à la cuisine, peu après qu'Anne-Sophie et Antoine avaient quitté la rue de Candolle. Pourquoi était-ce cette scène, à cet instant, qui lui venait en mémoire ? Teresa semblait absente. Depuis le début du repas, ils ne s'étaient pas adressé trois mots. Soudain elle s'était mise à pleurer.

– Tu as un fils merveilleux, lui avait-elle dit en frioulan. Il a quitté la maison, d'accord, mais il est là. Tu peux le revoir. Moi, je n'ai pas eu cette chance. J'ai aimé un seul homme dans ma vie. Il m'a traitée comme une moins-que-rien et m'a fait avorter. Tu le sais, n'est-ce pas ?

Il se rappela le sentiment de terreur qui l'avait envahi à cet instant.

– À quinze ans, je suis venue faire le ménage chez tes parents. À dix-sept, je me suis occupée d'élever un bébé qui n'était pas le mien. Lorsque je te montrais de l'affection, ton père me regardait de travers. Alors je me suis dit que l'affection, il fallait que je l'oublie. *Punto basta.* À dix-neuf ans, j'ai eu ma première expérience sexuelle. Je suis devenue la maîtresse d'un homme qui me disait tu et à qui je disais vous. Cet homme me retrouvait dans mon lit quand il voulait. Et cet homme ne m'a jamais dit un mot doux. Pas un. Le reste, d'accord. Je peux l'oublier. Même le comprendre. Mais ça, non.

Elle s'était levée de table, avait ajouté : « On n'en parlera plus », et l'avait embrassé sur les cheveux. Il lui avait demandé de se rasseoir. Elle lui avait répondu qu'elle était fatiguée et qu'elle allait se coucher.

Il scruta son visage. Dans son coma, elle devait se dire qu'après avoir passé une vie à prendre la poussière des autres, on allait la nettoyer avec soin, comme elle l'avait fait pour tous ceux de Candolle, après quoi elle pourrait partir, en ayant laissé tout propre. *Dut net.*

Milan, le 21 juin
Via Santo Spirito
20 heures

Maurizio Zaccaria avala une dernière bouchée de ses spaghettis au pesto, repoussa son assiette et tendit le bras en direction d'une clochette en argent. Et puis non. La remontrance en cuisine attendrait. Il étendit ses jambes et laissa son regard flotter sur la table.

Elle était recouverte d'une nappe de coton blanc, sans broderie ni ornement. La vaisselle et les couverts étaient d'une même simplicité qui faisait un contraste saisissant avec les cinq tableaux accrochés aux murs.

Zaccaria leva les yeux. Son regard s'arrêta sur une *Vierge à l'enfant* de Masaccio et un *Christ sur la croix* de Piero della Francesca. Il poursuivit ce qu'il appelait sa « visite du musée ». Sur le mur en vis-à-vis se trouvaient une *Vierge à l'enfant* de Jacopo Bellini et un *Christ sur la croix* de son fils Gentile. Au fond de la pièce, un *Couronnement de la Vierge* – une tempera et or sur bois, œuvre d'un anonyme – achevait de donner à la pièce une atmosphère de grande spiritualité.

Carnaval noir

Il n'était ni croyant ni pratiquant, mais ces tableaux le comblaient. Au fond, sa vraie religion, c'était l'Italie. Il croyait en la représentation de l'homme qu'offrait son pays, si vraie et si tendre. En sa culture, ses traditions, ses artistes. Il croyait en Manzoni et ses romans, en Leopardi et sa poésie, en Dante et en son *Enfer*, en l'Arétin et à ses provocations joyeuses, en Machiavel et à sa lucidité féroce.

Mais de toutes les beautés que son pays avait créées au cours des siècles, aucune n'égalait celle des représentations religieuses. Aucune n'avait l'humanité des fresques de Giotto, la spiritualité des Christ de Cimabue, la profondeur des œuvres de Piero della Francesca.

Comme il aurait aimé avoir chez lui sa *Flagellation*... Il ne s'était retrouvé devant elle qu'une vingtaine d'années plus tôt. L'œuvre incarnait le mystère par excellence. Le peintre y avait multiplié les symboles et les illusions d'optique. La toile restait une énigme.

Au fond, il avait beau ne pas être croyant, il avait besoin de la religion.

Il regarda son assiette. Elle débordait. Pourquoi fallait-il qu'on lui prépare chaque fois des rations de soldat ? S'il mangeait ce qu'on lui mettait sous le nez, il prendrait vingt kilos en six mois. En fait, ces quantités de nourriture gâchées n'étaient rien d'autre que le reflet de la société. Repue et décadente. Incapable de réagir face à des fous qui se faisaient sauter les tripes pour un oui pour un non.

Et ce pape... Dans son inconscience effarante, l'Église préparait le terrain pour le Grand Remplacement.

Les membres de la Fondazione partageaient ses préoccupations. Mais qui étaient-ils ? Des bourgeois fatigués. Des aristocrates à bout de souffle. Des fins de race dont rien au monde n'aurait mis le confort en péril. Heureusement qu'il existait encore des gens comme Fernandez-Diaz. Un vrai stratège, celui-là. Un sacré pape, si tout allait bien, qui saurait tirer les ficelles de la Curie comme personne.

Il continua de contempler le reste de ses spaghettis. Un vrai gâchis. Cette société se perdait. Il lui fallait un Fernandez-Diaz. Au moment du conclave, il s'agirait de manœuvrer avec astuce.

En attendant, il fallait compter avec Bartolomeo. Il le connaissait comme sa poche, le Bartolomeo. Il était un peu primaire. Il avait connu des épisodes psychotiques... Mais c'était il y a longtemps, il avait guéri. Et puis, il agissait. Il parlait à la jeunesse. Sur qui compter pour entreprendre ce genre d'action, si ce n'est sur des gens comme lui ? En plus, il était d'une fidélité canine... C'est de cela qu'avait besoin la Fondazione. De fidèles. De gens qui diraient : « Les barbares sont dans la demeure, et la fin justifie les moyens. »

Carnaval noir

Il y avait cette histoire de lettre... Pour Bartolomeo, elle avait une importance énorme. Il en perdait ses moyens, le pauvre garçon... Autant la lui offrir, pourvu que les choses se passent en douceur. Il le lui avait dit : « Laisse tomber ou agis avec tact. Tu ne trouveras jamais la lettre si tu n'accompagnes pas ce Bénédict chez lui, tout de suite. Tu la prends, tu paies ce qu'il faut, tu fais ce que tu veux de la lettre, et on oublie cette histoire. » Mais non. Il avait voulu jouer les James Bond... Et maintenant, la bonniche était dans le coma. Il aurait mieux valu faire le gros dos jusqu'au 29. Car si par malheur le contenu de la lettre était dévoilé, les journalistes feraient le lien... « L'étouffement de la révolution copernicienne : une cascade d'assassinats et d'intrigues menés par une obscure Congrégation qui perdure à travers une mystérieuse Fondazione. » La presse allait faire son travail : salir. « Quels sont les véritables liens entre la Fondazione dei pellegrini iberici et une congrégation criminelle qui, cinq siècles plus tôt, portait le même nom et avait la même devise ? Étrange coïncidence... Il y avait les pédophiles et les escrocs, voici le temps des tueurs qui ont gardé la devise de leurs prédécesseurs. C'est dire leur impudence. » Ou encore : « Une lettre vieille de cinq siècles nous rappelle que la pourpre cardinalice a la couleur du sang »...

Carnaval noir

L'important était que Fernandez-Diaz ne décide pas de tout arrêter à cause de cette histoire de bonniche. Heureusement, le grand jour arrivait. Et là... Fini, ces histoires de «racines au pluriel», cette «compréhension» pour les «situations irrégulières», comme le disait l'irresponsable qui avait été élu pape. Son successeur ne parlerait pas comme lui de ses chers «immigrés musulmans»... Il n'aurait pas l'outrecuidance de mettre sur un même plan la violence islamique assassine et la violence catholique... En tout cas pas s'il s'appelait Fernandez-Diaz.

Maintenant la colère l'avait envahi. Il secoua la clochette. Trois secondes plus tard, son majordome franchit la porte qui séparait la salle à manger de l'office. Zaccaria poussa son assiette à moitié pleine devant lui et le foudroya du regard.

Venise, le 22 juin
Bioblioteca Marciana
10 heures

À peine arrivée à la Biblioteca Marciana, Tina se rendit au comptoir des prêts et repéra sur écran les chroniques d'Arturo-Alberto Rivolta.

Elle s'installa en salle de lecture et, une demi-heure plus tard, l'un des préposés lui apportait trois cartons d'archives bruns marqués *Cronache Rivolta* I-II-III.

Elle identifia vite le paquet correspondant aux premiers mois de l'année 1574. Il contenait une dizaine d'entrées, dont chacune faisait entre quinze et quarante feuilles de diverses tailles.

La dernière chronique de l'année racontait la présentation du *Christ aux douze doigts* à la Scuola Grande del San Sepolcro. Le carnet faisait vingt-quatre feuillets, cousus au fil. L'écriture de Rivolta était serrée mais régulière, et l'encre, désormais gris pâle, avait bien tenu.

Une heure plus tard, alors qu'elle achevait la lecture de la chronique, elle vit soudain Elisabetta devant elle, l'air agitée, qui lui chuchota :

— Tu me pardonnes ? Bénédict a dû repartir, j'ai le séminaire demain et...

Tina se leva et lui fit signe de la suivre. Lorsqu'elles eurent quitté la salle de lecture, Elisabetta la mit au courant de l'agression.

— Tu as combien de temps ? lui demanda Tina.

Elle avait une demi-heure.

Elles s'installèrent au Gran Caffè, et Tina se lança :

— En deux mots : Rivolta raconte la présentation du *Christ aux douze doigts* à la Scuola Grande del San Sepolcro. Quand j'ai fait ma thèse, cette chronique n'avait pas été recensée, je l'ai découverte ce matin. Elle est *ma-gni-fique*. Rivolta décrit la Scuola, sa façade due à Palladio, il parle des grands de Venise qui se saluent avec empressement mais s'observent sans pitié, le doge, le nonce Gandolfi, Scanziani, Benvenuti, il montre les salles d'apparat de la Scuola, les chefs-d'œuvre qui en font la gloire, les Titien, les Paolo il Nano, une Nativité de Tintoret, tu vois... Il raconte ensuite comment la toile a été cachée pour être dévoilée d'un coup, lorsque tout le monde aura pris place... Un vrai suspense ! Puis les grands de Venise font des discours, et enfin, Rivolta raconte la toile. Cette partie fait trois ou quatre pages, ma chérie, tu as le temps de les lire.

De retour en salle de lecture, Tina installa Elisabetta à sa place :

Carnaval noir

— Lis les feuillets 13 à 16.

Enfin le nonce prend la parole et transmet les salutations épiscopales. Le Nain monte sur la petite estrade, et petit comme il est, on aurait dit un enfant au regard de vieillard, soucieux et prudent, il reste là, debout et muet, les yeux sur le grand drap blanc, le temps que quelques ouvriers de la Scuola le libèrent de ses cordes.

Quand enfin le tableau est dévoilé, l'assemblée tout entière émet un « Oh ! » de surprise. Car chacun s'attendait à ce que le *Christ* du Nain, qui raconte les Noces de Cana, le dispute en magnificence et en rutilance aux *Noces* de Véronèse. Or il n'en est rien, du moins en apparence. Le *Christ* du Nano se compare aux plus grands chefs-d'œuvre par sa spiritualité.

À droite du tableau, le Nain a peint le lac de Tibériade. Pour le fond de la toile, de sa mi-hauteur jusqu'à sa limite supérieure, il a représenté les collines de Galilée couvertes d'oliviers, le paysage le plus tendre qui soit. Sur un chemin qui serpente entre les arbres, il a peint un abreuvoir auquel un âne se désaltère. Au pied d'un olivier dort un homme. Au premier plan, un repas de mariage se déroule en plein air. Le couple de jeunes mariés est assis devant une table chargée de mets. À la droite de la jeune épouse se tient la mère du Christ. La jeune mariée est habillée d'une robe blanche et porte un foulard brodé de fleurs multicolores. La Vierge est vêtue de rouge et de bleu. Paolo il Nano a ceint sa tête d'un halo d'or. À la gauche du marié se tient le Christ. Il est seul à être debout, ceint d'un halo d'or lui aussi, et à ses côtés ses disciples, Pierre, André, Philippe et Barthélemy. Le Christ tient ses bras en croix, et montre ses mains, ouvertes, les paumes vers le spectateur. Chacune de ses mains a six doigts, et de chaque doigt partent des sarments de vigne jusqu'au haut du tableau, où chacun s'enroule autour d'un des signes du Zodiaque, le tout du plus merveilleux effet.

Le signe du Sagittaire paraît plus élaboré que les autres. La différence de taille n'est pas énorme mais elle est indiscutable. L'arc du Sagittaire et sa flèche sont peints dans un grand raffinement.
Les hommes sont habillés en rabbins, vêtus de noir et la tête couverte de la calotte. Les femmes portent des robes aux couleurs variées et des foulards brodés de fleurs. C'est des femmes que jaillit toute la lumière du tableau. Dans la partie gauche de la toile et en premier plan, six serviteurs portent chacun une jarre de pierre d'où jaillit du vin qu'ils versent dans des amphores. Enfin, au sommet du tableau, le peintre a écrit *Lehaïm* en lettres hébraïques, dont on m'a dit qu'il s'agissait du mot prononcé aux occasions joyeuses, lorsque l'on trinque chez les juifs, et qui veut dire « À la vie ».

Ce qui surprend dans ce tableau, au-delà de toutes ses originalités, ce sont les figures zodiacales dont le Nain a orné toute la partie haute de la toile, au nombre de douze en tout, chacune reliée à l'un des doigts du Christ.

Il ressort de l'œuvre une force très grande et une violence contenue, celle que seul un immense artiste peut habiller de tant de beauté.

Elisabetta chercha le regard de Tina et chuchota :
– Bouleversant…
Elles se regardèrent durant quelques secondes :
– Et cette histoire de Sagittaire, reprit Elisabetta, toujours à voix à peine audible, ça te dit quelque chose ?
Tina secoua la tête et leva les sourcils, comme pour dire : « Et à toi ? »
– Non…
Elisabetta regarda sa montre et souffla :
– Je lis vite la fin.
Tina tourna quelques pages :
– Là !

Alors que je m'approche d'une des trois longues tables sur lesquelles a été dressé le buffet, j'entends une voix féminine prononcer ces mots : « Le plus petit par la taille, le plus grand par le génie. » C'est la comtesse Myriam Clasen qui s'est adressée au Guardian Grande Giorgio Benvenuti. Ce dernier lui répond à voix basse. Faisant mine de regarder ailleurs, je réussis à capter ces mots : « Vous n'êtes pas pour peu dans son inspiration, comtesse. »

À la sortie, chacun souhaite s'approcher à nouveau des grands, qui de Benvenuti, qui de Mocenigo, Gandolfi ou Scanziani, et il y a tant de tentatives et d'efforts que les convives se pressent plus encore qu'à l'entrée. Sur la piazza, les discussions ne s'arrêtent pas, chacun commentant avec une grande abondance de compliments ce qu'il a vu, d'un ton fait pour porter loin, regardant tantôt à droite, tantôt à gauche, hésitant sur l'orientation à donner à sa voix, espérant que son compliment parviendra à qui de droit et lui vaudra quelque faveur.

Rentrant chez moi, je me dis qu'il régnait durant toute la cérémonie un je ne sais quoi d'étrange, et pour tout dire une inquiétude.

Elisabetta s'approcha de Tina :
– Je file. Écris-moi ce soir.

Genève, le 22 juin
Restaurant Le Lyrique
19 h 45

Bénédict avait invité Mado à dîner comme on se jette à l'eau :
– Vous voulez bien ? Je vous raconterai, pour Venise. Pour Teresa, aussi.
Il lui avait donné rendez-vous à la terrasse du Lyrique.

À les voir, attablés, on aurait pu penser qu'ils s'étaient trompés, que chacun avait rendez-vous avec quelqu'un d'autre. Dans une robe couleur cramoisi, moulante et décolletée dans le dos, Mado éclatait de beauté. Bénédict, lui, s'était habillé comme s'il allait chez le notaire. Le repas se passa dans l'embarras.

Pendant que Bénédict racontait sa rencontre avec Bartolomeo, Venise, et l'agression subie par Teresa, Mado gardait les yeux baissés sur les mains de cet homme. Elles étaient grandes et osseuses. Des mains qui sauraient être douces sur la peau d'une femme.

Lorsque le garçon posa l'addition sur la table, Bénédict se dit qu'il devait cesser d'être un imbécile :

— La dernière fois que j'étais ici, c'était avec mon ex-femme.

Elle leva enfin les yeux sur lui, l'air inquiet.

— Nous avons dîné à la table qui est là, à droite.

Il laissa passer un silence :

— Je lui ai dit que j'avais fait une rencontre importante. Elle s'est moquée de moi.

Il chercha son regard :

— C'est assez courant, que l'on se moque de moi. C'est assez logique, aussi.

Mado baissa les yeux.

— Je ne sais pas y faire, vous l'avez constaté.

Elle leva la tête :

— Je dois rentrer.

— Je comprends, fit Bénédict.

C'était donc fini.

Ils se levèrent. Elle se serra contre lui, dit très vite : « Je n'ai jamais rencontré un homme aussi séduisant que vous », et quitta le restaurant en courant.

Venise, le 22 juin
Palazzetto Ventura
23 heures

Vers onze heures du soir, Tina fit une synthèse de ses observations et la transmit par mail à Elisabetta.

Carissima,
Voici mes réflexions :
1. Personne ne prononce le nom des gouverneurs de la Scuola. Le chroniqueur en est étonné. Cette modestie n'est pas vénitienne.
2. De là à penser qu'il y avait, dans cette Scuola, une activité secrète qui mettait ses membres en danger, il n'y a qu'un pas.
3. Ce sentiment est renforcé par la présence appuyée de motifs zodiacaux qui pourraient apparaître comme des codes (et pas des signes dictés par l'inspiration de l'instant, comme le prétend Paolo il Nano à Scanziani).
4. La judéité appuyée du tableau est inhabituelle de la peinture vénitienne. Elle a certainement une explication.
5. Reste la question – je devrais dire le mystère – de la prophétie qui s'est répandue dans toute la Vénétie comme une traînée de poudre. Qui en était l'auteur ?

Venise, le 23 juin
Palazzetto Ventura
7 h 15

Tina s'attendait à trouver un mot d'Elisabetta à son réveil, mais sa messagerie était vide et ce silence la blessa. La veille, durant quelques heures, elle s'était sentie utile. Sa vie allait redevenir comme avant. Fini, la solitude. Fini, les efforts qu'elle mettait à meubler chaque heure du jour, à se chercher des obligations ridicules, comme par exemple s'acheter une jupe qui ne lui plaisait pas, son coup classique, pour le plaisir de retourner au magasin, discuter avec les vendeuses et raconter sa vie. Ou aller jusqu'au marché de San Polo acheter trois filets de sole, plutôt qu'à deux pas de chez elle. De toute façon, elle les avalerait sans plaisir.

Mais non. Chacun sa vie. Personne n'avait besoin d'elle. Du temps de Donatella, on la sollicitait. C'était autre chose…

Ah, Donatella… Jeune, belle, enthousiaste… Et si brillante! Un cadeau de la vie. Elle aimait bavarder, poser des questions, prendre le temps… Quand Tina lui demandait : « Tu as faim, ma Donatella ? » et qu'elle lui répondait : « Pour un toast, je ne dis pas non », son cœur bondissait de joie. Un toast, c'était une demi-heure de Donatella en plus. Le temps de le préparer, de le faire griller, le temps qu'elle le mange, aussi... Tina trichait, bien sûr. Elle tartinait en prenant son temps, faisait griller le pain à le noircir, apportait au salon napperon, assiette, couverts, serviette... Tout était bon pour que la demi-heure dure quarante-cinq minutes.

Mais voilà, Donatella était morte, Elisabetta ne répondait pas à ses messages, et elle se retrouvait au fond du trou. Toutes ces histoires auxquelles elle avait consacré sa vie... Le Nano, Scanziani, les archives, les *avvisi*, les rapports des *capisestieri*... Était-ce bien la peine ? Elle aurait tout échangé contre une soirée ou deux passées à bien rire autour d'une assiette de pâtes et d'un verre de barolo. Mais pour cela, il fallait être en compagnie... Et ça non plus n'était pas de son âge ! Au fond, la seule chose qui était encore de son âge, c'était d'être de son âge. De rester à la maison et de regarder des niaiseries la télévision.

Il aurait fallu qu'elle se réveille plus tôt. Qu'elle se cherche un homme à la mort de son mari. Disons, quelques mois après sa mort. Quand on a soixante-cinq ans, on peut encore en trouver un. S'il n'est pas très futé, on le prend quand même. On le met à faire la vaisselle ou les courses, à appeler l'électricien, à répondre au téléphone... Au moins on n'est pas seule. À soixante-cinq ans, on n'attend pas de miracle. Si l'homme arrive à faire l'amour, disons : à peu près, on se dit tant mieux. Sinon, on se le garde quand même. Parce que pour dire les choses simplement, elle était à un point de sa vie plus proche du dessert que de l'entrée. Pour ne pas dire du moment où on lui présenterait l'addition. En matière de sexe, elle avait eu ce qu'elle avait eu. *Punto basta.*

Elle se souvint qu'un jour, alors qu'elle prenait un café avec une collègue anglaise, elle lui avait fait ses confidences. Sa collègue avait lancé : «*So, nothing to write home about?*» Elles avaient beaucoup ri. C'était exactement ça. *Nothing to write home about.* Pas de quoi pavoiser. Maintenant, il ne s'agissait plus de sexe, Dieu merci ! Son seul désir était de ne pas se retrouver seule à se morfondre du matin au soir.

Elle se rendit à la cuisine, une pièce minuscule qui tranchait avec le reste de l'étage. Elle l'avait rénovée à l'économie, au point que l'on se serait cru dans un hôtel d'autoroute.

Elle mit de l'eau à chauffer, et soudain son cœur bondit de bonheur. Si Elisabetta ne lui avait pas fait signe, c'était parce qu'elle avait son séminaire ! Quelle sotte elle était ! À la Marciana, la chronique de Rivolta avait piqué sa curiosité ! Et ce Bénédict, qui venait de

Carnaval noir

Genève, c'était une sommité, et il s'intéressait à son travail ! Elle devait être contente !

Elle eut une pensée pour la gouvernante qui était dans le coma, avala son café, et prit le chemin de la Marciana. L'enthousiasme était revenu. Rivolta avait-il écrit autre chose d'intéressant ? Et les *avvisi* ? Elle avait négligé les *avvisi* ! Les lettres que s'échangeaient les cours européennes, qui relataient à la bonne franquette les événements, petits et grands.

À la Marciana, elle demanda les *avvisi* du début 1575. Une demi-heure plus tard, un préposé lui apporta un carton d'archives. Elle en sortit tous les feuillets – une trentaine – et en trouva un daté du mercredi 19 février 1575, signé d'un nom illisible. Il était adressé à la Cour de Constantinople.

> Aujourd'hui, Venise a vécu un événement hautement inhabituel, l'enterrement d'un grand citoyen mort dans la violence d'un soir de carnaval. Il s'agissait de Giorgio Benvenuti, marchand de bijoux et autres biens précieux, qui commerçait beaucoup avec votre Empire.
> Le cercueil était porté par une gondole que recouvraient plusieurs couches de tissu noir et sur laquelle se trouvait le cardinal Gandolfi, l'envoyé du pape. Il était accompagné de deux prêtres. Le cortège funèbre quitta la Scuola del San Sepolcro par le Canal Grande à hauteur de l'église Saint-Thomas. La gondole était suivie de quinze autres,

toutes recouvertes de tissus damassés sur lesquels était chaque fois cousu, en fil d'or, le chiffre VI en grande taille, près d'un pied sans doute. Suivaient ensuite des dizaines de gondoles, peut-être cinquante sans dire trop. Le cortège remonta le Canal Grande jusqu'au Fondamenta Santa Lucia, ce qui prit une heure et même plus, tant il était imposant, puis redescendit le canal jusqu'à la Salute où eut lieu la cérémonie funèbre à laquelle assista tout ce que la ville compte comme personnages importants, mais aussi de très nombreux citoyens.

Pourquoi le chiffre VI ? J'ai interrogé autant que j'ai pu, car il faut rester délicat dans de tels moments, et je n'ai rien appris, bien que dans mon impression, les gens disaient moins qu'ils ne savaient.

Tina ramena le carton au service de prêt et quitta les Archives.

Elle pourrait parler de cet *avviso* à Elisabetta.
Elle avait de quoi être contente, mais pour une raison qui lui échappait, elle avait le cœur serré.

Rome, le 23 juin
Via Pietro Sensini
10 h 30

Ali éteignit son écran, s'allongea sur le lit et, pour la centième fois, imagina la scène. Ils seraient dans l'abside. Jamilah tiendrait la petite fort contre elle, pour qu'à l'explosion Zeina soit la première à atteindre le paradis. Il entourerait Jamilah de ses bras, embrasserait la tête de Zeina, et activerait le détonateur placé sur la poitrine de sa femme.

Au ciel, ils seraient accueillis par des chants. « Et la vie, en ces lieux, sera bien réelle », disait l'un des sites. « Tu trouveras au paradis des choses que nul œil n'a jamais vues, que nulle oreille n'a jamais entendues, et que nul esprit n'a jamais conçues. »

Toutes les notes qu'il lisait et relisait, celles de frères comme celles écrites par des imams, des extraits de poèmes arabes, les enseignements d'Ibn Taymiyya, des testaments, des instructions envoyées par des chefs de groupe depuis les zones de combat, des mots d'adieu, tous les sermons qu'il écoutait, chaque mot qu'il captait et retenait de toutes ses forces, chaque pensée, tout lui semblait d'une beauté inouïe, et surtout d'une justesse absolue. Par le glaive et le feu, il fallait faire payer aux infidèles leurs crimes et leurs lâchetés. Par le glaive et le feu, comme le disait si bien l'imam Abdallah dans ses sermons : «Voulez-vous que notre Bienfaiteur soit fier de vous ? Qu'Il vous reçoive chez Lui avec des louanges et des chants ? Alors, je vous le dis, mes frères, montrez-vous dignes de Sa confiance. Donnez-Lui une raison de vous accueillir en shahid. Écrasez la vermine qui Lui veut du mal, par le glaive et le feu, écrasez-la. Et le paradis sera votre domaine.» Il allait faire son devoir. S'anéantir. Il serait l'Archange annonciateur du Monde nouveau. Et le Bienfaiteur, enfin, allait étendre Son règne sur les terres infidèles.

Genève, le 23 juin
Banque Hugues
12 h 45

— Pardonne mon retard. Un appel urgent...

Au moment où Pierre s'assit en face de Charles Hugues, il capta un reflet dans le regard de son cousin, une de ces émotions que l'on n'arrive pas à cacher complètement, malgré toute l'envie que l'on a de les contenir, et qui s'échappent, tant elles sont violentes. C'était l'éclat infime d'une haine féroce.

Ainsi, les choses se passeraient mal. Charles chercherait à le piéger sur l'affaire du casse. L'occasion s'offrait à lui de l'assassiner et il s'apprêtait à la saisir sans trembler.

Il jeta un coup d'œil au petit carton blanc posé sur son assiette, gravé «H & Cie»:

*Déjeuner du 23 juin
de Messieurs Charles et Pierre*

Salade de mâche aux œufs mimosa

Tartare de saumon

Café

Carnaval noir

Il y avait quelque chose de surréaliste dans la routine élégante de ce déjeuner qui allait déboucher sur un meurtre entre associés. Ou était-ce l'inverse ? Une rencontre d'un réalisme absolu où l'âme humaine se montrerait dans toute sa vérité ?

Cela faisait quatre ans que Charles vivait comme une blessure ouverte l'élection de son cousin au poste d'associé senior de la banque. Cela aurait dû être lui, l'associé senior. Il avait de quoi. Bel homme, distingué, sportif, fiable… Autrement plus présentable que ce hâbleur de Pierre… Hâbleur, pour ne pas dire ordinaire… Mais voilà, Pierre était efficace. Vulgaire mais efficace. Une sorte de Donald Trump de la banque privée. Avec lui, les associés gagnaient au loto tous les jours… La qualité des nouveaux clients laissait quelquefois à désirer, mais enfin ils venaient… Charles, lui, aurait su convaincre des clients d'un autre rang… Des ministres… Peut-être même des chefs d'État… La banque Hugues aurait eu accès à des fonds souverains. Les négociations auraient eu une autre allure… Mais voilà, cela aurait nécessité de la patience. Et ce voyou de Pierre avait su monter quelques coups fumants. Comme celui de racoler Zaccaria et ses bandits de grand chemin. De l'argent rapide et facile… Alors, lorsque les associés avaient eu à choisir entre les deux cousins, ils avaient voté en faveur de Pierre.

Le salon dans lequel ils déjeunaient portait le nom de Samuel Hugues, le fondateur de la dynastie. Il devait se retourner dans sa tombe d'avoir un successeur aussi trivial que Pierre.

Charles balaya la pièce du regard et en retira un sentiment de bien-être. Elle avait été aménagée avec un soin extrême. Les murs étaient habillés d'une soie gris perle, et quatre gravures précieuses y étaient accrochées, toutes des vues de Genève.

Pourtant, par endroits, des traces disgracieuses rappelaient l'accrochage d'anciens tableaux. Lorsque l'un des majordomes avait fait la suggestion de remplacer la vieille soie grise, les associés s'y étaient opposés. Il était important qu'apparaisse, çà et là, le goût de l'épargne.

Quant au prénom hébraïque de l'ancêtre, il ne trahissait aucune judéité (Dieu merci ! se seraient écriés les associés). La famille Hugues s'était réfugiée à Genève à la révocation de l'édit de Nantes, et pendant longtemps ses descendants se prénommaient Isaac, Moïse ou Abraham, histoire de rappeler le retour aux Textes prôné par la Réforme, et, surtout, qu'ils n'étaient pas catholiques.

– Tu ne manges rien, fit Charles.

Pierre ne répondit pas. La réunion du matin s'était mal passée. Pour la première fois depuis son élection comme associé senior, il s'était senti en danger lorsque Charles lui avait lancé, comme en passant :

— C'est bien chez ton frère qu'a eu lieu cette tentative de cambriolage ?

Ce n'était pas une question. Les quatre autres associés n'avaient pas bronché, et Pierre en avait conclu qu'ils en avaient parlé entre eux avant la réunion, affolés des répercussions que pouvait avoir l'affaire sur l'image de la banque. La presse n'avait pas mentionné le nom de Bénédict, mais elle risquait de le faire à tout moment.

— C'est embêtant, cette histoire, reprit Charles.

Pierre continua de rester silencieux. L'un des associés avait dû prendre contact avec le Conseiller d'État et obtenir l'information. Que l'affaire soit liée à cet abruti de Bartolomeo, cela ne faisait pas l'ombre d'un doute. Heureusement, ce crétin n'était pas passé par la banque durant les jours qui avaient précédé la mise à sac.

— Tu as une idée de qui ça peut être ? ajouta Charles.

— Pas la moindre.

— D'après la police — enfin, pour ce que j'en sais — ils n'ont rien volé. C'est bizarre, tu ne trouves pas ?

— Franchement, je n'ai pas même envie d'y penser.

Il sentit qu'il avait dit ces mots d'un ton trop vif et voulut se rattraper :

— J'en suis navré pour Bénédict.

Rien à faire, ses mots ne trompaient pas. Les associés savaient qu'entre les deux frères, il n'y avait aucune affection.

– Je regrette surtout pour Teresa, reprit Pierre.

Charles hocha la tête sans conviction. Maintenant, l'embarras de Pierre l'inquiétait :

– Ton frère est rentré d'urgence, c'est ça ?

Décidément, ils savaient tout.

– Elle n'a rien à voir avec ton hurluberlu, cette histoire ?

Pierre ressentit un vertige. C'était ainsi que les associés appelaient Bartolomeo lorsqu'ils s'adressaient à Pierre. Ton hurluberlu... Lui rigolait, bien sûr. Des clients aussi importants, ils n'en avaient pas des milliers. Ses associés en étaient un peu jaloux et, en temps normal, cela procurait à Pierre un plaisir délicat.

Mais voilà, ils n'étaient pas en «temps normal». Charles le regardait dans les yeux sans exprimer la moindre émotion et, si un lien venait à être établi entre Bartolomeo et la mise à sac, les choses tourneraient très, très mal pour la banque.

Pierre comprit que sa position tenait à un fil. Que son affiliation à la Congrégation des pèlerins ibériques soit dévoilée et ce serait l'hallali. Si les associés en avaient pris connaissance en «temps normal», ils lui auraient demandé d'expliquer à Zaccaria ce que devaient être les rapports client-banquier, et il aurait pris ses distances avec la Fondazione. Mais il ne l'avait pas fait... Et puis il y avait Teresa... Si elle mourait, l'affaire prendrait un autre tour. Une idiote, elle aussi. D'ailleurs, elle ne l'avait jamais aimé. C'était sans cesse «ton frère ceci, ton frère cela...».

Il lança, avec autant de nonchalance qu'il put:
– Que veux-tu que mon hurluberlu vienne faire là-dedans?

Lorsqu'il leva la tête, il vit sur le visage de Charles la même expression de haine qui avait filtré au début du repas. Si ce n'est que maintenant, son cousin ne cherchait plus à la dissimuler.

Venise, le 23 juin
Palazzetto Ventura
23 heures

À onze heures du soir, Tina éteignit la télévision, prit appui sur les accoudoirs de son fauteuil, se hissa de quelques centimètres et retomba.

Elle resta quelques instants inerte, l'esprit éteint. Tout cela n'avait pas grande allure.
Elle laissa son regard flotter sur ce qu'elle continuait d'appeler «le grand salon». La pièce immense était meublée richement, très ornée en stucs et en grisailles. Mais tout, chaque rideau, chaque tapis, chaque guéridon semblait fatigué. Au fond, le salon et elle se ressemblaient. Il y avait quelques restes, et bientôt place au grand nettoyage.

Elle ferma les yeux. La veille, au retour de la Marciana, elle était tombée sur deux individus qui fumaient dans la cour intérieure du palazzetto. À son arrivée ils avaient filé.
Elle se rendormit quelques instants, puis se réveilla en sursaut. Elle dérapait. Tout cela n'était que le

produit de son imagination, celle d'une vieille bique qui s'ennuyait à mourir. Elle devait réagir. Si elle ne le faisait pas, personne ne le ferait pour elle. Le lendemain, elle irait aux Archives fouiller dans ses cartons, dégotter un ou deux rapports de chefs de district et tâcher d'en tirer quelque chose qui puisse intéresser Elisabetta.

Elle réunit toutes ses forces, s'appuya tant qu'elle put aux accoudoirs et s'extirpa se son fauteuil.

Venise, le 24 juin
Campo dei Frati
10 heures

Aux Archives, la préposée aux prêts la reconnut :
– Signora Tina ! Qu'est-ce-qui vous amène ?
Elle laissa échapper un rire :
– À mon âge, on ne change pas ! Les chefs de district ! Janvier-février 1575.
Elle alla s'asseoir à la table de lecture en attendant qu'on lui apporte les archives, sortit ses notes et repensa aux deux jeunes gens. Pourquoi est-ce que cette histoire la perturbait tant ? Parce qu'elle vieillissait, voilà pourquoi. On pouvait même dire qu'elle avait fini de vieillir, tant elle était vieille. Ces deux chenapans avaient sans doute profité du passage de l'un des habitants du palazzetto pour entrer dans la cour et consommer du hashish à l'abri de la police. Pas de quoi en faire une montagne. Si jamais elle les retrouvait, tout à l'heure, elle ne se gênerait pas pour leur dire deux mots. *Ragazzi*, vous êtes bien gentils, mais ici, c'est une maison privée, avec des familles, des enfants, des personnes très vieilles aussi, comme moi. Alors soyez aimables, allez fumer ailleurs et nous

serons tous contents. Si elle leur avait parlé de la sorte la veille, elle aurait passé une soirée tranquille, au lieu d'imaginer Dieu sait quoi. Ils n'avaient pas l'air méchants, ces deux garçons. Ils étaient même polis.

Un quart d'heure plus tard, un employé des Archives la sortit de sa rêverie :
– C'est pour vous, 1575 ?
Il posa devant elle quatre cartons d'archives marqués « 1575 ».
Elle commença par en faire un inventaire rapide. Chacun contenait entre trente et quarante rapports de police. Certains portaient sur un seul jour, d'autres sur deux ou trois, jamais plus.
Le premier des quatre cartons ne contenait aucun document en lien avec la Scuola ou Scanziani. Elle remit en place les feuillets et entama l'examen de ceux du carton marqué II. Au deuxième feuillet, daté du 3 février, son cœur bondit.
Il était long de trois petites pages qu'elle parcourut dans une grande excitation :

Illustrissimes Seigneurs,

Peu avant huit heures du matin, ce jour, un portier de la Scuola del San Sepolcro s'annonça à notre autorité et, après nous avoir décliné son identité qui était Tisi Zanni, nous informa que la porte principale de la Scuola avait été

fracassée durant la nuit, qu'au moment de prendre son service il l'avait remarqué, et qu'ayant pris peur il était venu nous voir, n'osant pas pousser la porte dont la serrure avait été brisée avec grande violence, comme il l'avait lui-même constaté. Nous l'avons accompagné, avec deux hommes en renfort, ainsi nous étions quatre en comptant le portier, mais pour finir il n'y avait aucun voleur dans le bâtiment, dont nous avons inspecté les quatre pièces qui sont grandes mais il est impossible de s'y dissimuler. Ainsi nous étions dans la grande salle du Chapitre, qui avait été laissée pour dernière à l'inspection, et comme le portier voyait lui-même qu'il n'y avait personne et que rien ne manquait, il nous remercia de notre diligence.
Mais une heure plus tard il se présentait à nouveau à notre autorité, plus essoufflé même que la fois précédente, et nous dit, dans une précipitation qui rendait ses propos obscurs, que, s'agissant d'une nouvelle toile, son œil ne s'y était pas encore habitué, et que son absence ne l'avait pas frappé, mais que le mur du fond de la grande salle du Chapitre était blanc alors qu'il aurait dû être couvert tout entier ou presque par une toile grandiose par la taille et le talent de qui l'avait peinte, de ce que l'homme nous dit, et qui montrait un Christ aux douze doigts célébrant les Noces de Cana.
Nous fîmes diligence pour aller sur place et vérifier qu'il disait vrai, ce que j'atteste par les présentes.

À en croire Rivolta, le chroniqueur, cette toile était l'une des plus belles du XVIe siècle. De son vol, personne n'avait jamais parlé. On avait pris acte de l'incendie, et sans doute que chacun avait attribué la disparition de la toile à ce sinistre. S'il était établi qu'elle avait été volée auparavant, cela changeait la donne. On pouvait imaginer mille choses…

Elle nota sur son bloc la chronologie des événements :

— 10 décembre 1574 : présentation du Christ aux douze doigts.
— 10 janvier 1575 : procès.
— 2 février 1575 : vol du Christ aux douze doigts.
— 14-15 février 1575 : incendie de la Scuola del San Sepolcro et assassinats de Giorgio Benvenuti et Giuseppe Veneziano.
— 20 février 1575 : mort de Paolo il Nano.
— 24 février 1575 : mort de Scanziani et suicide de Myriam Clasen.
Liens entre ces événements ?

Elle relut trois fois la chronologie, incapable d'en déduire la moindre logique. Après quoi elle envoya le fichier à Elisabetta.

Elle était joyeuse. L'aventure continuait !

À San Toma, alors qu'elle attendait le vaporetto, elle entendit de loin une ritournelle vénitienne qui la ramena à son enfance :

Carnaval noir

Marieta, monta in gondoa
che mi te porto al Lido.
Mi no, che no' me fido,
ti è massa un impostor.

Elle se mit à la chantonner. Pourquoi devait-elle sans cesse se faire de la bile pour un oui pour un non, alors que tout était si beau autour d'elle ? Sa ville, ses amis, ses recherches aux Archives... Tous les vents lui étaient favorables !

La rengaine se rapprochait, et Tina se réjouit de l'instant où elle pourrait joindre sa voix à celles du petit groupe. Elle vit enfin quatre ou cinq garçons qui chantaient à tue-tête. Tous portaient des masques de carnaval, l'un une tête de chien, un autre de cochon, de chat, de renard... Des touristes, se dit Tina. Des jeunes qui voulaient profiter de leur séjour et raconter à leurs amis qu'ils avaient fêté le carnaval de Venise en juin... Elle se mit à chanter plus fort, dans l'espoir qu'ils s'approchent d'elle et l'intègrent dans leur petite chorale, lorsqu'une pensée lui traversa l'esprit. Ces garçons chantaient en dialecte vénitien... Ce n'étaient donc pas des touristes ! Cette réflexion l'inquiéta. Qui étaient ces individus ? Voilà que maintenant ils lui tournaient autour... Elle s'efforça de prendre la chose du bon côté et continua de chanter avec eux, aussi fort qu'elle put, pour bien montrer qu'elle aussi

Carnaval noir

était vénitienne, pas une de ces riches Américaines qui ne méritaient que de se faire détrousser :

> *Marieta, monta in gondoa*
> *che mi te porto al Lido.*

Maintenant ils l'entouraient de très près, d'abord avec gentillesse, puis avec insistance, au point qu'ils la frôlaient, toujours en chantant. Elle eut soudain très peur et se mit à crier. Ils la coincèrent contre le parapet. L'un des individus lui arracha son sac. Elle s'évanouit, bascula au-dessus du parapet, et en quelques secondes elle disparut dans les eaux opaques du canal, pendant que ses agresseurs disparaissaient en courant.

Genève, le 24 juin
Hôpitaux universitaires, service des soins intensifs
11 h 30

Le docteur Pugin l'avait mis en garde : « N'attendez pas un réveil soudain, avec yeux ouverts, sourire doux et bonjour où suis-je, comme dans les films. Les sorties de coma sont difficiles. »

Ils n'en étaient pas là. Teresa avait l'air d'être au fond de l'abîme. Son petit visage était fermé, tendu, comme si elle se concentrait à quelque tâche ardue.

Bénédict laissa son regard flotter sur les instruments de mesure installés de part et d'autre du lit. Il n'y avait pas de lumière qui clignotait ou d'alarme qui sifflait. Au moins ça. Il regarda ses jambes de gamine revêtues des bas gonflants. Elle aurait rouspété : « Mais tu les as vus, ces bas ridicules ? »

Ils n'avaient fait que l'exploiter. Lui, son père, son frère, tout le monde. Et de tous, c'était certainement lui le plus coupable. Elle l'avait aimé de l'amour le plus beau qui soit, le plus grand qu'il ait jamais reçu, un amour librement choisi, sans obligation ni condition. Et il n'avait pas pensé à lui dire un mot tendre, ne serait-ce qu'une fois. De lui proposer qu'ils aillent ensemble à Udine, ou n'importe où ailleurs, un endroit où lui-même n'aurait pas eu envie d'aller, qu'il aurait choisi dans le seul propos de faire plaisir à Teresa.

Il s'approcha d'elle, enfouit son visage contre sa poitrine et se mit à sangloter.

Le docteur Pugin l'attendait à la sortie, il voulait lui dire un mot sur «le petit jeune homme qui vient tous les jours, c'est magnifique». Mais lorsqu'il vit combien Bénédict était dans l'émotion, il lui fit un signe de la main et détourna le regard.

Venise, le 24 juin
Grand auditoire, université de Ca' Foscari
11 h 50

Le collègue anglais d'Elisabetta se montrait intarissable. Pourquoi Boèce avait-il décidé de traduire Aristote plutôt que Platon ? *Most intriguing...* En d'autres circonstances, elle aurait bu chacun de ses mots. Mais cela faisait cinq minutes que son portable avait vibré, elle avait vu que le message venait de Tina, et à cet instant chacun des mots qu'ajoutait le bonhomme l'irritait.

Tant pis. Elle quitta sa chaise, marcha sur la pointe des pieds le long de la baie vitrée et se posta derrière un grand panneau de bois. Le courriel de Tina comportait trois fichiers. L'un montrait le début d'un texte manuscrit, en vénitien ancien, intitulé *Rapporto del Caposestiero*, daté du 3 février 1575, et dont la lisibilité était parfaite. Le deuxième était bizarre, une photo très floue d'une demi-page de texte, comme si Tina avait dû se dépêcher de s'esquiver. Le troisième était une chronologie de quelques lignes qui débutait par *Présentation du Christ aux douze doigts :*

10 décembre 1574 et se terminait par : *Liens entre ces événements ?*

Elle transféra le courriel à son frère et retourna dans la salle.

Venise, le 24 juin
Campo Santa Margherita
16 h 45

À la pause de l'après-midi, Elisabetta courut retrouver son frère au Caffè Rosso, à mi-chemin entre Ca' Foscari et l'institut Cavanis. Il n'était pas encore là. Elle prit place et laissa son regard flotter sur le Campo.

Venise ne la fascinait jamais autant qu'aux premiers jours de l'été, lorsque la ville entrait en perdition. Il était de bon goût de ne pas l'aimer à cette période de l'année, de la préférer au printemps, qui offrait des sensations plus délicates, ou à la fin de l'automne, quand au détour d'un canal ou d'un pont, les matins semblaient d'une grâce irréelle. Elle aimait aussi ces instants, bien sûr, comme elle aimait les brumes de janvier, lorsque Venise se parait d'une distinction aristocratique. Elle était alors d'une élégance suprême, éloignée de tout vice. Tandis qu'en plein été, lorsque les effluves des canaux envahissaient les ruelles, Elisabetta avait le sentiment que rien n'était désormais licite, que la transgression était encouragée, qu'il n'y avait pas d'autre choix que de se laisser glisser dans le péché.

Enfin son frère arriva :
- Désolé ! Un parent d'élève...
Elle regarda sa montre. Il lui restait vingt minutes :
- Je résume. Au vu de ses talents et de son ambition, Scanziani devait viser la papauté. La Congrégation des pèlerins ibériques se considérait en guerre contre tout ce qui, de près ou de loin, pouvait affaiblir l'autorité de l'Église. Valsangiacomo en était la tête pensante, et Scanziani voulait s'en faire un allié. Mais en quoi la prophétie qu'il associait dans sa lettre à la Scuola représentait-elle un péril pour Scanziani ou pour l'Église ? La démarche allait dans le sens de lutter contre la Réforme, de donner espoir aux croyants que l'Église serait bientôt défendue par un envoyé du Christ. Non, Scanziani devait craindre autre chose.

Il y avait peut-être un élément nouveau : le signe du Sagittaire, tel que Paolo il Nano l'avait peint dans son *Christ aux douze doigts*. D'après Rivolta, le chroniqueur, le peintre avait favorisé ce signe plutôt que les autres. Pourquoi ? Ses motifs pouvaient relever de l'anecdote. Peut-être que le Sagittaire était le signe zodiacal de son commanditaire, Giorgio Benvenuti, et qu'il a voulu l'honorer. Ou de Myriam Clasen.

Son frère eut une moue approbatrice. Un Sagittaire, comme point de départ d'une enquête, c'était vague :

— Il aurait fallu en savoir plus sur la Scuola... L'idéal serait d'accéder aux travaux de Donatella...

— Tu nous vois aller chez les parents de Donatella, et leur dire : « Désolé, ne bougez pas, je viens fouiller dans les affaires de votre fille morte il y a quelques mois » ?

— Et le tableau ?

Riccardo secoua la tête. Ce qui avait dû déstabiliser Scanziani, c'étaient sans doute les signes astrologiques...

— Et sa mort ? Que vient-elle faire là-dedans ?

— Sans doute une affaire passionnelle, répondit Elisabetta. Là, je dois filer.

Au même instant son téléphone se mit à grésiller.

Elisabetta, vit « Di Meo » s'afficher sur son portable :

— Tina ! Enfin !

— Désolée, fit une voix de femme. Je ne suis pas Tina. Mon nom est Carla Marchetti, je suis commissaire de police. Madame Tina Di Meo vous a transmis un message à partir de son portable. Où vous trouvez-vous en ce moment ?

Elisabetta informa la policière qu'elle devait retourner dans la minute à Ca' Foscari.

— Ne bougez pas d'où vous êtes, répliqua la policière d'un ton sec. Un canot de la Questura vient vous chercher.

Cité du Vatican, le 24 juin
Place Saint-Pierre
17 h 45

Ils s'étaient retrouvés tous les cinq devant la basilique, côté Uffizzi. Ali et Jamilah étaient venus avec Zeina dans sa nouvelle poussette. Mounir fit les présentations d'une voix à peine murmurée, économisant sur chaque mot.

— Vous venez d'où ? demanda Ali à Mido.
— Derna. Toi ?
— Benghazi.
— On a de la famille à Benghazi, intervint Abdel Aziz. Deux oncles. Ma mère est de Benghazi.

Il se tourna vers Jamilah :
— Et ta madame ?
— Elle est née ici. Maintenant elle est des nôtres.

Ali hocha la tête.
— Vous vous retrouverez ici, fit Mounir. Exactement là où nous sommes. Vous vous repérez ?

Les autres jetèrent un coup d'œil autour d'eux et hochèrent la tête.

— Et après ? demanda Ali.

Mounir leur fit signe de le suivre. Lorsqu'ils furent à l'intérieur de la basilique, il fit un geste de la main, à peine perceptible, en direction de l'abside :

– Toi et Jamilah, vous irez là-bas.

Ali hocha la tête.

Mounir se tourna ensuite vers Abdel Aziz. Celui-ci eut un geste de la main :

– C'est bon. Nous sommes venus l'autre jour. On a vu où se situe la porte.

Venise, 24 juin
Siège de la police, district de San Lorenzo
18 h 45

— Je n'ai pas le temps de mettre des gants, dit Carla Marchetti. Votre amie madame Di Meo a été tuée. Et tout me porte à croire que vous êtes en danger.

La policière était une femme d'une cinquantaine d'années, petite et mince, à l'allure juvénile. Son visage aux traits fins, maquillé avec soin, et ses cheveux blancs, coupés très court, donnaient à sa personne une allure inattendue chez une policière en fonction. Mais le sentiment qu'elle dégageait n'était pas la séduction. La raison en était ses yeux bleu acier. Ils n'exprimaient aucune émotion.

— Il y a neuf chances sur dix pour que la mort de madame Di Meo ne soit ni accidentelle ni la conséquence collatérale d'un vol.

— Si Tina est morte, je crois bien que c'est à cause de moi, fit Elisabetta.

— On va procéder par ordre, dit la policière, les yeux plantés dans ceux d'Elisabetta. Vous connaissiez madame Di Meo depuis longtemps, mais vous n'avez

Carnaval noir

repris contact qu'il y a une semaine environ, c'est bien ça ?

– Comment le savez-vous ? demanda Elisabetta, l'air ébahi.

– Vous allez comprendre dans un instant. Vous contactez madame Di Meo à propos d'une lettre découverte au dos d'une vieille reliure par votre ami le professeur Hugues, de Genève.

Elisabetta eut un mouvement de recul :

– Qui vous a dit cela ?

– Racontez-moi ce que vous savez sur le cambriolage qui a eu lieu rue de Candolle, à Genève.

Elisabetta secoua la tête, les yeux hagards.

– Savez-vous où se trouve actuellement le professeur ? Lui aussi est en danger.

– Pour l'amour du ciel, arrêtez, s'exclama Elisabetta. Vous allez me rendre folle.

La policière la regarda d'un air toujours aussi imperturbable :

– Le sac de madame Di Meo a été volé. Il pourrait s'agir d'un prétexte, pour détourner les soupçons et nous pousser à considérer que sa mort est accidentelle. Disons : collatérale au vol.

Il se pouvait aussi que le vol soit, au contraire, le collatéral du meurtre : dans le feu de l'action, l'un des hommes de main s'était peut-être dit qu'il y avait quelques sous à rafler. Comme la police n'avait pas trouvé de téléphone portable sur madame Di Meo, elle en avait conclu qu'il était dans son sac. Après quelques appels aux grands opérateurs italiens de téléphonie, il ressortit que madame Di Meo avait un contrat chez Alice. L'autorisation du procureur fut obtenue en urgence, et la police eut accès à tous les échanges entre madame Di Meo et ses correspondants. Sa dernière correspondance électronique avec Elisabetta remontait à la matinée, à 11 h 17. Madame Di Meo lui transmettait trois fichiers.

Elisabetta la regardait, les yeux écarquillés.

— Je ne sais pas quel est le motif de tant d'acharnement, reprit la policière. Je vous prie de me raconter tout ce que vous savez. Il y a eu un mort, une blessée grave, et tout porte à croire que les choses ne vont pas s'arrêter là.

Elisabetta lui fit un récit détaillé de tous les épisodes : la lettre découverte par Bénédict, les recherches entreprises par elle-même et Tina, la rencontre entre Bartolomeo et Bénédict, et enfin l'agression de Teresa.

— À vous écouter, dit Carla Marchetti, un lien se dessine entre le Carnaval noir, une affaire vieille de cinq siècles, et la mort de madame Di Meo. Cela voudrait dire qu'une autre affaire est prête à sortir de sa boîte. Auquel cas vous êtes en danger.

Quant à Bénédict, la commissaire pouvait le faire interroger par commission rogatoire. Mais cela ne répondrait pas aux contraintes de l'enquête. L'affaire était urgente. Si la famille de Donatella acceptait de les recevoir, elle demanderait à Bénédict d'être présent. Peut-être que cela l'inciterait à se déplacer.

Au moment de prendre congé, Elisabetta s'adressa à la policière d'une voix feutrée :

— Vous permettez une question ? Nous ne nous sommes jamais rencontrées ?

La policière la regarda dans les yeux, le visage impassible :

— Je ne crois pas. J'étais à Bergame. On vient de m'affecter à Venise.

— Je vois, dit Elisabetta en hochant lentement la tête. Sans indiscrétion, ce n'était pas bien, Bergame ?

— J'avais envie de changer d'air, répondit Carla, soudain plus amicale. J'ai demandé ma mutation, on m'a proposé Venise. J'ai accepté.

Elle sourit :

— J'ai bien fait ?

— Très, répondit Elisabetta.

Elle eut un instant d'hésitation, puis ajouta :

— En début d'été, la ville commence à se perdre, c'est sa plus belle saison.

Venise, 25 juin
District de Castello, chez les Cortesi
17 heures

« Nous voulons tourner la page », avait dit la mère de Donatella au téléphone. « Chaque interrogatoire ne fait que retourner le couteau dans la plaie. »

Carla avait insisté. Ce n'était pas à propos de leur fille qu'elle voulait les interroger. En fait, elle ne voulait pas les interroger du tout. Tina Di Meo venait d'être assassinée à l'arrêt du vaporetto de San Toma. Elle avait dirigé la thèse de leur fille et, s'il existait un lien entre ces deux drames, il était possible que les travaux de Donatella permettent de le découvrir.

Carla Marchetti comprit soudain où se trouvait la faille :

– Je voudrais venir vous voir, accompagnée de deux grands professeurs. Ce sont eux qui accordent la plus haute importance aux recherches de votre fille. Le professeur Hugues viendrait tout spécialement de Genève.

Il y avait eu un moment de silence.

– C'est d'accord, avait enfin dit Lucia.

Carnaval noir

Les Cortesi les reçurent avec une tristesse mêlée de crainte. Carla expliqua qu'elle menait une enquête policière, mais que celle-ci s'appuyait sur une recherche historique qui pouvait peut-être expliquer la mort de leur fille, celle de Tina Di Meo, et l'agression subie à Genève par Teresa Ligari. Sans doute que d'autres actes malveillants se préparaient :

— C'est la raison pour laquelle il m'a semblé urgent de me présenter chez vous accompagnée des éminents professeurs Paravicini et Hugues. Nous cherchons à comprendre le passé pour éviter de nouveaux assassinats.

— Allons droit au but, fit Aldo Cortesi, que chacun puisse ensuite reprendre sa vie ou ce qu'il en reste.

— Je connaissais Donatella, intervint Elisabetta. Elle venait me consulter pour des traductions de latin médiéval. C'était une jeune fille d'une grande curiosité. Je suis persuadée que ses travaux pourront nous éclairer.

— L'idéal, reprit Carla, serait que nos deux experts puissent jeter un coup d'œil aux pages que votre fille avait déjà rédigées.

À nouveau, il y eut un silence.

— Donne-leur ce qu'ils cherchent, fit Lucia. Elle aurait été heureuse de voir que son travail se révèle utile.

Aldo quitta le salon et revint moins d'une minute plus tard avec en main un classeur et un cahier :

— Le classeur contient les six chapitres rédigés au moment de l'accident. Dans le cahier, elle notait ses réflexions en vrac. Vous y trouverez un développement surprenant, à propos de Copernic. Notre fille avait rapporté des livres d'astronomie de la Marciana, deux gros volumes en anglais.

Aldo fit mine de quitter son fauteuil lorsque Carla Marchetti lança :

— Vous me donnez une minute ? J'ai pris l'engagement de ne pas vous interroger, mais une question me taraude. Est-ce que par hasard Donatella vous a jamais parlé d'un homme dont chacune des mains comptait six doigts ?

— Je te l'avais dit ! s'écria Lucia à l'intention de son mari.

— Je l'avais dit aussi, que c'était bizarre ! cria Aldo. Que veux-tu que je fasse ? Notre fille est morte !

Carla Marchetti jeta un regard à Bénédict, puis se tourna vers Lucia Cortesi :

— Pardonnez-moi, madame, je comprends que tout cela vous soit terriblement douloureux. J'essaie de faire mon métier.

— Allez-y, dit Lucia. Après tout ce que nous avons vécu…

— Pouvez-vous m'indiquer dans quelles circonstances votre fille a croisé cette personne ?

Carnaval noir

Les deux fois, c'était à la Marciana, en salle de lecture. L'individu avait pris place en face d'elle. Lucia n'en savait pas plus. Sa fille lui avait dit : «Tu sais quoi? Il y a des gens qui ont six doigts au lieu de cinq! Si, si, je t'assure!» La première fois, elles en avaient ri, la deuxième Lucia avait trouvé bizarre que la même personne se retrouve en face de sa fille.

– Elle vous a dit à quoi il ressemblait?
– Oui, répondit Lucia.
Elle eut un sourire triste :
– Elle m'a dit qu'il la faisait penser à Raspoutine.

Venise, 25 juin
Questura di San Lorenzo
19 h 45

Carla installa Elisabetta et Bénédict dans son bureau :
— Dans une heure je dois savoir si le travail de la jeune fille peut nous éclairer. On va à l'essentiel.
Elisabetta et Bénédict se répartirent les documents. Elle ferait un balayage rapide des six chapitres et Bénédict examinerait le cahier de notes.
Une heure plus tard, Carla Marchetti était de retour :
— *Ladies first!*
Elisabetta avait remarqué que les descriptions de Donatella sur la Scuola Grande del San Sepolcro, de ses toiles, et en particulier du *Christ aux douze doigts*, se fondaient sur les sources qu'elle-même et Tina Di Meo avaient consultées : les *avvisi*, les chroniques et les procès-verbaux du tribunal du Saint-Office. Donatella avait identifié quatre éléments qui semblaient pertinents.
Un. D'après Angelino Garofalo, un chroniqueur que ni Tina ni elle-même n'avaient repéré, la Scuola

Carnaval noir

Grande del San Sepolcro bénéficiait des largesses d'un grand commerçant en pierres précieuses, Jacob (ou Jacopo, selon le cas) Clasen. Originaire de Nuremberg, l'homme s'était installé à Venise en 1545. C'était le père de Myriam Clasen et, semble-t-il, un ami proche de Giorgio Benvenuti, le *Guardian Grande* de la Scuola. Vasari, dans ses *Vies*, disait des deux hommes qu'ils étaient férus d'astrologie. Donatella avait repris l'extrait suivant :

> Je n'ai pas vu dans tout Venise deux citoyens aussi proches l'un de l'autre, alors que dans les affaires qui les mènent à la Sublime Porte, ils sont concurrents. Sans doute est-ce leur passion pour ce qui touche aux astres qui les rapproche, de même que les rapprochent leur raffinement et leur amour pour les belles choses de la vie, qui sont très grands chez tous les deux. Clasen habite le plus élégant des palais qui longent le Grand Canal et Benvenuti s'est fait construire à Dorsoduro une résidence somptueuse en tous aspects, dont l'architecte inspiré n'est autre que l'illustre Palladio.

Pourtant, affirmait la jeune fille dans sa thèse, Clasen n'apparaissait dans aucun des documents de la Scuola. De fait, peu de noms figuraient sur ses registres, ce qui semblait étrange, car c'étaient là des positions dont à Venise on se targuait plutôt qu'on s'en cachait.

Deux. Il ressortait aussi que Benvenuti avait mandaté Palladio pour la construction d'une villa à l'intérieur des terres, sur la route de Trévise. Vasari en faisait une description très élogieuse dans ses *Vies*.

Trois. La villa existait encore.

Quatre, et c'était sans doute l'élément le plus piquant de la thèse, Donatella avait mis le doigt sur le lien précis qui liait Paolo il Nano à Copernic. Le grand-père du peintre, Domenico Maria Novara, était un astronome très réputé, professeur à l'université de Bologne. Et c'est chez cet homme, sans doute soucieux d'arrondir ses fins de mois, qu'avait logé Copernic, alors jeune moine polonais venu à Bologne étudier le droit canon. Il semble que ce soit auprès de Novara que Copernic ait pris goût à l'astronomie. Le fils de Novara, Giovanni, avait succédé à son père à la chaire d'astronomie. Le fils de Giovanni, Paolo il Nano, avait donc grandi dans un monde hautement scientifique, mais aussi poétique. À l'époque, on étudiait souvent l'astronomie comme moyen d'accès à l'astrologie. C'était elle qui permettait de faire des prédictions, une porte ouverte au monde des rêves.

— J'ai tout noté, fit Carla Marchetti. Que fait-on de tout cela, je n'en sais rien.

Elle se tourna vers Bénédict :

— Et de votre côté, professeur ?

Bénédict fit une grimace :

— Ce que j'ai lu me semble très étrange... Et en même temps l'argumentation de Donatella suit une logique de fer. Elle tisse une toile qui remonte toute l'Europe du nord au sud, de Bologne à Nuremberg en passant par Venise. En résumé, Jacopo Clasen venait de Nuremberg, où a été publié le grand livre de Copernic, *De Revolutionibus orbium celestium*... La théorie de Copernic peut se résumer à ceci : ce n'est pas le Soleil qui tourne autour de la Terre, comme l'affirment les Écritures, mais bien l'inverse. Le texte de Copernic mettait donc en défaut l'infaillibilité de l'Église. L'Institution se retrouvait en danger. L'ouvrage a vu le jour en 1543, et le plus étrange, dans cette affaire, est que Copernic n'a tenu son livre en main que sur son lit de mort. Or, les observations qu'il décrit étaient le fait de travaux bien antérieurs, c'est ce qu'affirme Donatella. Elle se fait une note à elle-même, quelque part dans le cahier : « Aller à la Marciana pour le Gingerich et le Koestler ». Je suis allé sur Google, en vitesse, et j'ai eu confirmation de ce qu'écrit Donatella. Gingerich a passé sa vie à étudier le texte de Copernic. Koestler, dans *Les Somnambules*, parle de Copernic, mais aussi de Galilée, des conceptions de l'Univers qui ont marqué l'Histoire... Donatella relève que le livre de Copernic, très complexe et sans nul doute très coûteux à fabriquer, avait reçu l'aide d'un mécène, grand marchand de pierres précieuses.

Or, Jacopo Clasen venait de Nuremberg et c'était un marchand de pierres précieuses. Il n'en est parti qu'en 1545, deux ans après la publication du livre et la mort de Copernic. Était-ce sur ce goût pour l'astronomie qu'était née l'amitié entre Clasen et Benvenuti ? Il est tentant de le croire. Ainsi, Benvenuti, Clasen et Paolo il Nano se sont-ils retrouvés à la Scuola, unis par une même fascination pour les astres.

— Ce qui explique sans doute les signes zodiacaux peints sur le *Christ aux douze doigts*, interrompit Elisabetta.

— Donatella va plus loin, reprit Bénédict. Elle fait une analyse psychologique très fine de Copernic. Je vous lis le passage :

> Sans doute que Copernic, moine fidèle à l'Église et à ses textes, était lui-même épouvanté par les effets que pouvait avoir sa découverte de l'héliocentrisme sur une Église affaiblie par les coups que lui portait la Réforme. Cela expliquerait le retard qu'il mit à publier le produit de ses recherches, attendant sans doute de se trouver aux portes de la mort pour le faire.

— Je commence à comprendre, dit Elisabetta.

— Selon Donatella, reprit Bénédict, si Scanziani s'est opposé à la Scuola avec tant de férocité, c'est qu'il voyait en elle le fer de lance des idées coperniciennes. Face à ce danger, l'Église n'avait pas d'autre choix que d'engager une lutte à mort. Mettons-nous à la place de ces prélats. La Réforme faisait des ravages en Toscane et en Ombrie. Le Concile de Trente se battait comme il pouvait contre certains membres de la Curie romaine, ceux qu'elle jugeait trop laxistes. Gandolfi était le premier d'entre eux, lui surtout, chargé de représenter le pape dans une Venise où un habitant sur douze était une prostituée ou une courtisane. La ville allait à vau-l'eau. Et voilà que ces terroristes de la Scuola, c'est sans doute ainsi que les voyait Scanziani, voilà donc qu'ils s'apprêtent à mettre en pièces des pages fondamentales des Saintes Écritures. Ce qui importait, aux yeux de Scanziani et de Valsangiacomo, n'était pas la découverte de Copernic. Que la Terre tourne autour du Soleil ou de la Lune, ils devaient s'en moquer complètement. Ce qui les inquiétait, c'était de voir les Textes mis en cause.

– Est-ce que vous pouvez être plus précis ? demanda Carla. Quels risques courait l'Église ?

– J'allais y arriver, répondit Bénédict. Donatella a poussé l'étude au point de cerner les points de télescopage. Voici ce qu'elle note :

1. La Bible dit : l'Éternel avait « arrêté le Soleil pour aider Josué à triompher de ses ennemis ». C'est donc qu'il bouge. Affirmer le contraire pouvait être considéré comme une hérésie.

2. L'Ecclésiaste le confirme: «Le Soleil aussi se lève et le Soleil se couche».
3. Les Psaumes le soulignent: le Seigneur avait affermi la Terre au point «qu'elle ne sera point ébranlée à perpétuité».
4. Comment l'Église pouvait-elle renier ce que les Textes sacrés affirment avec tant de force? Ses fidèles pourraient désormais dire: «Si ce passage est faux, pourquoi pas un autre?» Tout pouvait être mis en doute! Fallait-il aimer son prochain comme soi-même? Jésus avait-il existé?
5. Conclusion: La découverte de Copernic, si elle était dévoilée, aurait déclenché un tremblement de terre. Les divergences entre Réformateurs et Église romaine se retrouveraient légitimées. C'était la survie de l'Église qui se jouait.

— Je crois que je commence aussi à comprendre, fit la commissaire.

— Pour l'Église, reprit Bénédict, il y avait obligation d'engager une lutte à mort. Elle jouait son devenir. Après avoir été incapable de faire condamner Paolo il Nano pour sa représentation des Noce de Cana, Scanziani et ses amis ont choisi d'assassiner les dirigeants de la Scuola et de l'incendier, une façon radicale de décourager d'autres candidats à la remise en cause des Textes. Finalement, la révolution copernicienne n'éclatera qu'avec les procès de Galilée, qui n'étaient rien d'autre que ceux de Copernic.

Carnaval noir

Scanziani et ses amis ont gagné quatre-vingts ans, il faut le leur reconnaître.

Carla Marchetti hocha lentement la tête. Un lien étroit émergeait bel et bien entre le Carnaval noir, le meurtre de Tina Di Meo et la mise à sac de l'appartement de Bénédict.

– Le nom de la Congrégation est éloquent, reprit Elisabetta. L'accueil des pèlerins ibériques… C'était en Espagne que l'Inquisition était la plus sanglante. Scanziani, Valsangiacomo et les leurs devaient se réjouir de voir des gens d'Église venus d'Espagne conforter la Curie romaine par l'exemple de leur cruauté.

» Mais tout cela, poursuivit Elisabetta, c'était le passé. Aujourd'hui, aux yeux de Bartolomeo et de ses amis, l'Église est à nouveau en danger mortel. Minée par les scandales de la pédophilie, les détournements de fonds et les meurtres qu'on lui associe, celui de Michele Sindona, l'ancien conseiller financier du pape Paul VI empoisonné au cyanure dans sa cellule de prison, et celui de Roberto Calvi, « le banquier de Dieu » retrouvé pendu à un pont londonien. L'Église a désormais à sa tête un pape qui fait les titres de la presse populiste, humilie les responsables de la Curie et encourage l'invasion des migrants. Elle se retrouve comme un corps privé de ses défenses naturelles. Pour Bartolomeo San Benedetto et Maurizio

Zaccaria, il est impensable que les choses en restent là. Leur Fondazione a une mission sacrée, celle de perpétuer l'action de la Congrégation des pèlerins ibériques, dont elle a repris la devise, *Delendi sint haeretici*. Au XXIe siècle comme au XVIe, les plus dangereux des hérétiques sont à l'intérieur de la Maison.

» Reste la question soulevée par Tina dans sa note. D'où venait la prophétie des douze doigts ?

Elisabetta se tourna vers Bénédict :

— Elle te suggère quelque chose, cette prophétie ?

Il secoua la tête. Rien, vraiment. Il allait interroger Nicolas Ducimetière. Peut-être avait-il une explication.

Le téléphone de Carla grésilla. Elle décrocha, ne dit rien, puis, après deux minutes environ, fit « *Grazie* » et raccrocha. C'était l'un de ses collaborateurs qui se trouvait à la Marciana.

— Les lecteurs de la Sala Comune doivent glisser leur carte auprès d'un huissier, si bien que toutes leurs entrées et sorties sont enregistrées. San Benedetto ne s'y est rendu qu'à deux reprises. Elles coïncident avec la présence de Donatella. La première de ces deux fois correspond au jour où il a demandé sa carte de lecteur. Selon toute vraisemblance, il suivait la jeune fille pour voir ce qu'elle consultait comme ouvrage à la Marciana et mesurer le danger qu'elle pouvait représenter.

Milan, 25 juin
Via Santo Spirito
21 heures

— Il y avait dans ta voix une certaine inquiétude, m'a-t-il semblé, dit Fernandez-Diaz en souriant.
— Oui, hélas, répondit Zaccaria. C'est pourquoi je tenais à te voir. Merci d'être venu jusqu'à moi.

Il aurait bien fait le déplacement à Rome, mais Fernandez-Diaz se trouvait en situation délicate, tout le monde à la Curie le savait. S'ils avaient été vus ensemble, la nouvelle aurait frappé les antennes du Vatican comme la foudre. Que complotait Fernandez-Diaz en compagnie de son éminent banquier? Quel coup était-il en train d'échafauder pour sauver sa peau?
Le cardinal n'avait posé qu'une condition à son déplacement: «Tes pâtes au basilic, un verre de barolo et rien d'autre. Je soigne ma ligne et j'aurai peu de temps.»

Fernandez-Diaz regarda son interlocuteur sans cacher un léger sentiment de supériorité. Zaccaria avait beau être banquier, et même grand banquier, il n'avait pas la peau épaisse. Les banquiers, il les connaissait. Risquer l'argent d'autrui, c'était plus facile que subir les cruautés de la Curie romaine. Le cardinal fréquentait depuis toujours le milieu des affaires autant que celui des prélats. La banque connaissait les coups bas, mais les ambitions y étaient souvent avides. Pressées. Pour tout dire, elles étaient vulgaires. Des pulsions d'éjaculateurs précoces. Au Vatican, la férocité se raffinait. Elle avait pour elle l'arme la plus redoutable, la patience. Machiavel avait beau être honni, tous les prélats avaient lu *Le Prince*. C'était même leur deuxième bréviaire. Un texte qui prônait l'art d'attendre son heure. La marque des grands prédateurs.

Le majordome présenta le plat de pâtes à Fernandez-Diaz. Celui-ci se servit, ordonna : « Ne vous éloignez pas trop », et engouffra une pleine fourchetée de pâtes.

— Alors ? lança-t-il, la bouche pleine.

Zaccaria baissa les yeux. Fernandez-Diaz était la personne la plus impressionnante qu'il ait jamais croisée. Son habileté politique était proverbiale, sa culture celle d'un grand universitaire, et sa carrure celle d'un rugbyman. Mais ce qui surtout l'épatait chez cet homme était la rapidité de son intelligence. Fernandez-Diaz captait l'essentiel en un clin d'œil.

Il resta muet durant quelques secondes, trop longtemps pour Fernandez-Diaz qui lui demanda, l'air moqueur :

– Pardonne ma question, tu as lu ma thèse ?

Il imagina Zaccaria en train d'essayer de comprendre sa thèse et éclata de rire. La bouche encore pleine, il se mit à tousser et à rire à la fois, jusqu'à en avoir les larmes aux yeux. Il but quelques gorgées de vin, avala ce qu'il lui restait en bouche et regarda Zaccaria, l'air désabusé :

– Si elle veut éviter de se métamorphoser en émissions de télévision du samedi soir, notre Église doit se donner les mêmes moyens dont use le pouvoir politique.

Il se resservit d'une fourchetée de pâtes.

Zaccaria resta coi. De la thèse, il n'avait pas même réussi à terminer la deuxième page.

La bouche toujours pleine, le prélat lança :

– Allez, on s'en fout de ma thèse. Je termine mes spaghettis, je passe devant chacun des cinq tableaux que tu as accrochés dans cette pièce et je retourne à Rome. Pour cela et rien d'autre, je ne regretterai pas mon voyage.

Zaccaria secoua la tête :

– Je vais te décevoir. Ne serait-il pas plus sage de remettre l'opération ? Les éléments perturbateurs se sont multipliés : la lettre, l'agression de la femme de ménage, celle de cette Tina…

Fernandez-Diaz cessa d'engouffrer des pâtes. Les yeux dans ceux de Zaccaria, il rétorqua :

– Tu rigoles ?

Le pape venait de révoquer le préfet de la Congrégation pour la doctrine de la foi. Des huit congrégations vaticanes, c'était la véritable gardienne du temple, celle qui faisait que l'Église était encore l'Église. Le préfet renvoyé, on pouvait tout imaginer quant à son remplacement. Benoît XVI avait fait quelques pas en direction des traditionalistes de la Fraternité Saint-Pie-X, ceux de monseigneur Lefebvre. Des pas bien timides, mais enfin, c'était déjà ça. Avec le nouveau pape, les temps avaient changé. La détermination du Vatican allait dans un sens opposé. On murmurait que le grand maître de l'Ordre de Malte, la plus puissante organisation caritative de l'Église romaine, était sur le point d'être limogé, du fait de son orientation traditionaliste. Il avait refusé la distribution de préservatifs, et plutôt que de le féliciter, le pape l'avait chassé comme un malpropre :

– Pour ce qui me concerne, l'Argentin a des projets, comme on dit. Mon successeur voudra défaire le réseau que nous avons mis en place, nos liens avec la banque Hugues, les financements qui en découlent, tout… Si l'on veut changer les choses, c'est maintenant.

Zaccaria hocha la tête :

— C'est entendu. On poursuit.

Fernandez-Diaz se resservit de barolo :

— Si nous abandonnons la partie, l'Église se transformera en maison d'accueil pour homosexuels, divorcés, fornicateurs, et tout ce que la Terre compte de pervers.

Il fit signe au majordome d'approcher le plat de pâtes :

— Ce n'est pas pour ce genre d'Église que le Père a laissé Son Fils mourir sur la croix. Nous sommes le 26. Tout est programmé pour le 29. Il faut tenir trois jours. Je ne vois pas le problème.

Il avala très vite quelques bouchées, quitta sa chaise et s'arrêta brièvement devant chacun des cinq tableaux :

— Je sais qu'il a l'air un peu demeuré, ton Bartolomeo. Mais c'est un fidèle. Et qui va s'occuper de la sale besogne, sinon des gens comme lui ? Les docteurs de l'Église ?

Il leva le pouce en signe de victoire :

— Magnifiques, tes pâtes au pesto. Allez, je file.

— Tu n'as pas peur d'un dérapage ? demanda Zaccaria.

Le prélat lui donna l'accolade :

— Carissimo... On ne fait pas d'omelette sans casser des œufs.

Venise, le 26 juin
Hôtel La Calcina
9 h 30

— Je vous dérange ?
— Non, voyons. Vous le savez bien.
Bénédict attendit que Mado reprenne la parole. En vain.
— Votre appel me fait très plaisir.
— C'est vrai ?
Elle avait parlé d'une voix à peine audible. Elle ajouta :
— Où êtes-vous ?
— Dans une petite pension, sur le canal de la Giudecca. J'ai monté mon plateau de petit-déjeuner et je prends mon café en ayant devant moi l'église du Rédempteur.
— Ça doit être magnifique.
Il laissa passer un silence :
— Je vous dis où en sont les choses ?
Un lien commençait à apparaître entre la lettre qu'il avait découverte, l'agression qu'avait subie Teresa, celles qui avaient coûté la vie à une jeune étudiante

et à Tina Di Meo, et une Congrégation des pèlerins ibériques vieille de cinq siècles. Tout semblait se tenir.

En attendant, il avait reçu ordre de rester à l'hôtel.

– Vous me manquez, dit Mado. Vous me manquez à chaque instant.

Il attendit, attendit encore, finit par dire : « Vous aussi, terriblement », et raccrocha.

Venise, 26 juin
Hôtel La Calcina
10 heures

Vous me manquez à chaque instant. Ces mots avaient le poids d'un pacte. La prochaine fois qu'ils se verraient, ils deviendraient amants, il en avait la certitude.

Incapable de tenir en place, il descendit au rez-de-chaussée et chercha le policier préposé à sa sécurité.
— Il est en terrasse, lui dit le gérant. Je lui ai apporté un café il y a cinq minutes.
Il franchit le seuil de la porte et jeta un coup d'œil à la promenade. Les trois petites tables installées le long de la Giudecca étaient inoccupées. Il retourna à l'intérieur de l'hôtel.
— Ces gens-là sont des sportifs, lui dit le gérant, ils ont besoin de bouger. Sans doute qu'il se dégourdit les jambes sur le quai. Prenez place, il ne va pas tarder.
Bénédict sortit à nouveau de l'hôtel. Le policier était un grand gaillard facile à repérer.
Il scruta la promenade, d'abord en direction de la chiesa dei Gesuati, puis vers la punta della Dogana. Le petit pont qui enjambait le rio delle Torreselle lui

bouchait la vue. Il s'approcha du pont et grimpa les six ou sept premières marches, jusqu'à un petit palier d'où son regard porterait jusqu'à la punta della Dogana. À peine atteignit-il le palier qu'il vit trois hommes se dresser devant lui, vêtus de grandes capes, le visage masqué comme pour le carnaval. Ils chantaient à tue-tête. L'un d'eux les accompagnait à la mandoline.

Bénédict se retourna et voulut courir en direction de l'hôtel. Mais au bas des escaliers, deux autres individus lui barraient la route, masqués eux aussi. Dans la seconde qui suivit, les trois autres s'approchèrent de lui et le poussèrent vers la rambarde du pont.

Bénédict frappa au visage l'un de ceux qui lui faisaient front, aussi fort qu'il put.

L'homme se retrouva à terre au bas des escaliers, cherchant à redresser son masque. Les deux autres saisirent Bénédict par les bras et le poussèrent vers la rambarde. Un coup de feu retentit et au même instant il ressentit une brûlure au dos. L'un des assaillants s'écroula en hurlant, la main sur le genou. Une poignée de secondes plus tard, le policier retenait Bénédict et l'aidait à marcher jusqu'à l'hôtel. Le dos de sa chemise était maculé de sang.

Sur le petit palier, trois passants immobilisaient l'agresseur qui avait été touché.

– Vous n'auriez pas dû bouger de l'hôtel, dit le policier à Bénédict. Je vais me faire réprimander. En plus, les autres se sont enfuis.

Venise, 26 juin
Hôpital de Zanipolo
14 heures

— Ravie de te voir vivant ! lança Elisabetta.

Elle et Carla se tenaient au pied de son lit, l'air de bonne humeur.

Il grimaça :

— Désolé.

La lame avait percé le poumon droit et déchiré la plèvre. « Pneumothorax », avait dit le médecin.

À la requête de Carla, on avait installé Bénédict dans les sous-sols, aux urgences. Sa blessure était bénigne, mais l'endroit était plus facile à sécuriser que les chambres des étages.

— Tout porte à croire que la violence ne fait que commencer, reprit Carla. Ici, vous serez protégé vingt-quatre heures sur vingt-quatre.

L'homme que le policier avait blessé au genou était un Romain qui avait séjourné l'année précédente à Pré-Vigne. Les collègues de Carla l'interrogeaient depuis deux heures. Un mandat d'amener avait été lancé à l'encontre de Bartolomeo San Benedetto. Maurizio Zaccaria serait interrogé le soir même.

— Côté médias, ça va bouger, reprit Carla.
Elle lui tendit la main :
— Vous restez ici jusqu'à demain, sous bonne garde. Après quoi vous pourrez retourner à votre hôtel ou à Genève, selon votre bon vouloir. Si vous restez en Italie, il faudra que nous rediscutions de votre protection.

Il y aurait d'autres victimes, c'était évident. L'histoire se répétait. Le seul moyen à disposition pour anticiper les exactions à venir consistait à déchiffrer le passé.

— Retournons à la Marciana et aux Archives, proposa Elisabetta.

— Il y a peut-être une autre piste à explorer, fit Bénédict.

Tout était parti de Valsangiacomo et de sa lettre cachée. Peut-être fallait-il retourner à Valsangiacomo. Il avait rassemblé une collection de manuscrits exceptionnelle et avait le goût de relier lui-même certains de ses ouvrages, au point d'avoir consacré à sa passion un plein étage de sa demeure. Il n'y avait pas de « Collection Valsangiacomo » à proprement parler, ses ouvrages avaient été dispersés au cours des siècles, mais la Bibliothèque vaticane en possédait certainement quelques-uns dans ses trésors. La Vaticane, qui fonctionnait à son rythme... La question était de savoir sous quel délai une telle recherche pouvait être entreprise.

— Je contacte Federico Dettoni, le patron de la Digos, à Rome, dit Carla. Nous étions collègues à Bergame, avant qu'il soit nommé à l'Antiterrorisme. C'est un homme efficace. Je pense qu'au Vatican on l'écoutera.

★

Une heure plus tard, la sonnerie de son iPhone sortit Bénédict de sa torpeur. C'était Mado. Elle avait vu les nouvelles au *Telegiornale* de la Rai :

— Ils ont parlé d'un *turista svizzero* !

Elle avait la voix joyeuse.

— Ils ont montré la photo de San Benedetto, l'hôtel particulier de Zaccaria, sa photo, aussi, une autre de Pré-Vigne... J'ai appelé mon patron. Devinez ce qu'il m'a dit.

Bénédict ferma les yeux.

— Je prends l'avion demain pour Venise.

Genève, le 26 juin
Banque Hugues
15 heures

Les six associés de la banque Hugues avaient la mine de ceux qui ne comprennent pas ce qu'il leur arrive. À la demande du procureur Rémy Bersier, l'avocat de la banque était présent.
— Merci de me recevoir, fit Bersier d'un ton glacial.
En fin de matinée, Il avait fait parvenir aux établissements bancaires et aux gérants de fortune du canton une circulaire qui laissait peu de place à la fantaisie :

Madame, Monsieur,

À la requête du procureur général de la Confédération, nous vous prions de nous indiquer, à réception des présentes, si votre établissement est ou a été en relation d'affaires avec la Fondazione dei pellegrini iberici.
Dans l'affirmative, vous tiendrez à notre disposition les pièces suivantes :
— Toute information sur les ayants droit économiques du compte
— Procurations éventuelles
— Historique du compte

– Nature des contrats de gestion passés avec la banque
– État du compte actuel
– État du compte au bouclement des cinq dernières années
– Mouvements du compte (entrées et sorties) au cours des cinq dernières années
– Nom des personnes qui chez vous sont en charge des affaires de ladite fondation
Il s'agit d'une requête en urgence.

Avec nos salutations distinguées,

Rémy Bersier,
Procureur général du canton de Genève

Depuis que les banques suisses avaient dû payer des pénalités stratosphériques au ministère américain de la Justice, leurs équipes de juristes avaient décuplé. Celle de Hugues & Cie comptait désormais une cinquantaine de collaborateurs. Pourtant, lorsque la requête du procureur du canton de Genève s'était inscrite sur l'écran d'ordinateur de son directeur, celui-ci n'avait confié le dossier à aucun de ses adjoints. Il ne leur en avait pas même soufflé mot. Dans la minute qui avait suivi la réception du message, il s'était dirigé vers le bureau de Pierre Hugues.

Un quart d'heure après, la banque avait informé le procureur qu'elle était en relations d'affaires avec la

Fondazione. Un message lui était parvenu du ministère public par retour de courriel. Le procureur se rendrait au siège de la banque l'après-midi même aux fins d'une perquisition. Il serait accompagné de deux collaboratrices auxquelles le personnel de la banque devrait offrir toute facilité de recherche de documents. La présence de l'avocat de la banque à la perquisition était indispensable.

– Il y a de cela quarante-huit heures, une tentative d'assassinat a été perpétrée à l'encontre d'un citoyen suisse, monsieur Bénédict Hugues, votre frère, poursuivit le procureur en jetant un bref coup d'œil en direction de Pierre. L'un de ses assaillants a été identifié. Il s'agit d'un citoyen italien formé au close-combat dans une propriété de la Fondazione, le château de Pré-Vigne. Il semble qu'elle y dispense également un endoctrinement à des idées d'extrême droite. Les quatre autres hommes n'ont pas encore été arrêtés mais ils ont été identifiés. Tous sont citoyens italiens, et tous ont suivi cette même formation. La Fondazione a donc pour objet de préparer ses jeunes recrues à des actes criminels. Tout parrainage de cette institution peut faire l'objet de poursuites pénales.

Le procureur regarda tour à tour les six associé-gérants de la banque. Ils semblaient tétanisés.

– Il ressort des informations communiquées par vos services juridiques que depuis cinq ans, la Fondazione possède un compte actif auprès de votre établissement. À ce jour, ce compte a été exclusivement alimenté depuis l'établissement lui-même, par le débit de l'un ou l'autre d'une série de comptes dont l'ayant droit économique est monsieur Maurizio Zaccaria, votre client de très longue date. Le total des transferts sur les douze derniers mois se monte à un peu plus de deux millions cent mille euros. La Justice genevoise a instruit la banque de bloquer tous ces comptes. J'imagine que cela a été fait.

— Dans les cinq minutes qui ont suivi votre requête, monsieur le procureur.

C'était Pierre Hugues qui avait parlé. Il s'était même précipité pour répondre. Jusqu'à nouvel ordre, il n'y avait qu'un seul associé senior à la banque, et c'était lui.

— Il s'agit d'une affaire grave, reprit le procureur. Elle a causé une mort, peut-être deux, et d'après la police italienne, la série risque de se poursuivre. C'est la raison pour laquelle le procureur général de la Confédération m'a demandé de procéder à une perquisition en urgence.

Les regards se tournèrent vers Pierre Hugues.

— Notre souhait à tous est de vous aider, dit celui-ci. Nous n'avons rien à cacher.

Le procureur hocha la tête : il n'en attendait pas moins de la plus ancienne banque privée de Genève.

— La banque Hugues est innocente comme l'agneau dans cette affaire, reprit Pierre Hugues. Elle n'a fait qu'exécuter des ordres de transfert. Ils ont été transmis par téléphone et accueillis par l'un des trois collaborateurs qui reconnaît la voix de monsieur Zaccaria ou de monsieur San Benedetto. Tout s'est déroulé selon la réglementation en vigueur. Nous n'étions pas informés de la nature délictueuse des camps d'été que propose la Fondazione.

— Nous y reviendrons, fit Bersier. Vous avez obligation de vous assurer que les montants transférés ne sont pas destinés à des activités illicites. Y a-t-il d'autre liens, plus étroits, entre certains de vous et cette institution ?

Les rapports entre un dépositaire et sa banque pouvaient être très amicaux ; clients et associés étaient libres d'aller ensemble déjeuner ou faire du golf. Mais si un lien formel existait entre le personnel de banque et un client sous enquête, celui-ci devait être annoncé.

— Ce dont je voudrais m'assurer, poursuivit le procureur, est qu'aucun membre de la banque, et en particulier aucun de ses dirigeants, n'a été de quelque façon que ce soit associé à la Fondazione.

Il y eut un long silence.

— Monsieur le procureur, vous n'y pensez pas, dit Charles Hugues. Notre règlement bancaire interdit à nos collaborateurs d'entretenir avec nos clients toute relation qui pourrait créer un conflit d'intérêt.

— En réalité, reprit Bersier, si la Fondazione, comme on l'appelle, est bien inscrite au registre du commerce de Rome en tant que fondation de droit privé, il semble qu'elle soit la perpétuation d'une très ancienne congrégation dont elle a repris le nom, la Congregazione dei pellegrini iberici.

D'après les informations en sa possession, la congrégation continuait de tenir ses réunions selon le rite ancien, avec capes vertes et formulations latines. Au cours de ses diverses cérémonies, son slogan, *Delendi sint haeretici*, repris par la nouvelle Fondazione, était prononcé à plusieurs reprises. La Congregazione jouait ainsi le rôle de caution morale.

— Je le répète, reprit le procureur, je souhaiterais savoir si l'un des dirigeants de la banque a été associé de manière formelle ou informelle à la Fondazione.

— J'ai signé, il y a longtemps, le registre des membres de l'ancienne congrégation. Il s'agissait d'un geste symbolique, pas d'un acte authentique.

Tous les visages se tournèrent vers Pierre Hugues. Celui de son cousin Charles exprimait l'incrédulité :

— Qu'est-ce que tu nous racontes là ?

À cet instant, Pierre comprit que sa carrière à la banque allait prendre fin. Qu'elle avait déjà pris fin.

Carnaval noir

Les âneries de son imbécile de frère allaient l'obliger à révéler une cachotterie anodine et détruire sa carrière. Son inscription à cette congrégation de débiles mentaux n'était pas en cause. Sa carrière se terminait parce qu'il avait caché sa ridicule cape verte, alors qu'il aurait pu la leur montrer, dix ans plus tôt, à son retour de Rome. Ils en auraient ri, heureux d'avoir harponné Maurizio Zaccaria grâce aux efforts de Pierre, qui se montrait un développeur d'affaires hors pair, n'hésitant pas, lui, fils d'un pasteur connu pour sa rigueur calvinienne, à adhérer à une congrégation papiste à relents fascisants. En leur révélant son adhésion, il aurait même affermi son rang au sein des associés. Mais il leur avait caché l'épisode, et ce qui aurait été considéré comme une manœuvre commerciale apparaissait aujourd'hui comme un acte irresponsable et, pour tout dire, une trahison.

– Permettez-moi de m'expliquer, dit Pierre.

Ce serait un baroud d'honneur, il le savait. Dans l'heure qui suivrait le départ du procureur, la banque ferait un communiqué de presse annonçant sa démission comme associé senior de Hugues & Cie, banquiers privés depuis 1787.

Canton de Vaud, le 26 juin
Dans le train pour Domodossola
17 heures

Il s'était rasé en vitesse. Barbe et cheveux. En se regardant devant le miroir, il s'était mis à faire des grimaces, pour s'assurer que c'était bien de lui qu'il voyait le reflet.

Le mandat d'arrêt n'allait rien changer à ses plans. Pas une virgule. Dans moins de trois jours, tout serait terminé.

Cette accélération présentait de petits inconvénients. Il avait dû partir pour Rome un jour plus tôt que prévu. Le voyage se déroulerait dans des conditions moins confortables. Il lui faudrait changer de train à plusieurs reprises, ne pas se faire repérer, ne plus utiliser son portable… Il y avait aussi son rendez-vous à Rome, chez Arturo, fixé au 28 juin au matin… Arturo lui avait dit qu'il ne serait pas à Rome avant le 28 à l'aube. Pourquoi à l'aube? Sur le moment, comme il s'en fichait bien, il ne lui avait pas posé la question. «Mais où vas-tu te balader pour arriver à l'aube?» Il lui faudrait trouver un moyen d'attendre jusque-là.

Carnaval noir

Ces imprévus confirmaient l'importance de sa mission. Ses difficultés n'auraient pas pu ne pas exister. Elles le confortaient.

Le train passa Montreux, puis Aigle, Martigny, Sion, Sierre... Dans moins d'une heure, il serait à Brig, et de là, l'Italie.
À Domodossola, il aurait quatre heures d'attente. Arrivée à minuit cinquante-neuf, départ à quatre heures cinquante-trois.
L'essentiel était de ne pas se faire interpeller comme un vulgaire clochard. Il serait asséché, épuisé. Mais où prendre un café à cette heure ?
Tant pis. S'il devait se passer de café pendant mille ans, soit ! Le reste n'était rien d'autre que les petites difficultés d'une grande mission.

« Selon où ils se placent », avait dit Arturo, « entre trente et quatre-vingts morts. » Selon jusqu'où ils pourraient accéder dans les absides nord et sud... Selon leur distance aux colonnes... La messe du matin, c'était parfait. Une garantie de succès. Un sacré choc, aussi.
Les morts et les blessés seraient tous chrétiens, et même de bons chrétiens, vu qu'ils allaient prier là où saint Pierre avait subi le martyr. Le Seigneur saurait les accueillir. Heureux hommes et heureuses femmes, heureux enfants morts pour Sa Gloire.

Ce serait son œuvre. À lui seul. Arturo n'était qu'un benêt. Quant au père Blaise... Ah oui, on pouvait l'appeler père... Avec des gens comme lui, l'Église pouvait se faire du souci. Un prêtre tout juste bon à mettre enceintes les bonniches italiennes qui venaient s'esquinter au Valais. Et ce prénom, Christopher... Pauvre garçon. Quant à son histoire avec la négresse, c'était comme s'il préparait l'invasion des rats... Une sacrée crapule, le père Blaise. Et en plus, une poule mouillée.

Un soir de l'été précédent, alors qu'ils mangeaient le raclette au chalet d'alpage, l'envie ne lui avait pas manqué de lancer à Christopher : tu sais que j'ai bien connu ton père ? Juste pour voir quelle tête Blaise aurait faite. Il avait été trop charitable avec cet animal. Heureusement, il le tenait. Il avait intérêt à filer droit, le Blaise. Sans ça, il se pourrait bien que des indiscrétions soient commises...

Il ne bougerait pas une oreille, le Blaise. Qu'il ose se dresser contre Bartolomeo San Benedetto ! Ce serait vraiment à éclater de rire.

Il regarda sa montre. Il en était à très exactement cinquante-cinq heures et demie du bouleversement.

Venise, 26 juin
Questura di San Lorenzo
19 h 45

— Enfin je te trouve !

Carla avait les yeux brillants :

— Si tu savais comme je suis contente de t'entendre.

— Tu me manques aussi, tu le sais.

Cela faisait cinq ans que Federico Dettoni avait été muté à la Digos de Rome, et ils ne se voyaient plus. À Bergame ils avaient collaboré sur de nombreux cas, en particulier durant les quinze mois qui avaient précédé le départ de Federico.

— Il faut que je te parle travail, poursuivit Carla. Le problème est urgent. L'affaire Bartolomeo San Benedetto, j'imagine que tu es au courant. Il y a un mandat Interpol.

— Je suis au courant.

— Et l'agression du professeur suisse, à Venise ?

— Aussi. Je t'écoute.

Elle lui résuma les réflexions échangées l'après-midi avec Elisabetta et Bénédict. Pouvait-il leur obtenir un rendez-vous en urgence à la Bibliothèque vaticane ?

Venise, le 26 juin
Hôpital de Zanipolo
23 h 05

Peu après onze heures du soir, un texto de Mado sortit Bénédict de son demi-sommeil. «Article!»
Le point d'exclamation ne lui dit rien de bon.
Sur le site du *Temps*, le numéro du lendemain était déjà disponible. L'article de Mado occupait le haut de la première page.

«Une grande banque perd sa tête»

Il dut s'accrocher pour lire le texte sans sauter une ligne sur deux.

> Étrange communiqué que celui publié hier en fin d'après-midi par la banque Hugues & Cie. L'établissement privé le plus ancien de Genève (quatrième en termes de fonds sous gestion) se sépare de son associé senior, Pierre Hugues, dans des conditions auxquelles le monde feutré de la banque privée genevoise est en général étranger. La tentation est grande de faire le lien entre le chambardement qui survient au sein de la banque Hugues, l'agression dont a été victime il y a quarante-huit heures à Venise

le propre frère de Pierre Hugues, le professeur Bénédict Hugues, celle subie par sa gouvernante à son domicile, voilà cinq jours, et le mandat d'arrêt international lancé à l'encontre de Bartolomeo San Benedetto, secrétaire général d'une Fondation des pèlerins ibériques qui organise des stages d'été au-dessus de Saint-Saphorin, au château de Pré-Vigne. Il semble que cette Fondation soit un important client de la banque Hugues & Cie.

Le cartouche renvoyait en page 7 où sur trois colonnes l'article concluait ainsi :

> Au château de Pré-Vigne, hier en début de soirée, il n'y avait pas signe de vie. Ni le bureau du procureur, ni la banque Hugues, ni M. Pierre Hugues n'ont souhaité répondre à nos questions.

Son frère, son grand frère, le prestigieux banquier privé, se retrouvait à terre. À Genève, sa destruction sociale serait totale. Il ne pourrait exercer son métier de banquier nulle part. On ne l'inviterait plus aux grands mariages. Et sa chute avait été causée par une série d'événements dont l'élément déclencheur était la lettre qu'il avait découverte.

Il se demanda quelle aurait été la réaction de leur père, de voir Pierre jeté aux chiens du fait d'une action de son cadet. Il se dit qu'il en aurait été mortifié, et cette perspective lui causa un irrépressible sentiment de bien-être.

Domodossola, le 27 juin
Gare centrale
0 h 15

Il avait décidé de se limiter aux trains régionaux. Les gens les empruntaient pour des trajets courts, le risque qu'on le reconnaisse était plus faible.

Sur le quai de Domodossola, les voyageurs étaient du genre costaud, des manuels qui allaient prendre leur travail en usine. À cette heure, les journaux nationaux n'étaient pas encore distribués en province. Les chaînes de télévision avaient sans doute montré sa photo, mais c'était avant qu'il se rase. Son seul vrai risque était que ses mains le trahissent, et il effectua tout le voyage en les gardant cachées. Tout en feignant de s'être assoupi, il suivit les va-et-vient du wagon au millimètre. Il avait appris à déjouer ses suiveurs… Là encore, le Seigneur ne l'avait pas oublié. En lui faisant craindre d'être pourchassé, il lui avait offert l'occasion d'affiner son regard. Il le soutenait dans le moindre aspect de sa mission. Le Seigneur était avec lui à chaque instant.

À Milan, il n'eut qu'un quart d'heure pour attraper le *regionale*. Il passa une vingtaine d'arrêts et descendit à Bologne. Un autre *regionale* l'amena à Falconara Marittima, où il changea de train et prit celui qui partait à deux heures moins cinq.

Il passa Jesi, Foligno, Trevi, Spoleto, et arriva enfin à Rome, mort de fatigue.

Venise, 27 juin
Hôpital de Zanipolo
8 h 30

Le téléphone de Bénédict se mit à vibrer. Carla avait rendez-vous à Rome avec le préfet de la Bibliothèque vaticane. Elle comptait sur sa présence.
– Et mon drain ?
Elle avait appelé l'hôpital. Sous réserve d'une radiographie, ils le laissaient partir.

Venise, le 27 juin
Aéroport Marco-Polo
15 heures

L'avion avait à peine atterri que Mado ralluma son portable. Il y avait un texto de Bénédict :

Je dois me rendre d'urgence à Rome pour les besoins de l'enquête. La police m'a réservé une chambre à l'hôtel Bramante, on me dit que c'est à deux pas de la place Saint-Pierre. Je laisserai votre nom à la réception, si par miracle... Je vous embrasse.

Elle sentit ses yeux se brouiller.

À sa sortie de l'avion, elle appela Bonvin : l'enquête se déplaçait. Pouvait-elle poursuivre son voyage jusqu'à Rome ? « J'espère que cela en vaudra la peine », lui répondit Bonvin.

Elle ne voyait pas bien comment. Le mandat d'arrêt lancé à l'encontre de San Benedetto restait sans résultat. Les recherches menées dans les bibliothèques et les archives se révéleraient sûrement passionnantes, mais de là à éclairer une enquête sur des crimes perpétrés cinq siècles plus tard, il y avait un pas.

Elle se rendit au guichet Alitalia et trouva une place pour Rome. Le vol ne partait qu'à huit heures du soir, et elle passa l'après-midi à boire café sur café, à imaginer, l'esprit en feu, quel tour prendraient ses retrouvailles avec Bénédict. Ils allaient faire l'amour, son invitation à le rejoindre ne laissait pas de place au doute.

C'était un homme merveilleux. Beau, distingué. Savant. Sincère, aussi. Elle était attirée par lui plus qu'elle ne l'avait jamais été par aucun homme.

Dix ans plus tôt, elle avait réussi sa transformation. Cheveux lisses, quinze kilos de moins et sport quotidien. On la regardait dans la rue avec attention, ou avec envie, certaines fois avec admiration. «Belle à damner tous les saints!» Elle avait entendu ces mots au journal, à travers une porte entrouverte. Elle était belle et le savait. Mais elle restait à leurs yeux une «négresse». De loin, on l'aimait bien. Autour d'une table, avec des collègues, elle apportait une touche d'exotisme. Une caution. La preuve que son entourage était large d'esprit. Mais cela ne changeait rien. Elle ne serait jamais des leurs. Sa différence était affichée. À Rome ou Venise, Bénédict se sentirait peut-être à même d'affronter les regards en l'exhibant à ses côtés. De là à former un couple pour longtemps, il y avait une différence. Sa différence.

À leur retour, ils feraient sans doute l'amour quelques fois et les choses s'arrêteraient là.

Elle retourna au guichet Alitalia dans le but d'annuler sa réservation pour Rome. Mais arrivée devant le préposé, elle resta muette, puis finit par demander si le vol avait du retard.

Au Bramante, le concierge semblait mal à l'aise. «Le professeur n'est pas encore de retour.» Son nom avait bien été déposé par Bénédict, mais les instructions étaient «peu claires». Il s'excusa et lui demanda d'attendre au bar.

Il m'a prise pour une poule, se dit Mado. Elle s'installa dans la petite bibliothèque adjacente au bar et patienta. Elle avait l'habitude des vexations.

Elle passa une longue heure à écrire un article qui faisait le point de l'enquête. Il était bâclé, sans structure, elle s'en rendait compte. Mais elle s'y accrocha, histoire de penser à autre chose qu'à leurs retrouvailles. Vers minuit, elle s'endormit dans le fauteuil.

Rome, le 27 juin
15, via San Vitale
17 h 30

À l'instant où Federico Dettoni passa le seuil de la Digos, une Fiat noire vint se garer devant l'immeuble. Le policier en faction ouvrit la portière, Federico regarda la voiture durant quelques secondes, puis fit non de la tête. D'un pas très lent, il prit sur sa gauche en direction de la via Genova, parcourut une dizaine de mètres et se figea. Un groupe de trois jeunes filles remontait la rue en bavardant à voix très haute. Le regard très attentif, Federico les observa durant quelques secondes, puis fit demi-tour et demanda au policier de rappeler la voiture. Il se ferait conduire jusqu'à piazza Navona. De là, il poursuivrait à pied jusqu'à l'hôtel Bramante.

Il s'en voulut. C'était devenu une obsession dont il n'arrivait pas à se défaire. Ses chances de croiser sa fille étaient infinitésimales, il le savait. À quoi bon remuer sans cesse la mémoire, faire naître l'espérance, et pour finir retomber encore plus dans le chagrin ? Mais il se disait aussi que rien n'excluait un coup du hasard. Le bonheur de retrouver Francesca aurait été immense, inouï, infini, même si, il en était conscient, il ne retrouverait pas la même personne. Si sa fille était vivante et libre de ses mouvements, c'est qu'elle avait été endoctrinée. À défaut, elle aurait donné signe de vie. Mais, se disait-il, elle aurait pu être récupérée, ramenée à la raison, retrouver une vie normale. Alors, même si arpenter la moindre portion de rue lui causait une peine immense, il n'arrivait pas à abandonner l'habitude, tiraillé chaque fois entre la perspective douloureuse de ne pas croiser sa fille et celle, non moins cruelle, de retrouver une épave.

Elle avait disparu un après-midi de janvier. Où? Pourquoi? Avec qui? Ses rapports avec sa famille étaient harmonieux. Elle n'avait pas de fréquentations douteuses, du moins à la connaissance de ses parents et de ses amis. Elle ne se droguait pas, de cela son père était sûr. Si elle buvait, il l'aurait remarqué. Elle ne présentait aucun symptôme de risque. C'était une jeune lycéenne comme tant d'autres.

À la requête de Federico, la coordination de l'enquête fut confiée à Carla. Bergame avait été passée au peigne fin. De nombreux malfrats avaient subi des interrogatoires serrés. La recherche avait été étendue au territoire national, et, par Interpol, à tous les pays. Deux ans après la disparition de Francesca, la police n'avait pas le début d'une piste. Federico avait demandé à être muté, et son ministère l'avait nommé à Rome, à la Digos, où il s'était investi avec fureur, à la fois pour se perdre dans le travail, et parce que pourchasser des criminels était devenu sa raison de vivre. Il participait à autant d'opérations qu'il pouvait, dirigeait les interrogatoires chaque fois qu'il en avait la disponibilité, et mettait dans ces activités autant de précision et de dureté qu'il était possible. Ses horaires en étaient devenus si barbares qu'il s'était aménagé un lit au salon.

Cela faisait cinq ans que sa fille avait disparu, et il n'en savait pas plus qu'au premier jour. Une chose lui semblait certaine. Elle n'avait pas choisi de disparaître. Quelqu'un l'avait contrainte. Qui ? Dans quel but ? Il n'y avait pas eu de demande de rançon. Il n'était pas riche. La seule explication plausible le renvoyait à une vengeance de malfrat. Lequel ?

À peine la voiture emprunta-t-elle la via Nazionale en direction de la via Quattro Novembre qu'il demanda au chauffeur de ralentir. Il baissa la vitre arrière et durant une minute se mit à scruter les visages des passantes. Puis, d'un geste de dépit, il pressa la commande de la vitre et dit au chauffeur d'accélérer.

Rome, le 27 juin
Biblioteca apostolica vaticana
20 h 15

— De la collection du cardinal Valsangiacomo ou de ce qu'il en reste, tout est sur cette étagère.
Droit, la main posée sur l'un des soubassements de marbre de la salle Sixtine – la salle d'apparat de la Bibliothèque vaticane –, le préfet Umberto Balbis n'avait pas l'air content. Autour de lui, Carla, accompagnée d'Elisabetta, Bénédict et Federico restèrent silencieux. Le rendez-vous avait été obtenu avec difficulté. « À vingt heures ? » s'était offusqué Balbis. « À vingt heures », lui avait répondu Federico. Le préfet avait raccroché après avoir murmuré un « à ce soir » très sec.

— Je dois avouer que je ne vois pas ce que vous pourriez trouver ici qui puisse vous aider dans une enquête de police, reprit Balbis.
Federico le remercia pour sa confiance. Des actes criminels avaient été commis, et les points de convergence entre l'affaire qui les occupait et les événements liés au Carnaval noir étaient nombreux. Ils touchaient à la psychologie de l'attentat. Au XVIe siècle, Scanziani

et ses amis avaient réussi à bloquer la révolution copernicienne par des actes terrifiants. Ils avaient assassiné des dirigeants de la Scuola del San Sepolcro, brûlé son siège, fait disparaître leurs archives, dans le but de protéger l'Église romaine. Au XXIe siècle, les données du problème n'étaient pas très éloignées. Des exactions spectaculaires seraient sans doute commises dans un même esprit.

— Pour comprendre le présent, il faut quelquefois regarder vers le passé, n'est-ce pas ?

— Ces considérations me dépassent, dit Balbis. Je me contente de mettre nos collections à votre disposition, puisque telle est la volonté de la force publique. Permettez qu'au moins je vous dise un mot à propos de ces ouvrages.

À la mort de Valsangiacomo, en 1585, son neveu avait dispersé sa bibliothèque. Les quatorze volumes que possédait la Vaticane lui avaient été légués au XVIIIe siècle par le Couvent des frères mineurs capucins de la via Veneto.

Il tendit à Bénédict une feuille de format A4 :

— Ces quatorze volumes ont successivement garni deux bibliothèques cardinalices, celle du père, Bembo, et celle du fils, Valsangiacomo. Du jamais vu.

Du reste, six des quatorze œuvres étaient de la main de Bembo.

Un à un, Balbis saisit les quatorze volumes et les déposa sur une grande table.

Bénédict examina le premier d'entre eux. C'était une version manuscrite des *Adages* d'Érasme, quatre mille citations grecques et latines dont il se mit à tourner les pages avec lenteur.

Durant quelques secondes, l'émotion de tenir en main un tel ouvrage prit le pas sur le reste, et Bénédict s'arrêta sur le texte comme s'il le consultait en bibliothèque.

— On peut avancer ? lança Carla.

— Désolé, fit Bénédict, j'en perds mes moyens.

Il examina la reliure et ne détecta aucune anomalie. Il en alla de même pour le deuxième volume, un recueil de sonnets dus à Pietro Bembo, manuscrit lui aussi. Le troisième était le *Fides, religio, moresque Aethiopum,* du philosophe portugais Damião de Góis, un contemporain d'Érasme. Le texte était considéré comme un des fondements de la philosophie du XVIe siècle. Dix ans plus tôt, à l'université de Genève, Bénédict avait organisé un colloque sur Góis.

Il se tourna vers Elisabetta :

— Tu te souviens ?

Il y avait eu débat à propos du *Fides*. Bénédict avait interrogé la salle. Personne n'avait jamais eu le privilège de le consulter.

— Tu parles si je m'en souviens...

Elle avait les yeux qui brillaient.

— On peut passer à la suite ? demanda Carla d'un ton impatient.

Bénédict poursuivit l'examen des livres étalés sur la table. Tous étaient exceptionnels de délicatesse, d'érudition, d'élégance... Il aurait aimé s'arrêter sur les ex-libris, lire des extraits, comparer les calligraphies... Mais l'heure n'était pas à la flânerie.

Au douzième volume, il vit un renflement. C'était une version manuscrite de *Gli Asolani*, l'essai que Pietro Bembo avait dédié à Lucrèce Borgia. La mère de Valsangiacomo... Comme pour le Boèce, c'était à la planchette arrière que se trouvait la boursouflure.

Bénédict leva les yeux sur Balbis :
– Vous pouvez faire venir votre relieur.

Il mit le volume de côté, examina chacun des deux livres restant et n'y trouva aucune trace de document caché.

Quelques minutes plus tard, un homme les rejoignait dans la petite salle. Il portait un plateau sur lequel étaient disposés un carré de toile fine et un verre d'eau.

Bénédict trempa le carré de toile dans le verre, l'essora et badigeonna les côtés de la garde arrière, à l'exception de celui qui longeait la charnière.

Rome, 27 juin
Via Cavour, bar Orologio
20 h 30

Bartolomeo détesta le jeune homme au premier coup d'œil. Déjà que pour leur moitié inférieure, ses cheveux étaient rasés de près, alors que sur le haut, il les avait longs, lisses et gominés. Une vraie horreur. Il voulait qu'on le remarque, le chéri... Et si ce n'était que ça... Jean déchiré aux cuisses, bottes pointues ridicules, veste couleur fraise sur un t-shirt noir, lunettes de soleil miroitantes... Du genre à vouloir être suivi. Et pas seulement du regard !

Assis sur l'un des tabourets du bar, le jeune homme pivota en direction de Bartolomeo et leva son verre de bière :

– *Salute !*

Bartolomeo eut une hésitation. Sans doute qu'il aurait intérêt à trinquer avec son eau minérale, histoire d'être quitte. Et puis non. Avec un individu pareil, le moindre signe aurait appelé d'autres familiarités. Sans parler du risque de dévoilement.

Il garda les mains dans ses poches et répondit par un petit geste de la tête.

Carnaval noir

— Pas très courtois ! fit le jeune homme, avant de tourner le dos à Bartolomeo.

Celui-ci se laissa aller contre la banquette de faux cuir et attendit que le barman lui apporte son croque-monsieur.

Un rat, se dit Bartolomeo en regardant le jeune homme. Un de ces rats blancs pour lesquels je me bats et qui ne méritent rien d'autre que l'invasion des rats noirs. Sans doute même qu'il la souhaite. Des tapettes, il n'y avait que ça, chez les rats noirs…

Enfin… Chacun son monde… Ce jeune homme vivait dans son cloaque, et lui, Bartolomeo San Benedetto, avait rendez-vous avec l'Histoire. C'était cela qui les séparait. La distance entre un cloaque et l'Histoire.

Maintenant le jeune homme était plongé dans une conversation téléphonique ponctuée d'exclamations et de gestes excessifs. Vraiment insupportable.

Bartolomeo regarda sa montre. Onze heures. Le bar fermerait sans doute vers une heure. Arturo ne serait pas chez lui avant l'aube. Il lui faudrait trouver un lieu où passer le reste de la nuit. Il resterait au bar jusqu'à la fermeture, en espérant que le jeune homme ait déguerpi avant. À défaut de quoi, il pourrait avoir des idées. Le poursuivre comme une vulgaire tapette… Peut-être même oser un geste. Et là, Bartolomeo serait bien obligé de lever la main et risquer de se dévoiler.

Carnaval noir

Le barman lui apporta son croque-monsieur. Il attendit quelques secondes et jeta un coup d'œil autour de lui. Le barman s'était éloigné de trois ou quatre mètres et rangeait des bouteilles sur des étagères. Devant lui, le jeune homme s'affairait sur son portable.

Il saisit son croque-monsieur et le porta en bouche. Si le jeune homme faisait mine de se retourner, il aurait le temps de poser son toast sur l'assiette et de cacher sa main.

Il mordit dans son croque-monsieur avec délectation. Il était toasté à souhait et son fromage bien coulant. Tout allait bien. Il avala sa première bouchée, mordit dans son toast et retrouva le même plaisir du pain très grillé qui craquait sous la dent.

Il entamait sa troisième bouchée lorsque le jeune homme pivota brusquement sur son tabouret et se mit à hurler :

— C'est lui ! C'est le monstre !

Il avait remarqué sa difformité dans le miroir du bar.

Rome, le 27 juin
Biblioteca apostolica vaticana
22 heures

Le contreplat s'était décollé sur les trois côtés, de la même manière que pour le Boèce. Bénédict le fit glisser autour de la charnière. Il cachait un document plié quatre fois :

Illustrissime episcope Scanziani,

Noto quod dicis, quod tu Paolo il Nano duodecim digitis Christum substrahere non jussisti. Non mirer si Benvenuti ipse apparatum fecisset. Iste fallax est, ultra quam fingere potes, ut omnes viles gemmarum mercatores qui cum Judaeis Turcisve, omnibus fallacioribus si fieri potest, tractant.

Ut scis, de Benvenuti, Clasen filiaque, Paolo il Nano et tua domina, inquisivi. Non est quod defigit animum meum. Quod cum aliis dominae venias partiris, id ad te pertinet. Cura mea ab omnibus quae de Clasen gente cognovi proficiscitur. Venetiis sedem collocavit, ut scis, anno 1545. Jacob Clasen de Nuremberg, ubi eminens gemmarum mercator erat, veniebat. Inquisitores mei me docuerunt Myriam parentum connubio non natam esse. Judaei gemmarum mercatoris, Weinberg

Carnaval noir

nomine, uxore orbi, qui naturali morte cum illa in bimatu erat perierat, filia erat. Is Clasenque amici erant, quod nonnumquam in viciniis gemmas tractantibus eveniebat. Isti fabulae nullum pondus est, nisi quod Myriam Clasen judaea est, quod permagnum est. Num ista quando tibi significavit? Certum habeo non ita esse; nam, ut scis, nullus christianus commercium cum judaea habere potest, galerae periculo. Si Venetiis patefaciatur, accusari eadem Sancti Officii sella in qua ut procurator agis possis.
Cave ne commercium tuum divulgetur. Si in eodem loco essem, isti finem statuerem.

Revertens ad graviores congregationi nostrae cogitationes, spero Sanctam Ecclesiam nostram mox vermiculorum haereticorum qui Kabbalistes facere, omnia magis magisque patefacere volunt, Domini nostri et magnorum scriptorum sacra decolorantes purgatum iri. Metuendi sunt qui fideles habentur inque pulchras episcopi, archiepiscopi, cardinalisve tunicas se induunt. Primus nostrorum praesertim, signorum (maximus) amator, etiam semper ad vias ex omnibus finibus infidelibus aperiendas ipse paratus est. Etiam, ut tibi pectus intimum patefaciam, nonne tunicae est, etiam pulchrae, scindi? Isti falsi pii nobis maximum periculum sunt, seu quia fallaces sunt, seu imbecilles, qualiscumque ordo est.

Sic est, care Scanziani, hostes in Domini domus sunt. Gangraenam illi afferunt. Haeretici caedantur.

Au verso du feuillet figurait l'adresse écrite en latin :

Carnaval noir

À l'illustre évêque Guelfo Scanziani.
Au couvent de San Zanipolo à Venise.
À remettre en mains propres.

Des traces de cire montraient que la lettre avait été décachetée.

— Bizarre, fit Bénédict. Cette lettre est adressée à Scanziani et voilà qu'elle apparaît cachée dans la reliure d'un livre qui appartenait à Valsangiacomo.

— Qui en est le signataire ? demanda Carla.

Bénédict retourna le feuillet. Elle était bel et bien signée Valsangiacomo.

— Peut-être que le contenu de la lettre nous aidera à y voir plus clair, intervint Federico. Je m'en remets aux latinistes.

— Je vais essayer de la traduire au débotté, dit Bénédict. Elisabetta, tu lis avec moi.

Illustrissime évêque Scanziani,

Je prends note de ce que tu me dis, à savoir que ce n'est pas toi qui as donné ordre de voler le *Christ aux douze doigts* de Paolo il Nano. Je ne serais pas surpris que ce fût Benvenuti lui-même qui organisât la mise en scène. Cet homme est un fourbe au-delà de ce que tu peux imaginer, comme le sont tous ces vils marchands de pierres qui traitent avec des juifs ou des Turcs, qui sont tous des fourbes encore plus grands si c'est possible. Sans doute

Carnaval noir

que son tableau a un sens caché. Il a eu peur qu'il soit dévoilé et l'a fait disparaître.

J'ai fait enquêter sur Benvenuti, Clasen et sa fille Myriam, ta maîtresse et celle de Paolo il Nano, comme tu le sais. Ce n'est pas cela qui me préoccupe. Que tu partages ses faveurs avec d'autres, voilà qui te regarde. Mon souci résulte de ce que j'ai appris sur la famille Clasen. Comme tu le sais, elle s'est installée à Venise en 1545. Jacob Clasen venait de Nuremberg, où il était grand marchand de pierres précieuses. Mes enquêteurs m'ont appris que Myriam n'est pas née au sein du couple Clasen. C'était la fille d'un juif, un certain Weinberg, veuf depuis la naissance de sa fille, et mort de mort naturelle lorsque celle-ci avait deux ans. Weinberg faisait commerce de pierres précieuses. Clasen et lui étaient grands amis, ce qui arrive quelquefois dans les milieux qui traitent de pierres précieuses, lorsque l'amour de l'argent dépasse en importance toute autre considération. Cette histoire n'aurait aucune importance, si ce n'est en ceci, qui est très grave : Myriam Clasen est juive. Te l'a-t-elle jamais révélé ? Je suis sûr que non, car comme tu le sais, aucun chrétien ne peut entretenir des rapports avec une juive, sous peine de galère. Si cela venait à se savoir à Venise, tu pourrais te retrouver en tant qu'accusé devant ce même tribunal du Saint-Office où, avec tant de talent et de foi en Notre-Seigneur Jésus-Christ, tu agis en procureur. Prends garde à ce que ta liaison ne s'ébruite pas. À ta place, j'y mettrais un terme.

Carnaval noir

Pour revenir à notre Congrégation, j'espère que bientôt notre Sainte Église sera nettoyée de ses cafards, de ces hérétiques qui veulent faire comme les kabbalistes, toujours tout remettre en cause, discuter sans fin, dévoiler, dévoiler encore, flétrir les mystères de la Création et des Textes sacrés. Les plus dangereux sont ceux qui passent pour fidèles et portent de belles robes d'évêque, d'archevêque ou de cardinal. Sans parler du premier d'entre nous, grand amoureux des astres, lui aussi, et toujours prêt à ouvrir la voie aux infidèles de tous horizons. Pour te dire le fond de ma pensée, n'est-ce pas le propre d'une robe, même belle, de se déchirer ? Ces faux dévots représentent notre plus grand danger, soit parce que ce sont des fourbes, soit parce que ce sont des imbéciles, quel que soit leur rang.
Oui, mon cher Scanziani, les ennemis sont dans la maison du Seigneur. Ils la gangrènent. Que les hérétiques soient détruits.

La lettre se terminait par une formule de politesse.

Il y eut un long silence.

— Le scénario suivant pourrait tenir la route, fit Carla : Valsangiacomo écrit à Scanziani et lui révèle la judéité de Myriam Clasen. Celui-ci va chez sa maîtresse et la confronte à la lettre. Il s'ensuit une dispute violente, au cours de laquelle elle lui crève un œil, ou les deux. Elle sait que sa judéité sera dévoilée. La voilà en plus coupable d'un meurtre, et pas sur n'importe qui, sur la personne du procureur. Plutôt que d'être pendue place Saint-Marc, elle préfère mettre fin à ses jours.

— Chapeau, fit Federico. La suite relève de la corruption de fonctionnaire. Le *caposestiere*, c'est-à-dire le chef du district, le responsable de la police, à l'époque, se rend à son domicile. Il trouve le cadavre de Scanziani ainsi que la lettre. Il la renvoie à Valsangiacomo, soit parce qu'il le connaît et qu'il est à sa solde, soit dans l'attente d'une récompense. Valsangiacomo garde la lettre, se réservant ainsi un ascendant sur le *caposestiere* qui l'a trouvée. C'est un homme qui a trahi sa mission, il risque donc de trahir à nouveau.

— Pour ma part, intervint Bénédict, c'est autre chose qui me préoccupe. Qu'entend-il lorsqu'il écrit, j'ai noté ces mots : « N'est-ce pas le propre d'une robe, même belle, de se déchirer ? »

— Je réagis comme vous, dit Carla. C'est très étrange, cette référence à la robe. Il parle de celle du pape, bien sûr ?

— J'en suis persuadé, surtout à la lecture de cette autre phrase qui la précède : « Sans parler du premier d'entre eux, grand amoureux des astres, lui aussi, et toujours prêt à ouvrir la voie aux infidèles de tous horizons. »

À l'époque, la mort brutale des papes prenait des allures de rite... Valsangiacomo avait connu ce sort à peine élu. Marcel II, Urbain VII, Grégoire XIV, Innocent IX, Léon XI... tous vécurent des règnes très brefs. Grégoire XIII lui-même avait été l'objet de trois tentatives d'assassinat.

– Si je vous comprends, reprit Federico, le pape est en danger ?

– À mon sens, le risque est grand, répondit Bénédict. Est-il imminent ? Je ne sais pas. Pardon de vous assaillir d'Histoire, mais j'y pense, tout à coup...

Il se tourna vers Elisabetta :

– Le pape dont parle Valsangiacomo... C'est bien Grégoire XIII ?

Elle brancha son iPhone et alla sur Google :

– Bien sûr. Né à Bologne en 1502, pape de 1572 à 1585.

– L'année de la mort de Valsangiacomo...

– Grégoire XIII, qui avait introduit le calendrier grégorien ?

– Absolument ! s'exclama Elisabetta. Et il était passionné d'astronomie !

– Ce qui explique la référence de Valsangiacomo dans sa lettre ! ajouta Bénédict. Et il venait de Bologne ! Où il avait étudié le droit canon !

Ils se regardèrent en silence.

– Dans la petite Bologne académique, reprit Elisabetta, Grégoire XIII, qui à l'époque s'appelait Ugo Boncompagni, entre en contact avec la famille Novara... Sans doute avec Giovanni, le père de Paolo il Nano. S'il avait un amour particulier pour tout ce qui touchait aux astres, la chose est vraisemblable... De là à imaginer qu'il ait établi des liens d'amitié avec ceux de la Scuola Grande del San Sepolcro, il n'y a qu'un pas...

Autre chose intriguait Bénédict. Grégoire XIII était connu pour ses idées libérales envers les juifs, du moins au début de son règne. Avant qu'il ne tourne casaque, il avait encouragé leur insertion au sein de l'Église en créant le Collège des Néophytes... Il y a donc d'importants points de convergence entre la démarche de Grégoire XIII et celle du pape actuel. L'ouverture à la modernité et l'accueil de l'étranger... Les migrants d'aujourd'hui ne sont rien d'autre que les juifs de l'époque. De quoi déclencher la colère de la branche conservatrice de la Curie. Cela expliquerait peut-être qu'au cours de son pontificat, Grégoire XIII ait été l'objet de trois tentatives d'assassinat...

— On se retrouve dans le même cas de figure qu'il y a cinq siècles, reprit Bénédict. Deux clans qui se réclament du christianisme veulent faire le bien et, à leurs yeux, cela doit passer par la destruction de l'autre.

— Je vous repose ma question, dit Federico. À l'instant où je vous parle, le pape est-il en danger ?

— À la lumière de ce que cette lettre nous apprend, sans doute que oui. Mais je n'ai aucun élément concret pour l'affirmer.

— Où est le pape, à cette seconde ? demanda Carla.
— À Casa Santa Marta, à deux pas du palais pontifical, répondit Federico. Mon cher professeur, vous auriez fait un bon policier. Si j'essaie de vous résumer, tout porte à penser que la situation du pape face à la révolte de la Curie suit une logique comparable à celle de son lointain prédécesseur face à la Congregazione dei pellegrini iberici. Pour éliminer les idées de l'autre, éliminons l'autre, c'est plus simple. Malgré tous ces points de convergence, il me paraît difficile, en l'état, de faire main basse sur le pape... Je ne me vois pas l'exfiltrer de Casa Santa Marta sans éléments plus précis.
— Au risque d'agir trop tard, reprit Carla.
— Cela me rappelle un mot de Boèce, fit Bénédict en souriant, lorsqu'il parle de ces gens qui n'arrivent à régler leurs désaccords qu'en mourant « sous leurs coups mutuels »...
— Boèce ! lança Elisabetta avec emphase, le grand Boèce, dont monsieur est le spécialiste mondial...

Elle se tourna vers Carla :
— Tu sais que nous nous sommes connus grâce à Boèce ?

Elle raconta l'épisode vieux de dix ans. À l'occasion de travaux effectués dans une villa palladienne, une cache avait été découverte à l'intérieur d'un mur. Il contenait une traduction d'Euclide en latin, due à Boèce et disparue depuis le Moyen Âge. Le premier grand succès de Bénédict...

Carnaval noir

– Répète ce que tu viens de dire, fit Bénédict d'une voix soudain tendue.

– J'ai dit une bêtise ?

Elle resta figée quelques instants :

– Mais non ! s'écria Elisabetta. Ou plutôt mais oui ! La villa de Benvenuti ! Nous aurions dû y penser plus tôt !

Carla les regarda tour à tour :

– Si vous vouliez bien m'éclairer…

Dans sa lettre, Valsangiacomo laissait entendre que si ce n'était pas Scanziani qui avait volé le *Christ aux douze doigts*, c'était sans doute Benvenuti lui-même, un gredin habitué à traiter avec ces gredins de Turcs. D'autant que le tableau cachait sans doute quelque chose… Or, Benvenuti s'était fait construire une villa sur la route de Trévise, dont Vasari, dans ses *Vies*, écrivait qu'elle était somptueuse. De même que la traduction de l'Euclide avait été trouvée dans la cache d'une villa, ne pouvait-on pas imaginer qu'un même stratagème ait servi à dissimuler le tableau ?

– Qui occupe la villa de Benvenuti ? demanda Carla à Elisabetta.

Elle appartenait à un industriel du cuir, un certain Alberto Albertelli, qui en avait fait son lieu de réception. Elle le connaissait de nom, comme tout le monde à Venise, il était de la région. Après avoir travaillé comme commis chez un bottier, il avait repris l'atelier et l'avait transformé en empire de la chaussure. À quatre-vingts ans passés, il avait une réputation de *self-made man* qui gérait son empire en artisan. «Du genre à être au bureau avant les autres», ajouta Elisabetta.

Elle se tourna vers Federico. Quelles conclusions pouvait-il tirer de leur visite ?

Il observa quelques secondes de silence :

— Tout me pousse à penser que le pape est en danger. Mais de là à aller le déloger au milieu de la nuit...

— Et puis il y a cette histoire de villa... reprit Carla.

— C'est vrai, dit Federico. L'idée mérite d'être poursuivie.

Il se tourna vers Elisabetta :

— Décidément, les professeurs d'université font de bons policiers.

— Les latinistes ! s'écria Elisabetta. Seulement les latinistes !

Rome, le 27 juin
Via Cavour, bar Orologio
23 h 30

Il ne fallait pas qu'il coure. Surtout pas. Rapide, mais nonchalant.

Sur sa gauche, la via degli Annibaldi, était déserte. Bordée d'un haut mur de part et d'autre, elle lui offrit un répit. Il se retrouva derrière le Colisée, sur la via di San Gregorio, où il ne croisa qu'un seul groupe de touristes, des Allemands qui marchaient en chantant. Il prit à droite la via dei Cerchi et s'y était à peine engagé lorsqu'il entendit le hurlement des sirènes. Il continua de marcher au même rythme. Les photos le montraient barbu. À moins que les policiers ne demandent à tout un chacun d'exhiber ses mains, ils n'avaient aucun moyen de l'identifier.

Une voiture de police le dépassa à grande vitesse et s'arrêta cent mètres plus loin, à hauteur d'un café. Il rebroussa chemin jusqu'à une petite cour qu'il venait de passer, une sorte de centre artisanal. Il s'assit à même le sol, le cœur battant. Il était en nage, épuisé, mort de peur... Il aurait voulu appeler Arturo. Mais

Arturo devait être préservé. Arturo devait conduire sa mission.

Il tenta un coup d'œil sur la route. Impossible de voir si la voiture de police était toujours stationnée devant le bar. Il ne l'avait pas entendue repartir. En tout cas pas avec ses sirènes hurlantes. Il se pouvait aussi que l'un des policiers ait rencontré un ami... Ou une amie... Qu'il ait laissé les autres repartir... Rien d'étonnant, cette ville était corrompue jusqu'à l'os.

Autour de lui, des logements surplombaient les ateliers. Et si l'un des habitants l'avait repéré dans le noir ?

Soudain, il sentit qu'il devait faire ses besoins. Vite.

Une deuxième voiture de police descendit en trombe la via dei Cerchi, sirènes éteintes. Une troisième, qui la suivait à toute vitesse, brancha ses sirènes au moment précis où elle passait à hauteur de la petite cour, et le bruit lui causa une telle frayeur qu'il fit sur lui.

Ce n'était pas le moment de se lamenter. Les deux attentats occuperaient toutes les polices et tout le Digos. Il s'arrangerait pour repasser en Suisse. Avec l'aide de Blaise. Il se cacherait dans un coin retiré du Valais, le temps qu'on lui prépare une nouvelle identité. Il se ferait opérer les mains. Ses six doigts, c'était sa marque. Les douze doigts du Christ. Mais sa mission méritait les plus grands sacrifices. Le Christ ne s'était-il pas sacrifié sur la Croix pour sauver les

Carnaval noir

hommes ? Il comprendrait sa décision. Il la considérerait même comme digne de la mission qu'il lui avait assignée.

Il n'empêche... On accueillait des canailles par millions, et on faisait hurler toutes les sirènes de Rome pour attraper un homme comme lui, Bartolomeo San Benedetto, un chrétien dont le seul but était de sauver l'Occident.

Un jour, justice lui serait rendue. Et avec elle, la gratitude et les honneurs qu'appelait son action lui seraient exprimés. Une croisade à l'envers, voilà ce qu'était sa démarche. Pas même agressive, non. Défensive ! Il ne s'agissait que de cela : défendre la chrétienté.

L'important était que les opérations du lendemain se déroulent comme prévu. Quant à cette histoire de besoins qu'il avait faits sous lui... L'odeur qu'il dégageait était écœurante, et alors ? De quoi s'agissait-il ? D'un acte de combat ! De la décision d'un homme de ne pas mettre en péril un acte sacré en bougeant ne serait-ce qu'une oreille. Oui, une oreille. Et pour lui préserver toutes ses chances, il avait préféré laisser couler ses besoins à l'intérieur de son pantalon plutôt que de bouger. Comme le garçon qui, du temps de Sparte, avait été à l'école avec un renardeau caché sous sa chemise et s'était laissé dévorer le ventre plutôt que de se dévoiler devant son maître. Oui, ce garçon et Bartolomeo étaient de la même race. De ceux dont le cœur est d'une grande noblesse.

Il se leva et fit quelques pas en direction de la rue. Le pantalon lui collait à l'entrejambe. Tant pis. Il était en guerre.
La rue semblait déserte. Plus de voiture de police devant le bar. Sans doute qu'à cette heure-ci, la police vérifierait l'identité de quiconque serait vu seul dans la rue, qu'il coure ou qu'il marche.

Il se mit à courir de toutes ses forces jusqu'au bas de la via dei Cerchi sans croiser âme qui vive, prit à droite la via della Greca, traversa le pont Palatin et s'enfonça dans le Trastevere.

Rome, le 28 juin
Hôtel Bramante
3 h 50

Mado se dégagea des bras de Bénédict et s'assit sur le lit. Elle resta ainsi de longues secondes, les yeux sur Bénédict, éclairée par la lampe de chevet qui donnait à sa peau sombre une teinte chaude et douce.

Du dos de l'index, Bénédict lui caressa la poitrine. Elle posa sa main sur la sienne et la pressa contre son sein :

— Cet après-midi, après avoir pris mon billet pour Rome, j'ai pensé qu'il valait mieux que je ne vienne pas.

Elle s'étendit contre lui et Bénédict la repoussa légèrement, cherchant son regard.

Elle l'embrassa sur le nez :

— Et puis j'ai pensé à mon père.

Bénédict sourit :

— Je te le rappelle ?

Elle secoua la tête, l'air grave :

— Non, bien sûr. J'ai pensé à son chant d'oiseau préféré, celui du *Loxia curvinostra*. Il ne voulait jamais l'enregistrer. Ni lui ni aucun autre.

Elle lui embrassa le cou :

– Il disait que la beauté de ces chants était précisément qu'ils étaient insaisissables.

Elle lui embrassa la commissure des lèvres, à gauche, puis à droite :

– Qu'il ne fallait pas essayer de les retenir autrement que par le souvenir.

Elle lui embrassa les yeux, le gauche, puis le droit, très tendrement :

– Si tu me fais l'amour maintenant, je ne l'oublierai jamais.

Val d'Anniviers, le 28 juin
Chalet de Rouaz
4 h 10

La première journée s'annonçait longue mais facile. Jusqu'aux hauts de Zinal, Blaise en avait pour cinq heures de marche, puis quatre heures encore jusqu'à la cabane de Tracuit, mais il s'agissait de randonnée, pas de haute montagne. Difficulté zéro. L'ascension du lendemain s'annonçait plus exigeante. Lever à deux heures du matin, trois heures de grimpe jusqu'au sommet du Bishorn en escalade de nuit, un parcours dont la partie haute serait parsemée de crevasses, puis direction sud et pointe du Weisshorn en solitaire, l'un des parcours les plus ardus de tous les sommets alpins.

La perspective de l'ascension le terrorisait. Ce n'était pas sa difficulté technique qui l'inquiétait, bien sûr. Ni l'endurance dont il devrait faire preuve. C'étaient les souvenirs qu'elle allait raviver.

La veille, avec Christopher, ils avaient fait griller du fromage jusqu'à point d'heure.

– Une merveille, ton raclette, avait dit Blaise.

Ce n'était pas un fromage d'alpage, mais ce n'était pas un raclette de plaine non plus. Les vaches, qui avaient brouté à mille cinq cents mètres, s'étaient nourries d'une herbe grasse, pas d'un fourrage.

– Vous êtes sûr que vous voulez y aller seul ? Donnez un jour ou deux et je me fais remplacer.

– Tu fabriques ton fromage mieux que je n'ai jamais exercé ma charge pastorale, avait dit Blaise en guise de réponse. Ta place est ici.

Sans doute que le père pensait à autre chose à cet instant, s'était dit Christopher, comme souvent les personnes d'un certain âge, lorsqu'elles commencent à faire leur bilan, c'est la nature qui veut ça.

Venise, le 28 juin
Villa Mille Rose
15 heures

Vers quinze heures, Carla, Elisabetta, Bénédict et Mado furent accueillis par un garde au portail monumental de la villa, sur la via Sant'Antonio.

Alberto Albertelli avait répondu à l'appel de Carla à la première sonnerie. Serait-il d'accord pour faire ausculter la villa delle Mille Rose ? « Qu'entendez-vous par ausculter ? » avait répondu Albertelli d'un ton sec. « Ma villa n'est pas malade. » Carla lui raconta que dans une autre villa palladienne, la mise au jour d'une cache avait permis de retrouver un texte rarissime de Boèce. L'auscultation, « si j'ose dire », visait à récupérer un chef-d'œuvre du XVIe siècle vénitien, peut-être une toile de grande dimension. « Il y a une certaine urgence », avait ajouté Carla. Après quelques explications complémentaires, Albertelli avait accepté que Carla vienne à la villa dès l'après-midi.

La bâtisse, monumentale, était située loin de la route, au bout d'une longue allée bordée de rosiers, tous dans des tons passés, brique, ocre, beige ou orangé. La sobriété des teintes, mêlée à l'abondance des fleurs – il y en avait des milliers – donnait à l'ensemble un air de nostalgie.

Construite sur un tertre, la villa était surmontée d'une coupole dont la forme rappelait celle des églises byzantines. Sa façade, avec sa loggia profonde et ses frontons, faisait penser à un plateau de théâtre. Une arcade triple marquait l'entrée et soulignait encore la théâtralité du lieu.

Un homme aux cheveux blancs, habillé avec élégance, s'approcha et leur tendit la main.

– Albertelli. Enchanté.

Ils pénétrèrent dans la villa. L'immense hall d'entrée donnait sur un corridor couvert de fresques qui partaient d'un soubassement de marbre blanc très mouluré et représentaient des groupes de musiciens habillés de tuniques et de toges.

– Giovanni Battista Zelotti, lança Albertelli. On lui doit les plus belles fresques du XVIe siècle.

Le ton était sans réplique. Il se tourna vers Carla :

– Merci pour votre appel. Depuis ce matin, mon marbrier sonde le rez-de-chaussée. Il a une ou deux idées, vous verrez.

Au bout du couloir, une porte à deux battants donnait sur une pièce de forme octogonale, couronnée d'une grande coupole. Ses murs étaient couverts de fresques. Elles partaient d'un soubassement de marbre identique à celui du long corridor et montaient jusqu'à la corniche qui marquait l'arrondi de la coupole :

— *Les Métamorphoses* d'Ovide, reprit Albertelli. Toujours Zelotti.

Il se mit à montrer du doigt différentes fresques :

— Les Géants... Jupiter et Europe... Sémélé... Persée et Andromède... Le rapt de Proserpine... Ça vous épate, hein ? Eh bien, je le suis autant que vous, à chacune de mes visites. Et vous n'avez encore rien vu !

Il pointa son index en direction de la coupole. Trois mosaïques représentaient des scènes de la vie de Jésus. Le sommet du dôme était recouvert d'une *Résurrection*. Au-dessous, sur l'une des moitiés latérales, figurait une *Descente de la croix* et, en vis-à-vis, une *Sainte Cène*.

C'était pour cela qu'il avait acheté la villa. Pas pour son architecture ou sa magnificence. Pas même pour les représentations d'Ovide, les plus belles qu'il ait jamais vues, il est vrai. Mais pour ces trois mosaïques qui incarnaient le Mystère. Ici, le Christ était entouré de ses Apôtres, au sommet de sa gloire terrestre. Là il était sur la croix, abandonné de tous, misérable parmi les misérables. Là, enfin, on le voyait ressuscité pour l'Éternité.

Telle avait été la vie du Christ. La puissance, puis l'opprobre. Les insultes et les crachats au Golgotha, avant la gloire qui l'attendait dans la Maison du Père.

Carnaval noir

Albertelli s'efforçait de ne jamais oublier d'où il venait. À l'usine, dans une pièce adjacente à son bureau, il avait recréé l'atelier de ses débuts. Bien sûr, il ne pratiquait plus la cordonnerie. Mais il ne se passait pas de jour sans qu'il aille s'asseoir à son ancien établi. Il s'y arrêtait quelques minutes, un quart d'heure, un peu plus, selon le jour, l'occasion d'une pause dans l'analyse de chiffres mirobolants, la lecture d'articles flatteurs ou les appels d'obligés.

Il ne voulait pas oublier que l'orgueil coulait dans ses veines. Qu'il rôdait au-dessus de sa tête, comme un corbeau de mauvais augure. Qu'il était dans le regard perfide de ses courtisans. Pour lutter contre la tentation, il s'accrochait à son établi. La vérité se trouvait là, devant cette épaisse planche de bois sur laquelle il avait réparé des chaussures usées jusqu'à la corde.

– Nous y sommes !

L'immense pièce dans laquelle ils se tenaient était de forme octogonale. Chacun de ses huit côtés était orné d'un pilastre cannelé haut d'environ cinq mètres, qui s'étendait du sol à la corniche.

– Observez l'un de ces pilastres, n'importe lequel.

À mi-hauteur de chacun apparaissait une ligne horizontale :

– Ce joint indique que le pilastre est fait de deux blocs posés l'un sur l'autre, à la manière des colonnes antiques, toujours massives et constituées de tronçons. Passez votre doigt sur le joint. On dirait de la soie, n'est-ce pas ? Le joint est en porcelaine. À l'époque, seuls les marbriers qui travaillaient pour les nantis utilisaient ce matériau. Il venait de Chine. Il était arrivé chez nous au XVe siècle. Et maintenant regardez cette ligne.

Il pointa un joint qui suivait l'arête du pilastre de bas en haut :

— Ici et ici, sur chaque angle droit du pilastre, vous voyez une arête. Elle est à peine perceptible, et je dois dire qu'à ce jour je n'y avais pas prêté attention. J'en ai pris conscience tout à l'heure, grâce à Luigi, mon marbrier. Cette découverte a produit sur moi un choc.

L'affaire était à la fois très simple et très astucieuse. Par tranche de deux mètres cinquante environ, les pilastres étaient massifs. La présence d'un joint vertical, même infime, n'avait donc aucun sens. S'il était là, c'était par ruse. Pour uniformiser les huit pilastres, et empêcher de relever que l'un d'eux n'était pas massif mais formé de marbre plaqué. Celui-là était creux. Il avait un vrai joint.

— En marquant le joint sur des pilastres massifs, le marbrier créait en quelque sorte un faux trompe-l'œil. Il faisait passer de beaux pilastres pour des objets creux et meilleur marché, dont le propos était d'orner plutôt que de soutenir. Il donnait à un matériau très coûteux l'allure d'un assemblage de planches. Cette pirouette permettait au propriétaire de cacher son cache, si j'ose dire. Regardez ici.

Il se déplaça vers l'un des pilastres et posa son index sur un joint vertical :

– Celui-là est à peine plus large. C'est un vrai joint. Ce pilastre est le seul qui ne soit pas massif. S'il y a dans cette maison un lieu qui pourrait receler une cache, c'est ici. Et maintenant, un détail important. Tout autour de cette pièce se trouvent des salons d'apparat. Leurs murs sont couverts de fresques. La seule exception est la cuisine, dont la maçonnerie est revêtue d'une simple peinture à la chaux. Le mur où est apposé le pilastre creux donne sur la cuisine. C'est donc une partie démontable à souhait, comme doit être l'accès d'une cache. Ce même mur, côté cuisine, est plus épais d'une trentaine de centimètres, comparé aux autres murs de la pièce. S'agissant d'une cuisine, personne ne s'en est soucié. Ajoutez ces trente centimètres aux vingt qui constituent l'épaisseur des autres murs, cela fait un demi-mètre. Ajoutez le demi-mètre d'épaisseur du pilastre et vous avez un espace d'environ un mètre de profondeur sur les quatre-vingts centimètres qui constituent la largeur du pilastre. De quoi abriter une toile monumentale.

Le merveilleux, dans tout cela, c'était l'humilité des marbriers de l'époque. Ils masquaient la qualité de leur travail pour accommoder les ruses de leur commanditaire.

– Et maintenant ? demanda Carla.

La villa était classée au patrimoine de l'Unesco, mais Albertelli se considérait seul maître à bord. Demander une autorisation pour démolir un mur lui aurait paru cocasse.

– Allons à côté. Luigi nous attend.

Une massette et un ciseau en main, ce dernier se tenait prêt à commencer. Une lampe-torche et une échelle télescopique étaient posées au sol.

– Explique ton travail, lui demanda Albertelli.

Il commencerait par ôter le crépi sur une petite portion de mur, pour voir de quoi était faite la maçonnerie : pierres massives ou briquettes ? Selon le cas, il lui faudrait ensuite desceller ou casser, à la massette et au ciseau. Celui qu'il tenait en main, une pièce d'acier à une seule arête tranchante, faisait une quinzaine de centimètres de long. Pour gratter le crépi ou desceller de grosses pierres, il ferait l'affaire. S'il trouvait des briquettes et qu'elles semblaient dignes d'être conservées, il le troquerait contre un ciseau à lame plus fine.

Albertelli suggéra à Luigi de percer la paroi à soixante centimètres du sol. Cela permettrait de voir si le pilastre contenait des objets d'au moins quarante à cinquante centimètres de hauteur. Si l'ouverture permettait de voir la face interne du pilastre, la recherche s'arrêterait là. Si en revanche la vue était obstruée, la suite des opérations serait décidée selon ce qui était observé.

Luigi se mit au travail et la première opération lui prit dix minutes à peine. La paroi était faite de briquettes :
— Dures comme de la pierre, fit Luigi. Je les enlève comme je peux.

Il en cassa quelques-unes en un rien de temps :
— Il y a quelque chose dans le pilastre.

Il poursuivit le travail à la massette, toujours avec une vitesse étonnante, gardant une main à l'intérieur de la paroi pour éviter les chutes de gravats dans le pilastre. Lorsque l'ouverture atteignit environ trente centimètres sur trente, il se saisit de la lampe-torche et orienta le faisceau à l'intérieur de la fenêtre :
— Ça m'a l'air plein.

Albertelli s'approcha de l'orifice et caressa du bout des doigts ce qui affleurait :
— C'est du drap, à travers lequel je sens de la toile.

Luigi glissa la main à l'intérieur du pilastre et en retira quelques fétus de paille :
— Il est entouré de paille. Sans doute qu'on a voulu protéger le tout de l'humidité. Je ne peux pas conclure que la toile est peinte, mais si elle ne l'était pas, il n'y aurait pas de paille.

— Que suggérez-vous ? demanda Albertelli.

— Je propose de répéter l'opération tous les un mètre de hauteur, aussi longtemps que l'ouverture restera bouchée. Ouvrons une fenêtre à deux mètres, puis le cas échéant à trois, quatre, jusqu'à cinq. S'il y a toujours un objet…

Il grimpa sur l'échelle et entreprit de découvrir le crépi. Une demi-heure plus tard, la deuxième fenêtre était ouverte. Le résultat fut le même que pour la précédente. Une toile emballée de drap et roulée s'appuyait contre la maçonnerie et bouchait tout accès. La toile faisait donc au moins deux mètres. Était-ce deux mètres de large ou de haut, impossible de le savoir. Mais l'épaisseur du rouleau laissait présager une dimension importante. L'ouverture à trois mètres donna un résultat identique.

— On passe à cinq mètres, fit Albertelli.

L'échelle fut déployée jusqu'à son extension maximale et Luigi réalisa la percée en travaillant à bout de bras. Le résultat fut le même que les précédents. La toile roulée montait jusqu'au plafond.

— Pour pouvoir extraire le rouleau, fit Luigi, il faudrait tout ouvrir sur une hauteur d'environ deux mètres. En pliant un peu le rouleau, on pourrait le sortir par le haut.

— Surtout pas ! s'écria Bénédict. Vous allez couder la toile. Les dommages seraient irrattrapables. Si l'on veut la récupérer au mieux, il faut dégager le mur sur toute sa hauteur.

— Alors je vous dis à ce soir, lança Luigi.

Rome, le 28 juin
Via Pietro Sensini
21 h 45

Ils s'étaient rasés avec soin. Aisselles, ventre, pubis, leur peau était propre et lisse. Ils avaient pris une douche ensemble et s'étaient savonnés avec douceur. Enfin ils avaient prononcé les mots rituels qui précédaient l'amour :

Allaahoumma janibnaa cheytaana wa janibich-cheytaane alaa maa razaqhtanaa[1]

— C'est la dernière fois, dit Jamilah.
Elle regardait Ali, l'air apeuré.
— La dernière avant le paradis.
— Et après ?
— Le paradis, ce sera une vraie vie, tu le sais. Une vie comme ici, mais heureuse à chaque instant. Une vie de parfums et de caresses, de fleurs et de sourires, de louanges et de volupté...
— Tu continueras de me dire des mots doux chaque fois que tu me feras l'amour ?

---

1. Seigneur, éloigne Satan de nous et éloigne-le de ce dont tu nous pourvoiras.

Carnaval noir

Il lui sourit, alla chercher Zeina et la posa sur le lit. Puis il se mit à califourchon sur Jamilah, lui embrassa les yeux, la bouche, les seins, et la pénétra avec autant de douceur qu'il put. Et pendant qu'il lui faisait l'amour, il chuchota à son oreille le poème qu'il venait de composer pour elle :

> *Par ton amour,*
> *Le paradis sera embelli,*
> *Jamilah,*
>
> *Par ton amour,*
> *Nous vivrons mille vies,*
> *Jamilah,*
>
> *Par ton amour,*
> *Chacune de vous sera la plus heureuse de toutes,*
> *Jamilah.*

Lorsqu'elle atteignit le plaisir, Jamilah cria, puis elle se serra contre son mari et se mit à sangloter.

Venise, le 28 juin
Villa Mille Rose
23 heures

Luigi avait fait appel à deux collaborateurs, l'un pour ramasser les gravats à mesure qu'il ôtait les briquettes, l'autre pour consolider les parties découvertes. Lorsqu'une embrasure était agrandie d'un mètre, il tendait une lambourde en la clouant au mur de part et d'autre de l'orifice, de façon à empêcher la toile de basculer. Ils remarquèrent qu'à chaque mètre, le drap qui enroulait la toile était tenu par une bande de tissu qui lui donnait de la rigidité. Vers vingt-deux heures, ils étaient à quatre-vingts centimètres du sol. Luigi appela Albertelli, et une heure plus tard tous se retrouvaient devant le mur presque complètement ébréché.

Ils se regardèrent en silence, pétrifiés. Haute de cinq mètres, la toile était encore couverte de quelques fétus de paille.

— Pour tout vous dire, je suis terrorisée, fit Elisabetta.

— Nous le sommes tous, chère madame. Allez, on y va ! lança Albertelli à Luigi.

Pendant que les deux autres se tenaient prêts à recevoir la toile dans sa chute, Luigi brisa aussi vite qu'il put le reste de briquettes, et en moins de cinq minutes les quatre-vingts derniers centimètres furent transformés en gravats sans que la toile ne bouge.

— Enlève les lambourdes, fit Albertelli.

Luigi grimpa sur l'échelle et s'exécuta, mètre par mètre jusqu'au dernier. La toile resta immobile.

— À vous trois de jouer, dit Albertelli aux marbriers.

Ils décidèrent de tirer sur la toile à une hauteur de deux mètres environ, en espérant qu'elle ne se rompe pas et surtout qu'ils soient à même de la réceptionner sans qu'elle leur échappe des mains.

— *Forza!* lança Luigi.

Il tira sur l'une des cordelettes qui entouraient la toile, d'abord avec précaution, puis à plusieurs reprises, chaque fois un peu plus fort. Elle se mit à basculer lentement, et les trois marbriers tendirent les bras. Lorsque la toile arriva sur eux, chacun émit un petit râle. Ils ne s'attendaient pas à un tel poids.

— Elle doit faire deux ou trois cents kilos, fit Luigi.

— On l'a sans doute roulée autour d'un mât, fit Bénédict. C'était fréquent, à l'époque, pour protéger les très grandes toiles.

À l'évidence, la toile était trop lourde à transporter pour les trois marbriers. Albertelli et Bénédict s'y mirent aussi, et à cinq ils firent glisser l'immense rouleau jusqu'à la salle octogonale.

Carnaval noir

Albertelli regarda tour à tour Carla, Elisabetta, Bénédict, Mado et enfin Luigi :
— Ouvre !
Luigi libéra la toile de ses cordelettes, la débarrassa du drap et chercha son amorce. Elle se trouvait dans la partie qui reposait au sol.
— On la fait rouler, lança Luigi.
À peine ils esquissèrent la rotation qu'une difficulté supplémentaire apparut. Ils avaient posé la toile au milieu de la pièce. Pour pouvoir la dérouler entièrement, ils devaient la placer en lisière. Ils s'y attelèrent à cinq et enfin la toile se trouva en position d'être dévoilée tout entière.
Les trois hommes en découvrirent le premier mètre. Il s'agissait bel et bien d'un tableau. Il montrait un lac entouré de collines qui s'élevaient en pente douce. Sur la partie haute apparaissait un signe zodiacal, celui du Poisson.
— Le *Christ aux douze doigts* ! s'écria Elisabetta. Exactement comme le décrit Rivolta, le chroniqueur... Le lac de Tibériade, les collines de Galilée chargées d'oliviers, un abreuvoir auquel un âne se désaltère, et près de l'âne un homme qui dort !
Elle se tourna vers Albertelli, incapable de retenir ses larmes :
— Vous vous rendez compte ? Le chef-d'œuvre de Paolo il Nano ! Et regardez dans quelle condition il se trouve ! Il a à peine souffert.

Carnaval noir

Ils s'embrassèrent tous. Albertelli avait de la peine à contenir son émotion. Bénédict, les traits tirés, tenait Mado dans ses bras. Les trois marbriers se regardaient, désemparés d'être les acteurs d'une telle découverte. Carla, les yeux sur Elisabetta, une main sur la bouche, semblait perdue.

– Allez, on continue, dit Albertelli.

– Les parties plus proches du mât auront un rayon de courbure plus faible, fit Bénédict. Elles auront sans doute subi plus de dégâts.

– Déroule, pour l'amour du ciel! fit Albertelli à Luigi.

Ils s'y mirent à trois et, accroupis, roulèrent la toile sur le sol de marbre, par petits gestes, jusqu'à ce que le mât soit libéré.

La toile occupait presque toute la surface du grand salon. Ils se retrouvèrent tous les six debout, au bas du tableau, de façon à pouvoir le regarder dans une configuration naturelle, comme s'il était accroché devant eux.

Les signes zodiacaux occupaient la partie haute de la toile: Verseau, Capricorne, Sagittaire... Sur les deux ou trois derniers mètres, là où le Nano avait peint un groupe de jeunes femmes, les couleurs étaient plus sombres et les craquelures plus marquées.

Au premier plan, un couple de jeunes mariés était assis devant une table richement chargée. À la droite de l'épouse se tenait Marie. À la gauche du marié, Paolo il Nano avait peint le Christ. Les bras en croix, il montrait ses mains. Chacune avait six doigts, d'où partaient des sarments de vigne qui entouraient les signes du Zodiaque. Celui du Sagittaire paraissait plus grand que les autres, plus richement travaillé, aussi, son arc et sa flèche chargés d'ornements.

Habillés en rabbins, les convives étaient vêtus de noir, la tête couverte de la calotte. Les femmes portaient des robes aux couleurs variées et des foulards brodés de fleurs. Sur la partie gauche de la toile, six serviteurs portaient chacun une jarre inclinée d'où se déversait un vin que recueillaient d'autres jarres plus petites.

Albertelli semblait incrédule :
— Je n'ai jamais rien vu de plus beau.
Une minute passa sans que personne ajoute un mot.

— C'est vrai que l'un des signes du Zodiaque est plus orné que les autres, dit enfin Elisabetta.
— Étrange, en effet, fit Bénédict. Il y aurait un motif, à ton sens ?
— Je ne vois pas lequel, répondit Elisabetta.
Était-ce le signe zodiacal de Grégoire XIII ? Elisabetta alla sur Google. Non, il était du 7 janvier. Capricorne.

Carnaval noir

Ils se dispersèrent, chacun faisant quelques pas autour de la toile, histoire de mieux apprécier les scènes les plus éloignées de son centre. Bénédict longea le bord vertical du tableau, là où était représenté le lac de Tibériade. Il arrêta son regard sur l'âne à l'abreuvoir, puis sur son maître, assoupi sous un olivier. Tout était beau, simple et doux dans cette scène. Paolo il Nano offrait au spectateur le tableau le plus charitable et le plus spirituel qui soit.

Il resta longuement devant cette scène, puis remonta jusqu'au haut du bord droit, le contourna et s'approcha des signes zodiacaux situés sur la droite de la toile. Il s'agissait des quatre derniers. Sagittaire, Capricorne, Verseau et Poisson. Du bord supérieur de la toile, où il se trouvait, il les voyait à l'envers. Quel sens l'artiste avait-il voulu donner à ces signes ?

Un aspect de la toile surprit Bénédict. Paolo il Nano avait représenté les signes du Zodiaque tournés vers le haut. Pourquoi ?

Le signe du Poisson était somptueux, fait de deux carpes reconnaissables à leurs barbillons, peintes tête-bêche. Mais plutôt que de les représenter à l'horizontale, selon la tradition, ils les avait peintes l'une couverte d'écailles argentées et orientée vers le bas du tableau, l'autre regardant vers le haut, aux écailles d'or. Le signe du Verseau était représenté par un éphèbe tenant en main une amphore à deux anses.

Carnaval noir

Elle était ornée de scènes dionysiaques montrant des hommes à moitié nus qui dégustaient des grappes de raisin. L'eau de l'amphore jaillissait vers le haut, plutôt que de se déverser au sol, comme c'était toujours le cas pour le Verseau. Le signe du Capricorne, une chèvre à queue de poisson, était peint dans des tons chauds, orangé, jaune-rouge et vert Véronèse. Mais tout le corps de l'animal était tendu à la verticale, ses pattes avant dressées comme pour sauter. À nouveau, les représentations du Capricorne le montraient toujours à l'horizontale, fuyant le monstre Typhon. Pourquoi le peintre se souciait-il tant d'attirer l'œil du spectateur sur ces inversions de sens ? Enfin, Bénédict arrêta son regard sur le Sagittaire. C'était le signe le plus important par la taille, le plus orné, aussi. Bizarrement, l'homme-bête était peint de façon presque monochrome, en brun avec à peine quelques reflets de noir pour marquer les contours. À l'évidence, le peintre avait voulu forcer le regard du spectateur sur l'arc. Le Sagittaire le pointait vers le ciel, si bien que de là où il se trouvait, Bénédict voyait la flèche orientée dans sa direction. L'arc, en forme d'ogive, n'était pas tendu d'une mais de trois cordes, placées à même distance l'une de l'autre. Elles étaient ornées de pierres précieuses multicolores. La partie située entre chacune des cordes était peinte d'une couleur passée, et au premier coup d'œil l'arc donnait le sentiment d'être un continu transpercé par une flèche plutôt qu'un espace vide. Enfin, sur la poignée de l'arc figuraient des volutes peintes en noir.

Bénédict retourna voir la toile depuis son bord inférieur. L'arc avait bel et bien l'air d'un arc. Il fit demi-tour une fois encore. Vu depuis le haut, l'arc n'était pas un arc. C'était autre chose.
Il appela Elisabetta :
– Mets-toi près de moi, regarde l'arc et dis-moi ce que tu vois.
Elle s'approcha, suivie de Carla, de Mado et d'Albertelli.
– Que se passe-t-il ? demanda Carla.
Elisabetta avait les yeux fixés sur l'arc. Soudain, elle mit sa main devant la bouche :
– Mon Dieu...
– Tu vois ce que je vois ? demanda Bénédict.
Elle hocha la tête. En inversant le sens de l'arc, il Nano avait représenté la tiare papale. Le symbole suprême de l'autorité pontificale... À hauteur de la poignée, la flèche qui la transperçait de part en part faisait comme une croix.
Mado se tourna vers Bénédict :
– Regarde ces volutes noires, près de la poignée... Que lis-tu ?
– Rien, répondit Benedict. Je ne lis rien.
Il retourna voir la toile à l'endroit et observa attentivement les volutes :

– Rien du tout.
– À ton tour de venir près de moi, fit Elisabetta. Et maintenant ?

Il hocha la tête, plusieurs fois, l'air désemparé :

– Lues à l'envers, c'est «V» et «B»... Je ne vois pas ce que cela signifie.

– Le «V» est en fait un «U», dit Elisabetta. Il Nano a peint «UB». Les initiales de Ugo Boncompagni. Le nom de Grégoire XIII. Ce que le peintre a voulu dire, c'est que le pape était en danger.

Rome, le 29 juin
Colli della Farnesina, chez Federico
0 h 30

Le sommeil ne venait pas. L'appel que Federico avait reçu de Carla une heure plus tôt l'avait ébranlé. Bien sûr, Bartolomeo et ses hommes avaient déjà commis deux meurtres et deux agressions. Ils préparaient sans doute une action spectaculaire. Une partie importante de la Curie s'opposait au pape actuel, de la même manière que cinq siècles plus tôt Grégoire XIII avait été la cible de la Congregazione dei pellegrini iberici. Sans doute que dans sa représentation du *Christ aux douze doigts,* Paolo il Nano avait voulu rappeler les risques encourus par Grégoire XIII. D'accord avec tout cela. Carla estimait que le pape était en danger, soit. Lui-même était de cet avis. Mais il n'y avait là rien de concret. Rien qui permette d'agir.

Rome, le 29 juin
Colli della Farnesina, chez Federico
1 h 30

La vibration de son portable sortit Federico de sa torpeur. C'était le central. Il avait reçu un message téléphonique en français. L'appel provenait de Suisse. Une voix d'homme avait dit : « Bartolomeo San Benedetto, l'homme que vous recherchez, se trouve probablement chez l'un de ses hommes de main, Arturo Apallo, au 40 de la via del Mattonato, dans le Trastevere. » L'homme avait ajouté : « Il y aura ce matin un carnage au cœur de Rome », sans en donner ni le lieu, ni l'heure, ni la cible. Il avait masqué son numéro d'appel.

Le délateur n'avait pas parlé du pape. Rien ne prouvait qu'un attentat se préparait contre lui. Mais à cet instant, Federico eut la conviction qu'il était en danger.

Rome, le 29 juin
Cité du Vatican
2 h 30

Les deux voitures banalisées de la Digos n'étaient pas encore arrêtées devant Casa Santa Marta que leurs portes arrière s'ouvraient. Trois policiers prirent position devant l'immeuble et deux autres pénétrèrent dans l'hôtel et grimpèrent deux volées d'escaliers au pas de course. Devant la porte de l'appartement 201, ils retrouvèrent les trois gardes suisses qui avaient été dépêchés dans l'urgence. L'un d'eux frappa à la porte, attendit quelques instants et l'ouvrit. Le pape apparut, le visage grave, portant lui-même une sacoche, suivi d'un prêtre qui roulait devant lui une grosse valise. Ils se serrèrent à sept dans l'ascenseur. Dehors, un policier ouvrit la portière arrière droite du premier véhicule. Le pape s'y engouffra. Le prêtre qui l'accompagnait fit mine de prendre place à ses côtés, mais un policier le renvoya à la voiture de queue. Aux côtés du pape s'installa un policier, deux autres prirent place à l'avant et le convoi quitta Santa Marta.

Rome, le 29 juin
Quartier de Trastevere
2 h 45

– Maintenant, chuchota Federico dans son micro.

Deux voitures de police s'avancèrent très lentement et bloquèrent le croisement entre la via Garibaldi et la via del Mattonato. Quatre voitures banalisées, postées en attente, s'arrêtèrent devant le 40. Deux autres quittèrent leur emplacement du vicolo della Scala et bloquèrent l'accès à la dernière intersection de la via del Mattonato avec la via Garibaldi, où se trouvait le numéro 40.

Une douzaine d'hommes sortirent des quatre voitures banalisées, tous habillés en civil, à l'exception d'un maillot noir marqué POLIZIA qui recouvrait leur veste. Armés de fusils-mitrailleurs, ils se faufilèrent entre leurs véhicules. Six d'entre eux se dirigèrent vers le petit immeuble où logeait Apallo, deux se postèrent devant l'entrée du bâtiment, les quatre autres pénétrèrent dans l'immeuble et gravirent en silence les deux étages. Le dernier étage comptait quatre studios. Sur l'une des portes était punaisé un carton :

Carnaval noir

Apallo Arturo
Maestro di sport

L'un des policiers pressa doucement sur la poignée, sans succès. Deux autres se postèrent à deux mètres de la porte, prirent leur élan et foncèrent sur le battant. La serrure céda instantanément. Dans la seconde qui suivit les quatre policiers étaient dans la pièce, mitraillettes braquées.

– Digos ! lança celui qui avait essayé d'ouvrir la porte sans forcer.

Bartolomeo et Arturo dormaient sur deux lits métalliques disposés en angle droit. Une demi-minute plus tard, ils étaient debout et menottés. Arturo était vêtu d'un simple slip. L'autre ne portait rien.

Le studio, minuscule, était impeccablement tenu. Sur les murs, plusieurs reproductions de scènes religieuses étaient punaisées. Au-dessus d'un petit buffet de bois sombre était accroché un crucifix.

Canton du Valais, le 29 juin
Sur la route du Weisshorn
2 heures

Blaise se prépara un café qu'il but debout, sans plaisir. Il ne mangea rien.

Au moment où il tira derrière lui la porte du chalet, il remarqua que la nuit était comme il n'en avait jamais connu, à la fois étoilée et très noire, comme si les pointes dorées voulaient marquer encore plus les ténèbres. Une nuit faite pour accueillir le Malin.

Le thermomètre fixé sur le battant de la porte indiquait moins cinq, mais le vent soufflait si fort que c'était du moins quinze qu'il ressentait. Quand il aurait passé le Grand Gendarme, la sensation de froid serait encore plus mordante, le gardien de la cabane le lui avait dit.

Pour enchaîner avec le Weisshorn, il fallait qu'il parte très tôt. Du coup il ferait nuit jusqu'au sommet du Bishorn. La lampe de son casque lui permettrait de repérer les méandres, mais cela n'éliminait pas le risque de fouler une crevasse voilée par une couche de neige fraîche. Il fallait qu'il se montre vigilant.

Carnaval noir

Il passa les deux heures qui suivirent à grimper aussi vite qu'il le pouvait, répétant sans cesse sa prière du cœur :

> *Ô mon Dieu et mon Seigneur,*
> *prends-moi à moi, et donne-moi tout en entier à toi.*

Lorsqu'il atteignit le sommet du Bishorn, sa résistance était intacte. Il redescendit sans attendre les cent cinquante mètres de dénivelé et entama la montée du Grand Gendarme, reprenant sa prière à cent reprises :

> *Ô mon Dieu et mon Seigneur,*
> *prends-moi à moi, et donne-moi tout entier à toi.*

Il pensa à sa première année de séminaire. L'année de discernement, comme on l'appelait. Celle censée balayer les doutes. Quand avait-il fait preuve de discernement ? Sa vie, c'était du non-discernement. D'un bout à l'autre.

À dix jours de prononcer ses vœux, la perspective d'être ordonné dans la dissimulation lui avait paru impossible. Alors il avait confessé son cauchemar au père Laurent, son père spirituel.

★

Carnaval noir

Le chalet d'alpage ne comptait qu'une chambre, petite et en sous-pente, que Blaise et sa mère partageaient.

Il faisait une chaleur d'enfer en cette fin août 1972. Durant la journée, Blaise voyait sa mère travailler à la cuve, transporter les lots de fromage, faire des gestes forts. Elle était belle et immense, toujours vêtue d'une même façon, chemisette nouée à la taille et jean coupé haut sur la cuisse. Lorsque Blaise voyait ses seins et leurs aréoles, et son ventre qui apparaissait entre la chemisette et le jean, ses cuisses, tous les contours de son corps, il détournait le regard. Anne l'observait, elle aussi. Blaise transportait les bidons de lait du chariot au laboratoire, torse nu, aidait à la traite, et de temps à autre la regardait, puis très vite regardait ailleurs. Elle aussi tournait souvent la tête. Les épaules de son fils avaient pris en épaisseur. Il avait les muscles du dos saillants, un torse de lutteur, avec des avant-bras puissants, des doigts ronds, déjà musclés.

Ils se frôlaient sans cesse.

Dans la sous-pente, la chaleur était intenable, et ils dormaient presque nus. Pour quitter le lit, Anne devait enjamber Blaise. Un matin, en accomplissant le mouvement, elle glissa, se retrouva collée à son fils, peau contre peau, et sentit son érection. «Veux-tu vite cacher ça!» Des mots chuchotés dans l'oreille de

Blaise, moitié sérieuse, moitié autre chose. Pour dire que ce n'était rien de grave. Qu'il n'avait pas besoin de cacher quoi que ce soit. Elle s'était mise à rire, et lui aussi, d'un rire forcé, et s'était assise sur lui, silencieuse, avant de lui souffler, le cœur battant : «Viens. Je te le cache.» Il avait fermé les yeux.

Durant la journée qui suivit, ils ne s'étaient pas dit trois mots, évitant de se regarder, de se toucher ne serait-ce que des doigts.

Le soir, ils n'osaient pas se mettre au lit. Lorsque enfin ils allèrent se coucher, une heure passa, une heure de silence épais, une heure-lave, qui ne voulait pas s'écouler, jusqu'à ce qu'Anne souffle :

— On joue à cache-cache ?

Durant les trois nuits qui suivirent, elle respecta le rituel. On joue à cache-cache ? Et puis la question devint inutile. Jusqu'à la fin de la poya, ils firent l'amour chaque soir, osant des caresses toujours plus intimes, des baisers plus audacieux qu'ils n'auraient jamais pensé, des baisers d'amants qui veulent tout connaître du corps de l'autre. Anne exprimait son plaisir dans un abandon total, un plaisir de libération, et son cri troublait Blaise plus que tout le reste.

À leur retour aux Haudères, chacun retrouva sa chambre et jusqu'à la fin septembre, ils ne se touchèrent plus.

Carnaval noir

Quinze jours plus tard, par grand soleil, Anne glissait sur une arête à la pointe de Zinal, un itinéraire qu'elle connaissait comme sa poche.

Blaise avait passé la fin de semaine chez un camarade à Martigny. Le dimanche soir, les gendarmes lui annonçaient l'accident et lui remettaient une lettre que sa mère avait laissée à la cabane du Mountet avant de partir pour la pointe. L'enveloppe était marquée : *Confidentiel, pour Blaise Dayer*. La lettre disait ceci :

Prie le Seigneur de me pardonner.
Et toi aussi, pardonne-moi, mon fils trop aimé.

★

Le père Laurent l'avait écouté sans dire un mot, attendant chaque fois autant qu'il fallait pour que Blaise surmonte son émotion et poursuive.

Au terme de la confession, alors qu'ils étaient sur le parvis, il lui avait pris les deux mains dans les siennes :

— Personne n'est innocent.

Il était resté silencieux quelques instants, les yeux dans le vague :

— Demain, je t'amène chez moi, au Grand-Saint-Bernard. Tu verras pourquoi.

Ils s'étaient donné rendez-vous à la gare de Martigny, à huit heures.

— Il va tonner, avait dit le père Laurent.

La pluie avait débuté au moment où ils passaient Orsières. Quelques minutes plus tard, l'orage éclatait, énorme, sans fin, un orage dont on se demandait où il allait chercher tous ces éclairs qui leur tombaient autour, cette pluie battante, aussi, froide et drue, au point que par moments, le père avait dû arrêter sa voiture en pleine route.

À l'hospice, ils étaient arrivés trempés des quelques mètres qu'ils avaient dû parcourir à pied.

– On se met près de la fenêtre, avait dit le père. Je veux que tu voies ce qui nous entoure.

Il l'avait regardé dans les yeux :

– Admets que tu es le seul homme sur terre. Autour de toi, il y a le ciel et les étoiles, les montagnes, ce déluge, ces centaines d'éclairs… Le monde et son mystère, qui te dépasse. Tu ne sais rien de ce que les hommes ont découvert durant des milliers d'années. Tu n'as pas entendu parler de Christ, de Moïse ou de Mahomet. Que fais-tu ? Tu attends. Passe un jour, une nuit, puis un jour encore, et une autre nuit. Tu attends, tu cherches à comprendre. Passe encore un jour, puis une nuit, puis cent nuits, mille nuits. Tôt ou tard, tu construiras un temple. Peu importe comment. Quelques pierres. Quand tu l'auras construit, tu te prosterneras. Tu ne sais pas devant qui. Mais ce sera devant plus fort que toi.

À nouveau, il lui avait pris les mains dans les siennes :

– Le Christ sur la croix appelait le Père à la rescousse. Il ne comprenait pas que le Père l'ait abandonné. Voilà ce que j'avais à te dire. Il était humain, autant qu'on peut l'être. J'espère que tu deviendras prêtre.

Le père Laurent avait-il fait preuve de discernement, en lui parlant comme il l'avait fait ? Il avait montré qu'il était homme de charité. Qui savait écouter sans juger. Mais pas un homme de discernernement. Il aurait dû lui dire : « Blaise, sois un bon chrétien hors de l'Église. Offre ta fraternité. Sois un homme aimant. Doux et tendre. Mais ne deviens pas père d'une paroisse. Ce n'est pas ton chemin. » Voilà ce qu'il aurait dû lui dire, le père Laurent. Il l'aurait guidé vers une vie à sa mesure, celle d'un pécheur parmi les pécheurs.

Mais de tout cela, le père ne lui avait rien dit. Pas un mot. Alors il avait prononcé ses vœux. Le jour de son ordination, à la cathédrale de Sion, il s'était étendu face contre pierre, les bras en croix, conscient, déjà, qu'il aurait dû reculer. Qu'il lui aurait fallu être beaucoup plus fort pour consacrer sa vie au Christ.

★

Tout se mêlait dans sa tête. Le corps de Mado. Celui de sa mère. Le plaisir fou de sa mère. La paroi nord du Weisshorn au lever du soleil, rougeâtre sur

Carnaval noir

toute son immense surface, comme si on avait mis le feu à ses rochers.

Maintenant, c'était neige et glace. Il mit ses crampons. Le vent soufflait par rafales violentes de quatre-vingts ou quatre-vingt-dix à l'heure.

Il ressentit une immense angoisse et s'arrêta, le temps que le cœur s'apaise. Puis il reprit l'ascension jusqu'à un retrait où il fit une halte pour de bon.

Une demi-heure plus tard, il redémarra, contourna le sommet du Grand Gendarme et redescendit sur une centaine de mètres. Les muscles des cuisses et des épaules le brûlaient. Sous l'effet du vent, la température avait encore baissé d'un cran, le ressenti devait avoisiner les moins vingt.

> *Ô mon Dieu et mon Seigneur,*
> *prends-moi à moi, et donne-moi tout entier à toi.*

Il atteignit le sommet du Weisshorn dans un état de fatigue extrême. Par l'effet des rafales, la minuscule plateforme était dégagée de sa neige, mais la couche de glace qui la recouvrait était épaisse et rendait le rocher glissant.

Il s'approcha de la grande croix, caressa sa barre latérale et l'embrassa. Cela faisait très longtemps qu'une croix avait été placée au sommet du Weisshorn. Quarante ans plus tôt, il avait fallu en mettre une neuve, et il avait été de l'expédition.

Carnaval noir

Il se mit à trembler. Ce n'était pas le froid, il s'y était fait toute sa vie. C'était la honte de n'avoir pour fin qu'une tricherie de plus.

Il se défit de son sac à dos et en sortit une tranche de gruyère et un pain de seigle. Puis il s'assit en tailleur, se signa et mangea le fromage et le pain.

Le dénivelé jusqu'au pied de l'arête faisait plus de mille mètres. Mais la neige était abondante, et il se dit que son corps serait préservé par sa douceur.

Il joignit les mains et récita d'une voix forte :

Notre Père qui es aux cieux,
que ton nom soit sanctifié,
que ton règne arrive
que ta volonté soit faite
sur la terre comme au ciel.
Donne-nous aujourd'hui notre pain de ce jour.
Pardonne-nous nos offenses
comme nous pardonnons aussi
à ceux qui nous ont offensés,
et ne nous soumets pas à la tentation,
mais délivre-nous du mal.
Car c'est à toi qu'appartiennent :
le règne la puissance et la gloire,
pour les siècles des siècles.

Il ajouta, toujours à haute voix :

Mon Dieu, accueille le pécheur que je suis.

On le retrouverait facilement. Les gens diraient : « Le père Blaise a glissé. Il n'aurait pas dû monter tout seul. Il s'est épuisé et il a glissé. » Il aurait droit à une messe.

Il se mit sur le ventre, face contre pierre, les bras en croix et resta ainsi une demi-heure, dans le grand froid.
Est-ce que ce qu'il avait laissé comme message suffirait à sauver l'enfant ? Il n'en était pas sûr.
Il aurait dû ajouter : le carnage aura lieu à la basilique Saint-Pierre et à Casa Santa Marta. Pourquoi ne l'avait-il pas fait ? Pour ne pas trahir totalement, sans doute. Il n'avait pas été jusqu'au bout. Il avait passé sa vie dans l'inachevé.

Maintenant, il était épuisé. Le moment était venu de boucler la boucle. De se reposer. De retourner au Père.
Il se déplaça vers la paroi nord en glissant sur le ventre et se laissa tomber sur la pente raide et blanche. Avant d'être happé par le vide, il réussit à tourner la tête et à mordre dans la neige, comme il aurait embrassé le sein de sa mère. Puis il se livra à la montagne. Durant une dizaine de secondes, sa chute fut douce. Puis il sentit son corps se soulever dans les airs, fit trois tonneaux, retomba lourdement et rendit l'âme.

Rome, le 29 juin
Questura, via di San Vitale
3 h 45

À l'étage de la Digos, cela faisait deux heures que Federico interrogeait Bartolomeo et Arturo. Chacun se trouvait dans l'un des bureaux du premier étage, surveillé en permanence par un policier. Federico faisait la navette.

Maintenant, c'était au tour de Bartolomeo. Celui-là, se dit Federico, il ne lâchera rien. L'autre avait une faille. Ses enfants l'avaient rejeté.

Rome, le 29 juin
Questura, via di San Vitale
3 h 55

Tout est en place, se dit Bartolomeo. Il ne lui restait plus qu'à patienter durant une poignée d'heures. Et ce n'était pas cet animal d'Arturo qui allait les dénoncer. Pas lui. Il était solide, Arturo. Solide et raisonnable. Et motivé !

Tout irait comme prévu. Si ce n'est que sa propre destinée prenait un tour exemplaire. Il connaîtrait l'opprobre… Le Christ aussi avait connu l'opprobre. Mais sur cet opprobre, il avait bâti Sa Gloire.

L'important était de faire traîner l'interrogatoire. Qu'avait-il obtenu de lui, le brave policier ? Pas ça ! Il pouvait lui demander autant de fois qu'il le souhaitait où il se trouvait au moment où Teresa avait été agressée, ou lorsque Bénédict avait été attaqué au couteau, ou lorsque Tina Di Meo ou Donatella avaient été assassinées… S'il avait envie de poursuivre jusqu'à midi, libre à lui. Il était trois heures du matin. Dans sept heures, tout serait réglé. Et là… Ils pourraient le garder aussi longtemps qu'ils le voudraient, il aurait accompli sa mission.

La porte s'ouvrit :

— On va tout reprendre au début, fit Federico.

Bartolomeo resta immobile, les yeux au sol.

— Où étiez-vous le soir où Teresa Ligari a été agressée ?

Il ne bougea pas.

— Quel a été votre rôle dans la mort de Donatella Cortesi... ? Que savez-vous de la mort de Tina Di Meo... ? Et de l'agression du professeur Hugues, à qui vous étiez si désireux d'acheter la lettre de l'évêque Scanziani... ?

Dans quelques heures, le monde aura enfin retrouvé sa place. Non. Pas encore. Il restera encore quelques étapes. Mais il sera sur ses rails. Les choses allaient bouger.

— Je ne suis pas sûr que vous agissiez dans le sens de vos intérêts, reprit Federico. Les indices vous accablent. Réfléchissez bien avant de ne pas répondre à cette question : quels autres méfaits vous ou votre Fondazione envisagez de commettre à l'avenir ?

Bartolomeo haussa les épaules.

Federico le dévisagea. Pourquoi cet homme, hissé à la force du poignet au sommet d'une société qui n'avait pas voulu de lui, s'était-il ainsi perdu ? Quelles forces l'avaient poussé à se jeter dans l'abîme ? La situation d'Arturo était conforme à son passé. Maître nageur... Boxeur... Policier... Renvoyé de la police pour violences sur un collègue... Professeur d'arts martiaux... Condamné lourdement pour violence conjugale... Tout cela formait un tout cohérent. Bartolomeo, lui, restait une énigme.

— Permettez que je m'interroge sur votre handicap, monsieur San Benedetto.

Bartolomeo lui lança un regard mauvais :

— Je n'ai aucun handicap, cher monsieur.

— Y a-t-il un lien entre votre particularité physique et cette prophétie dont il est partout question ? Seriez-vous une sorte de nouveau Messie attendu par ceux qui souhaitent voir l'Église retrouver ses racines traditionnelles ? Seriez-vous missionné par quelque force supérieure ? Car dans un tel cas, si bien sûr vous coopériez, la justice saurait reconnaître la part qui, dans vos actes, n'est pas de votre responsabilité.

Ce n'était qu'un début. Bientôt le monde entier serait informé de son rôle dans l'avènement de l'Ordre nouveau. Rien ne pouvait lui faire plus plaisir que d'écouter ce policier médiocre découvrir qui il était :

— Je vous encourage à penser tout ce que vous voulez.

Federico laissa passer une minute de silence. Cet homme était hors de sa portée. Sans illusion, il essaya la flatterie comme un dernier recours :

— Malgré votre... (il laissa s'écouler quelques secondes) enfin, votre malformation, si vous préférez... J'imagine que les enfants de Spello n'ont pas manqué de vous le rappeler. Malgré cette différence, vous progressez. Votre parcours est exceptionnel. Et vous voulez tout remettre en cause en vous murant dans le silence ? Si vous y mettez du vôtre, les choses peuvent s'arranger. Vous êtes un homme brillant. Votre silence aggrave votre cas, vous devriez le comprendre.

Bartolomeo esquissa un sourire, le regard au sol. Le policier perdait pied. Et le temps s'écoulait merveilleusement.

— La balle est dans votre camp, monsieur San Benedetto. Et la balle de la justice, voyez-vous, c'est comme la balle de football. Si vous la laissez filer, d'autres la saisissent.

— Il n'y a pas de balle à saisir, monsieur le policier. Tout ça, c'est du vent. Mais vous écouter est un vrai plaisir. À tout à l'heure.

Rome, le 29 juin
Questura, via di San Vitale
4 h 15

— On vient de me communiquer des renseignements qui vous feront sûrement plaisir, dit Federico.

Arturo leva les yeux sur lui, l'air mauvais. La police l'avait sorti de son lit à minuit passé. On l'avait menotté, jeté sur la banquette arrière d'une voiture de police, on l'interrogeait depuis des heures, et voilà que ce bonhomme s'apprêtait à lui communiquer des renseignements qui devraient lui «faire plaisir»...
— Les archives de la police peuvent se révéler utiles.
— Je ne comprends rien à ce que vous racontez, dit Arturo. Toute cette histoire ne me concerne pas.
— Je ne vous parle pas de Bartolomeo San Benedetto. Je vous parle de vous. De votre famille. De vos enfants.

Arturo le fixa, fronçant les sourcils.
— Vous n'avez aucune nouvelle de vos enfants. Je relis vos mots : «Je ne les vois plus depuis des années. Ils sont devenus ce qu'ils sont devenus, et vogue la galère !» C'est bien ce que vous m'avez dit ?

Il haussa les épaules.

– Voulez-vous que je vous lise les fiches que j'ai reçues de nos renseignements généraux ?

Il secoua la tête :

– Pas la peine.

Federico se mit à lire :

– Achille. Vingt-huit ans. Habite Abano Terme. Travaille comme physiothérapeute dans un établissement pour curistes. Vit en concubinage avec une Matilda Perin, employée postale, son aînée de sept ans, mère d'un garçonnet de cinq ans qui habite avec eux. Vous le saviez ?

Arturo secoua la tête.

– Il y a combien d'années que vous ne l'avez pas vu ?

Il ne répondit pas.

– Vous voulez voir à quoi il ressemble aujourd'hui ? Il y a sa photo sur la fiche.

À nouveau, il secoua la tête, les yeux au sol.

– Isabella. Vingt-cinq ans. Habite Padoue. Mariée à un ingénieur. Des jumelles de quatre ans. Vous voulez voir la photo de votre fille accompagnée de vos petites-filles ?

Il le regarda. Son menton tremblait.

– Pour Gino, votre cadet, les nouvelles sont moins bonnes. En fait, nous n'en avons tout simplement pas. Cela fait trois ans que les renseignements ont perdu sa trace.

Carnaval noir

Arturo se figea durant quelques instants, puis d'un coup éclata en sanglots.

Il attendit qu'il cesse de pleurer.
Les détails concernant la vie actuelle des enfants d'Arturo étaient inventés. Il ne connaissait d'eux que les dates de naissance. Si Arturo avait demandé à voir les photos, il lui aurait répondu « d'accord, mais d'abord des aveux ». Après quoi il se serait éclipsé.

– Pour Gino, si vous coopérez, on peut lancer d'autres recherches.

Arturo le regarda, l'air inquiet :

– Qu'est-ce que ça veut dire, lancer d'autres recherches ?

– Un grand travail. Réservé aux cas prioritaires.

– Et ça peut marcher ?

– Vous vous souvenez de Francesca Dettoni ? L'étudiante qui avait disparu, il y a de cela cinq ans et demi ? Toute l'Italie en avait parlé.

– Je m'en souviens, murmura Arturo.

– Francesca était ma fille.

Il y eut un long silence.

– On l'a retrouvée. C'était considéré comme cas prioritaire. À l'heure où je vous parle, vous savez combien de personnes sont recherchées en Italie ? Plus de dix mille. Et je ne parle pas des migrants, eux sont au nombre de trente mille. Je vous le dis : il y a dix mille Italiens de souche qui sont recherchés. Alors vous imaginez si c'est important d'être considéré comme cas prioritaire... Si vous nous aidez, votre cas rentrera dans cette catégorie. Je m'y engage. Vous serez une sorte de VIP.

Arturo baissa les yeux et resta ainsi une longue minute, immobile. Puis il leva la tête et chercha le regard de Federico :

– Et vous me donneriez de l'espoir ?

– Il faut faire confiance à nos forces de police, pour autant qu'on leur donne les moyens nécessaires, bien sûr. Rien n'est jamais garanti. Disons qu'en vous qualifiant comme prioritaire, vous mettez toutes les chances de votre côté.

Ils restèrent silencieux durant une longue minute. Puis Arturo leva les yeux sur Federico :

– C'est pour ce matin.

– Où et quand ?

– Il n'y aura pas un attentat mais deux, répondit Arturo.

Rome, le 29 juin
Cité du Vatican
5 h 45

À six heures moins le quart du matin, Federico appela Hector Fuchs, le capitaine de la garde pontificale, et lui demanda de se rendre d'urgence à Casa Santa Marta :
– Je vous en dirai plus sur place.
Federico et les trois responsables de la coordination arrivèrent place Santa Marta dans deux véhicules banalisés.
Federico s'approcha de Fuchs :
– Le dispositif comptera environ cent vingt hommes et femmes, répartis entre les deux portiques de sécurité, la basilique elle-même, la place Saint-Pierre et les toits qui entourent Casa Santa Marta. Nous installerons trois de nos hommes à l'entrée de la Casa. Ils attireront moins le regard s'ils portent votre uniforme.
– Vous plaisantez, j'imagine, répliqua Fuchs. Mes hommes connaissent leur travail et ses risques.

Federico n'insista pas. Les membres de la garde pontificale étaient entraînés, il le savait. Et puis il n'avait pas le temps de discuter :

– Vous prendrez vos dispositions.

– Vous ne voulez pas évacuer les pensionnaires et le personnel ? demanda Dayer.

– Vous voulez dire : toute la Casa Santa Marta ? Il doit y avoir au moins cent personnes.

– Elles seront exposées, fit le Suisse.

Il avait raison et Federico le savait. Mais il fallait choisir. Une évacuation massive risquait d'éventer l'opération, et il décida de ne pas bouger.

Val d'Anniviers, le 29 juin
Station de Tignousa
6 h 45

Christopher sortait d'une mauvaise nuit. La veille, le père lui avait paru bien sombre. Ces discussions sur l'héritage, le fromage... Et cette idée de faire le Weisshorn en solo... Le Bishorn, c'était déjà dur. Mais le Weisshorn... En plus, l'hiver avait traîné. Après le Grand Gendarme, il allait trouver de la glace sur des arêtes rocheuses. Doigts gelés, muscles qui brûlent, souffle court... La totale.
 Il aurait voulu lui préparer son café, la veille, bavarder trois minutes, s'assurer que tout allait bien. Mais le père avait envie d'être seul, il l'avait bien vu. Alors il était resté sur son lit, à guetter ses bruits.

Il versa l'eau chaude sur les granules et ajouta une longue lampée de lait, histoire de refroidir son café et de partir sans tarder pour Tignousa.

À une centaine de mètres de la cabine, un bruit le surprit. On aurait dit le funiculaire. Mais c'était impossible, le premier départ n'avait lieu qu'à huit heures. Pourtant c'était bel et bien le funiculaire qu'il voyait s'approcher de la station d'arrivée.

Un instant plus tard, deux policiers en uniforme sortaient de la cabine, accompagnés d'un homme en bleu de travail. Il ne connaissait pas les policiers, l'autre était employé à la société du funiculaire.

– Bonjour, lança l'un des policiers. Vous êtes du chalet d'alpage, si j'ai compris ?

Celui en bleu de travail intervint :

– Ces messieurs cherchent le père Blaise.

– Il y a un problème ? demanda Christopher.

– Pas du tout, répondit le policier. C'est juste qu'on le cherche, rapport à une histoire qui n'a rien à voir.

– Rien à voir avec quoi ?

– Je n'en sais pas plus, dit l'employé du funiculaire, ils voulaient voir le père Blaise dare dare, du coup j'ai mis la machine en marche.

– Il est parti ce matin, dit Christopher.

– Et vous savez où ?

– Aucune idée. Il m'a dit qu'il avait envie de se dégourdir les doigts. Il doit être en train de faire un brin de varappe.

– Vous l'attendez pour quand ?

– Sans doute en milieu d'après-midi.

Les policiers se regardèrent.

– On vient l'attendre au chalet, si ça ne vous embête pas.

Rome, le 29 juin
Place Saint-Pierre
8 h 45

— Contrôle à l'Arc des cloches, fit la voix dans l'écouteur. Couple avec poussette.

C'était le quatrième couple en moins d'une heure. À ce rythme, ils seraient bientôt à court d'agents.

Federico avait réparti son groupe en huit équipes de douze pour suivre les couples avec poussette, plus trois policiers à chacun des deux points de contrôle, et huit autres postés sur les toits : cinq sur la basilique et trois à Casa Santa Marta. Douze hommes de la Digos se tenaient prêts à intervenir, huit d'entre eux postés à l'intérieur de la basilique et quatre dans un appartement du premier étage de Casa Santa Marta. Il avait posté un coordinateur à chacun des deux points de contrôle et un troisième à Casa Santa Marta.

Du véhicule banalisé dans lequel il se trouvait, piazza del Sant'Uffizio, il balaya la place du regard. Aux points de contrôle, les queues s'allongeaient à vue d'œil. Il fallait que le couple puisse être neutralisé avant que la place ne soit noire de monde.

— Les deux sont très jeunes, reprit la voix. Femme quasi adolescente. Un béret couvre ses cheveux. Elle porte un grand châle sur sa poitrine. Le garde lui demande de l'ôter. Elle tient contre son sein un enfant minuscule.
— Elle a les cheveux roux ?
— Impossible à voir.
— Laissez-les passer. A3, vous les suivez.

Le couple avec poussette passa le contrôle et aussitôt une douzaine de badauds les entourèrent à des distances de deux à cinq mètres. Plusieurs se photographiaient avec en arrière-fond l'esplanade ou la basilique.
— Ils n'ouvrent pas la bouche, fit une autre voix.
— Parfait, fit Federico. On reste vigilant à chaque approche de deux hommes.
— La femme a dit quelque chose à l'homme, fit une voix féminine. L'homme n'a pas bronché.
— Un couple semble les observer, fit une autre voix féminine. Mais c'est un vrai couple, pas un couple d'hommes. Elle lui donne le bras.
— Description, demanda Federico.
— Méridionaux. Jeunes. Courts de taille.
— Eux aussi semblent figés, fit l'autre voix féminine.
— Les habits, lança Federico.
— Lui, jean et baskets noires, sweat-shirt gris marqué UCLA. Casquette noire. Elle, cheveux très noirs bouclés, jean et veste blanche.

Carnaval noir

— Ils s'approchent à les toucher, fit une voix d'homme. Ils les regardent sans leur parler. Sûr que c'est eux.

— On reste calme, fit Federico.

Le temps qu'ils branchent les détonateurs sur leurs explosifs, ses hommes auraient une trentaine de secondes pour réagir. Il fallait s'assurer qu'il s'agissait bien de ceux envoyés par Arturo.

— Ils sont collés à eux, fit une voix... Le mari du couple avec bébé parle à l'autre homme. Il se baisse... Il arrache l'un des barreaux de la poussette et tend quelque chose à l'autre homme.

— On attend qu'ils se séparent, fit Federico.

— Le couple sans enfant entre dans la basilique, fit une voix de femme.

— Vous les suivez avec précaution.

— Ils ont pénétré dans la basilique d'une dizaine de mètres.

— Le couple avec poussette n'a pas bougé, fit une voix d'homme. Ils regardent autour d'eux.

— Où est le deuxième couple ?

— Vingt mètres à l'intérieur, fit la même voix.

— On neutralise le couple avec enfant. *Forza!*

Trois policiers se jetèrent sur l'homme et le plaquèrent au sol. Dans le même temps, deux policières saisirent la femme, chacune par un bras. Une troisième policière lui arracha le bébé. Le tout avait duré trois secondes.

La violence de l'intervention déclencha un mouvement de panique. Des dizaines de badauds se mirent à hurler et à fuir, certains sur la place, d'autres à l'intérieur de la basilique.

— J'ai perdu l'autre couple! fit une voix d'homme. Bousculade générale.

— À tous les agents postés sur la place : déplacement à l'intérieur de la basilique. Lui sweat-shirt gris UCLA, elle veste blanche, cheveux très noirs et bouclés.

— Je ne les vois pas, fit une voix.

— Équipe 1 vers le transept de gauche, la 2 à droite, la 3 dans la nef centrale.

— Je ne les vois toujours pas, fit la même voix.

— Deux agents à la porte au transept de gauche, là où il y a une porte de service.

Durant trente secondes, Federico n'entendit que du brouhaha, puis enfin la voix féminine :

— Le garde suisse en faction devant la porte Alexandre-VII a été étranglé. Il a un fil de nylon autour du cou. La porte de service est ouverte sur la place Santa Marta.

Dans la nef, les gens hurlaient et se bousculaient en direction de l'esplanade.

— Aux agents sur les toits. Le couple arrive à piazza Santa Marta.

– Je les vois, fit une voix.
– Où ? fit Federico.
– À cinquante mètres de Casa Santa Marta. Ils marchent lentement. Elle lui donne le bras.
– Neutralisation immédiate et complète, lança Federico. *Forza !*
Il entendit des rafales.
– Touchés tous deux, fit une voix.
– Au groupe de Casa Santa Marta : appréhendez les deux individus.

Ils quittèrent la voiture et contournèrent la basilique sur son côté est. Place Santa Marta, une quarantaine d'agents entouraient le couple qui gisait. Federico s'approcha des corps. Ils avaient une dizaine d'impacts chacun. L'un était couché sur le ventre. Celui de la femme était recroquevillé sur le flanc. Il avait perdu sa perruque. Federico regarda ses mains. C'étaient des mains d'homme.

Venise, le 29 juin
Terrasse de l'hôtel Bramante
22 h 30

Tous les sites des grands journaux consacraient leur page d'accueil aux événements du matin. «Le pape sauvé par la culture», titrait le *New York Times*, qui reprenait chacun des coups de théâtre de l'affaire, de la lettre de Scanziani, découverte par un «obscure professeur genevois» à l'épisode de la Bibliothèque vaticane, en passant par les recherches de quatre femmes exceptionnelles, «Elisabetta Paravicini, Carla Marchetti, Donatella Cortesi et Tina Di Meo, dont deux ont payé leur courage de leur vie». L'article soulignait le parallélisme «fascinant» entre les velléités de domination de la Congrégation des pèlerins ibériques, cinq siècles plus tôt, et les délires réactionnaires de la Fondazione. «Ce qui ressort de cette affaire, concluait le *Washington Post*, c'est le conflit éternel entre ceux qui refusent le Monde nouveau et ceux qui l'acceptent.» Son article était intitulé: «Au Vatican, un massacre évité de justesse». *Le Figaro*, *Le Monde*, *La Croix*, les grands quotidiens anglais et allemands, et bien sûr la presse italienne, tous soulignaient la part de hasard qui avait permis d'éviter un épouvantable carnage. «Le latin, instrument d'enquête policière», écrivait l'éditorialiste de *La Croix*. Le *Corriere della Sera* allait jusqu'à appeler Bénédict «l'Indiana Jones helvétique». Sur le site du *Temps*, Mado avait fait la part belle au latin et à ses mystères. «Une épopée écrite dans la langue d'Ovide», titrait son article. Il restait encore une interrogation, concluait Mado : qui était l'indic ?

Carla était venue à Rome en urgence, par vol militaire. Elisabetta l'avait accompagnée, « comme experte » avait dit Carla en souriant.

Assis, autour d'une table basse, Bénédict, Elisabetta et Carla devisaient sur les événements, par bribes. Le barman leur avait préparé un assortiment de petits sandwichs auquel personne ne touchait.

– Il s'est passé trop de choses, dit Elisabetta. Trop d'émotions.

Mado la regarda. Elle et Carla venaient de faire l'amour, cela se voyait, elles étaient encore dans la tendresse.

– Tu nous commandes un verre de vin ? souffla-t-elle à Bénédict.

– Il reste une énigme dans cette affaire, intervint Elisabetta. Qui a émis la prophétie ?

Bénédict se mit à rire :

– Alors, madame le professeur ?

Carnaval noir

Mado se dit qu'elle vivait peut-être les plus beaux moments de son nouveau couple, comme lorsque le joueur est devant la table de roulette et observe la bille qui tourne autour du tambour, prêt à croire qu'elle va lui apporter la fortune. Cela ne sera sans doute pas le cas, mais à cet instant, il peut encore rêver.

Carla et Elisabetta se levèrent :
— Bénédict, tu amènes Mado la prochaine fois que tu viens à Venise ?
Ils s'embrassèrent.
— Dites-le-moi en confidence, demanda Mado à Carla. Qui était-ce ?
— Qui donc ?
— L'indic.
— Il s'est volatilisé, répondit Carla.
Elle pouvait lui donner une information si Mado lui en garantissait la confidentialité jusqu'au lendemain soir. À ce moment-là, ou bien ils l'auraient retrouvé, ou bien un avis de recherche serait lancé :
— C'est un prêtre suisse, lui dit Carla. Un certain Blaise Dayer.

Venise, le 30 juin
Sur la route de l'aéroport
10 h 15

Dans le taxi qui les menait à l'aéroport, Bénédict posa la main sur le portable de Mado :
– Tout va bien ?
Elle ferma les yeux :
– Pardon.
Depuis le matin, elle n'avait cessé de consulter le site du *Nouvelliste* de Sion. S'il était arrivé quelque chose à Blaise, le journal valaisan serait le premier informé.
Dans l'avion, elle le consulta à nouveau. Il n'y avait rien.
À leur arrivée, pendant que Bénédict retirait leurs affaires du casier à bagages, elle brancha son portable et lut en vitesse :

«Glissade mortelle au Weisshorn»

Ce matin, une colonne de secours partie de Zinal a découvert le corps d'un homme au pied de la face est du Weisshorn. La police indique que la victime est le père

Blaise Dayer. Alpiniste chevronné, âgé de 61 ans, il comptait une dizaine d'ascensions du Weisshorn, dont plusieurs en solitaire.

D'après les constatations faites sur place par la colonne de secours, le malheureux devait être en train d'installer son pique-nique sur la plateforme du sommet. Elle était recouverte d'une épaisse couche de glace sur laquelle l'homme a sans doute glissé.

Coïncidence tragique, la montagne avait déjà pris les deux parents du père Blaise. Son père avait été emporté par l'avalanche rocheuse de Mattmark et sa mère avait dévissé lors d'une ascension de la pointe de Zinal.

Bénédict avait quitté son siège, il chercha son regard :

– Tout va bien ?

Elle se leva à son tour et se serra contre lui.

Genève, le 1ᵉʳ juillet
Hôpitaux universitaires, service des soins intensifs
17 h 30

Teresa semblait plus minuscule qu'avant. Plus sombre de peau, aussi, avec un visage plus osseux. Ses traits s'étaient asséchés. Elle regardait Bénédict d'un air terrifié.

Une heure plus tôt, le docteur Pugin l'avait appelé sur son portable: «Grande nouvelle!» Teresa était sortie de son coma. «Elle s'en tire à peu près», avait ajouté Pugin.

Teresa souffrait d'amnésie rétrograde : sa mémoire du passé avait disparu. Il se pouvait qu'elle revienne, par à-coups, mais il n'y avait aucune certitude. En revanche, elle retenait le présent :

— En d'autres termes, son logiciel fonctionne, mais son disque dur a été vidé de son contenu.

— Elle se souvient de son nom ?

— Pas même. Nous l'avons interrogée ce matin et les réponses qu'elle nous a faites n'allaient pas dans le bon sens.

Carnaval noir

Ils la garderaient quelques semaines en neurologie, après quoi elle pourrait rentrer chez elle, sachant que les chances qu'elle retrouve une vie normale étaient faibles. «Elle aura besoin de beaucoup d'affection», avait averti Pugin. «Tout lui sera sujet d'angoisse.»

Rome, le 6 juillet
Prison Regina Cœli
10 h 30

– On change de pizza ? lança Bartolomeo au gardien.

À l'origine, l'espace réservé à la promenade des détenus était une zone circulaire. Mais les bagarres étaient si fréquentes et si violentes que la direction s'était résolue à murer l'espace en une dizaine de sections infranchissables. Chacune avait la forme d'une tranche de pizza, large à l'entrée et très étroite à son extrémité.

Dès son premier jour à Regina Cœli, Bartolomeo avait été assigné à la même tranche, celle qui portait le numéro un. Voilà que le gardien le prenait par le bras et l'amenait à celle qui lui était diamétralement opposée et portait le numéro six. Bartolomeo repéra le chiffre et sourit :

– Le Seigneur te le revaudra.

Il pénétra dans la nouvelle tranche et observa ses nouveaux compagnons. Ils étaient cinq. Avec lui, cela faisait six. En plus, ils étaient le 6 ! Cela faisait trois 6 !

Le Seigneur ne l'abandonnait pas...

Carnaval noir

Dès que le gardien ferma la serrure derrière lui, les cinq s'approchèrent de Bartolomeo. L'un d'eux le poussa en direction du fond de la tranche, par petits coups du plat de la main sur la poitrine. Bartolomeo se laissa faire, le temps de comprendre. Il n'aurait aucun mal à lui régler son compte.

Le bonhomme proféra quelques mots en arabe. C'était donc ça… Des migrants…

Bartolomeo le frappa au visage de toutes ses forces. Le bonhomme s'écroula. Les quatre autres tombèrent sur Bartolomeo à bras raccourcis, jusqu'à ce qu'il perde connaissance. Puis l'un d'eux sortit un couteau à large lame et lui sectionna son sixième doigt gauche.

La douleur le réveilla. Il sentit qu'on lui avait enfoncé quelque chose dans la bouche, l'expulsa et vit qu'il s'agissait de son doigt. Il s'évanouit à nouveau. Dans l'instant qui suivit, celui qui l'avait amputé lui sectionna le sixième doigt de la main droite et le lui enfonça dans la bouche. Il reprit connaissance à nouveau et sentit une pointe de couteau s'enfoncer dans sa gorge.

Il allait donc rejoindre le Seigneur. Comme lui, on l'avait abandonné. Et la marque de cet abandon était ce couteau qui allait lui trancher la gorge et l'empêcher de prononcer les mêmes paroles que le Christ. *Eli, Eli, lama sabachthani ?* Seigneur, Seigneur, pourquoi m'as-tu abandonné ? Il était donc plus seul encore que le Christ. Tout était conforme à ce qu'il avait imaginé.

Il pensa à Donatella, au regard d'incompréhension qu'elle avait eu au moment où il l'avait poussée dans le canal glacé, et mourut.

L'un des bourreaux donna de petits coups à la porte. Le gardien les fit tous passer dans la tranche adjacente, attendit une minute, le temps que Bartolomeo se vide de son sang, et déclencha l'alarme.

Genève, le 12 juillet
Hôpitaux universitaires, service des soins intensifs
17 heures

– Votre père est là.

L'infirmière avait infléchi sa voix sur le « là », comme si elle lui posait la question.

Antoine avait l'air désemparé.

– Vous voulez que je vous accompagne ?

Antoine secoua la tête mais ne bougea pas.

– Je vous laisse aller, alors ?

Il lui tourna le dos et se dirigea vers la salle des patients. Son père était assis près du lit.

Il chercha une chaise et la posa à côté de celle de son père :

– *Si puedial ?*

Il embrassa Teresa, qui lui caressa la joue :

– *E al papà, no i dâstu une bussade ?*

Il se pencha en direction de Bénédict et approcha son visage du sien, sans le toucher.

– Je vous laisse, fit Bénédict.

– Reste, dit Teresa en français.

Elle passa au frioulan et demanda à Antoine comment il allait. Que faisait-il ? Ils échangèrent en

Carnaval noir

dialecte. Antoine raconta les examens qu'il venait de terminer.

– Et lequel tu as réussi le mieux ?

Antoine resta silencieux quelques instants, les yeux baissés. Puis il leva le regard sur Teresa et dit que c'était l'oral de latin. Il avait eu à traduire une ode d'Horace.

Après un silence, Bénédict s'adressa à Antoine en frioulan. Quel était l'extrait ?

Antoine s'en souvenait exactement. Il s'agissait d'un passage qui parlait d'épervier et de colombes :

> *accipiter velut mollis columbas*
> *aut leporem citus venator*
> *in campis nivalis Haemoniae*
> *daret ut catenis fatale monstrum*

Bénédict lui demanda comment il avait traduit le dernier vers.

– *Pour livrer aux chaînes le monstre funeste*, répondit Antoine. J'ai considéré *fatale monstrum* comme un accusatif.

– C'est parfait, dit Bénédict.

– Il y avait une autre façon de traduire, reprit Antoine.

Son père le regarda, l'air étonné.

La tournure d'Horace permettait de traiter *fatale monstrum* comme sujet du verbe *daret*... Auquel cas la traduction basculait du tout au tout. Elle devenait : *Pour que le monstre funeste la livre aux chaînes...* Le monstre n'était plus le prisonnier mais le bourreau...

Bénédict continua de regarder son fils du même air étonné.

— Un autre terme de l'ode peut aussi être abordé de deux façons radicalement différentes, dit Antoine. *Superbo*, l'adjectif accolé à *triumpho*. On peut traduire la fin de l'ode par *triomphe glorieux* ou *triomphe vaniteux*.

Bénédict restait figé.

— Là aussi, ça change du tout au tout le sens du vers.

Après quelques secondes de silence, Bénédict se leva, incapable de dire un mot. Il embrassa Teresa et regarda à nouveau son fils. Puis il lui caressa les cheveux, très vite, et partit cacher son émotion.

Genève, le 15 juillet
Hôpitaux universitaires, service de neurologie
17 h 30

– Et ma danse préférée, c'était laquelle ? demanda Teresa.
– Le tango, répondit Antoine. Quand le disc-jockey du tripot mettait un tango, tous les hommes se battaient pour le danser avec toi. Tu te laissais caresser, tu comprends, c'est ça qui les intéressait.
Elle éclata de rire :
– Raconte encore ! J'étais une prostituée, alors ?
Antoine lui inventait des vies. Tantôt, elle avait été une princesse saoudienne qui dirigeait un harem à Riyad, tantôt professeur de mathématiques en Alaska et chasseuse d'ours le week-end, pour arrondir ses fins de mois (elle avait une méthode particulière : elle les surprenait par-derrière et les tuait par strangulation), tantôt coureuse de marathon tchécoslovaque, abandonnée à l'aéroport d'Addis-Abeba et élevée par une famille Mau-Mau du Kenya :
– C'est pour ça que tu as des jambes si minces et si noires. Tu devenais petit à petit comme eux, et puis un jour, après avoir gagné le marathon de New York,

tu t'es enfuie et tu as ouvert un restaurant de cuisine tchèque à San Francisco. Et là, plusieurs clients n'ont pas supporté la nourriture, il y a eu des morts, et tu t'es retrouvée cachée dans la soute d'un baleinier qui allait au Havre, où tu as travaillé dans la construction. Un promoteur russe est tombé amoureux de toi. Après avoir abusé de toi pendant trois mois jour et nuit, il t'a vendue comme bonne à tout faire à un sinistre pasteur, un jour où le Russe venait à Genève ouvrir un compte à la banque Hugues.

Teresa riait de bon cœur. Sa mémoire ne revenait pas, mais les histoires d'Antoine l'aidaient à en prendre son parti. Elle ne savait pas trop d'où il venait, cet Antoine. On lui avait expliqué, bien sûr. C'était le fils de l'autre monsieur, qui parlait aussi frioulan. Mais elle était si fatiguée qu'elle n'arrivait pas à tout suivre. Peu importait. C'était quelqu'un de gentil. Et puis il était drôle.

Val d'Anniviers, le 20 juillet
Chalet d'alpage de Rouaz
12 h 30

— Voilà, dit Christopher, vous êtes chez vous.
— La générosité de Blaise me bouleverse, répondit Mado. D'ailleurs, tout ici me bouleverse.

Trois jours plus tôt, un notaire de Sierre l'avait informée que Blaise lui cédait son chalet. Il y avait quelques souhaits émis dans le testament, mais il ne s'agissait que de cela. Des souhaits. Blaise s'en remettait à elle pour trouver la formule qui permette à Christopher d'occuper le chalet durant les trois mois de la poya.

Le matin même, en compagnie de Bénédict, ils avaient été reçus par le notaire, avant de monter à Tignousa trouver Christopher.

— C'est merveilleux, fit Mado.

Bénédict la regarda, l'air curieux :
— Tu sembles découvrir les lieux... Je croyais que tu connaissais le chalet.
— Bien sûr, mais ça remonte à... je ne sais plus ! Je crois y être venue une seule fois, quand j'étais adolescente.

Carnaval noir

Elle se tourna vers Christopher :
– Vous permettez que je visite ?
– Ça ne va pas vous prendre un siècle : il y a l'atelier au rez-de-chaussée et une petite pièce, en sous-pente.

Elle emprunta l'escalier en colimaçon qui menait à l'étage, pénétra dans la chambre à coucher et se souvint.

★

Des Haudères à Saint-Luc, ils n'avaient pas échangé un mot. Pas même une platitude. Ils ne s'étaient pas regardés une seule fois. Dans le téléphérique qui les menait à Tignousa, même chose : pas un mot et regards fuyants. Même chose encore durant le parcours à pied de Tignousa au chalet, Blaise marchant devant, vite, tête baissée, elle qui le suivait en courant presque. Pour ouvrir la porte, il avait dû s'y reprendre à trois fois.

Lorsqu'ils furent dans le chalet, il avait eu un geste de la main, sur sa droite :
– L'atelier.

À l'étage, il avait ouvert la porte d'une chambre minuscule, puis s'était tourné vers elle. Il avait le souffle court :
– Il n'y a rien au monde que je voudrais autant que te prendre dans mes bras. Tu le sais, n'est-ce pas ?

Les yeux sur lui, elle avait été incapable d'articuler un son.

— Et il n'y a rien qui soit un aussi grand péché. Nous le savons tous les deux.

Il s'était approché d'elle et Mado avait reçu le baiser le plus tendre, le plus attentionné, le plus doux qu'elle aurait pu rêver. Ce n'était pas un baiser qui cherchait à être inoubliable, plutôt un baiser léger, presque timide.

Après l'avoir déshabillée, il lui avait fait l'amour comme il l'avait embrassée, avec une délicatesse qu'elle ne connaissait pas.

★

— Le grand luxe, comme vous voyez ! fit Christopher lorsqu'elle redescendit. Mais on y est bien, je vous assure.

Il se tourna vers Bénédict :

— Venez passer une nuit ou deux, je m'installerai au petit cabanon. Vous verrez, on dort comme dans un rêve.

— Ce sera avec plaisir, dit Bénédict. Si la propriétaire le veut bien…

Mado resta silencieuse.

— J'ai pensé que l'on pourrait partager une raclette, fit Christopher. Ça vous tente ?

— Avec plaisir ! fit Bénédict.

— Je voudrais rentrer, dit Mado.

Carnaval noir

Sur le sentier qui menait à Tignousa, Mado marchait devant, aussi vite qu'elle pouvait. Elle ne voulait pas que Bénédict la rattrape, qu'il l'interroge. Elle avait la demi-heure de marche pour retrouver ses esprits et donner le change. Comme toujours. Elle s'était transformée en une de ces machines qui absorbent des billets et les rendent en petite monnaie. Elle passait son temps à cela, transformer des sentiments violents en petites choses insignifiantes. Il ne fallait pas attirer l'attention, déjà qu'il y avait la couleur de la peau.

Durant la descente en funiculaire, Bénédict tenta d'engager la conversation à deux reprises, en la questionnant sur ses impressions du chalet. Elle lui répondit par monosyllabes et il n'insista pas.

Dans la voiture, il mit le contact et se tourna vers Mado :

– Je peux savoir ce qui se passe ?

Elle resta silencieuse de longues secondes. Puis elle dit, en regardant devant elle :

– Je te demande de ne pas garder tes yeux sur moi.

Bénédict hocha la tête plusieurs fois.

– Je t'écoute.

– Un épisode de ma vie me poursuit. J'ai failli te le raconter lorsque nous étions dans l'avion, au retour de Rome.

Bénédict hocha à nouveau la tête.

– Je l'avais compris.

– J'ai eu une relation avec Blaise.

Carnaval noir

— Tu ne me dois aucune explication.
C'était sa vie d'avant. Ils ne se connaissaient pas.
— Partons, dit Mado.
Durant un long quart d'heure, ils n'échangèrent pas un mot.
À Vissoie, Bénédict gara sa voiture à l'arrêt des cars postaux, coupa le contact et se tourna vers Mado :
— Personne n'est innocent. Ni toi. Ni Blaise, sa tâche était de guider les âmes. Ni moi. Tu veux que je te dise ce qu'il en est pour moi ?
Elle secoua la tête.
— Je te le dirai quand même. Il y a de cela trois ans, j'ai cassé la figure à mon fils. J'entends, cassé vraiment, fracture bifocale de la mandibule. J'ai porté la main sur lui. Il s'est brisé la mâchoire en tombant au sol. Enfin, c'est bel et bien moi qui l'ai mis dans un tel état.
— Tu ne l'as pas fait exprès.
— Va savoir... Et toi, as-tu fait exprès de tomber amoureuse d'un homme d'Église ?
Ils restèrent silencieux.
— Tu ne veux pas qu'on rentre ? demanda Bénédict après une minute ou deux.
— Je veux bien, répondit Mado.

Elle fut soudain tentée de se libérer du fardeau. De tout lui raconter. Mais par quels mots ? « Tu sais, avec Blaise... C'est moi qui l'ai séduit. J'ai été me confesser auprès de lui. La première fois, il était si troublé qu'il a arrêté ma confession. Un mois plus tard, je suis retournée, et là, il a craqué. J'aurais pu aller me confesser chez n'importe quel curé de la terre, mais non. Je le voulais, tu comprends... »

Justement. Il ne comprendrait pas. Un homme aussi droit ne voudrait pas s'engager dans la vie avec une personne aussi fausse. À force de vouloir sans cesse peser chaque mot, contrôler chaque geste, déguiser chaque réaction pour tirer son épingle du jeu, pour être acceptée dans un monde de Blancs où personne n'était tout à fait innocent face à la couleur de sa peau, elle en arrivait à ne plus savoir ce qu'elle devait penser, dire, faire. À ne plus être sûre de qui elle était vraiment.

Non. Il n'aurait pas compris. Ou alors il n'aurait pas supporté, ce qui revenait au même.

Alors elle ne dit rien.

Genève, le 24 juillet
9, rue de Candolle
21 h 30

La vie à Candolle s'avérait plus difficile qu'à l'hôpital. Teresa restait seule durant de plus longues heures à regarder la télévision ou à déambuler dans l'appartement, à la recherche d'un souvenir, d'un fragment de mémoire qui lui aurait permis de quitter l'état de désespoir dans lequel le coma l'avait plongée et dont il lui semblait qu'elle ne pourrait jamais s'extraire. À la fin de la journée, elle était à bout de nerfs, et les attaques d'angoisse se multipliaient.

Elle éteignit la lumière, en espérant que le sommeil vienne vite. Avec les petites siestes qu'elle faisait durant la journée, arrivé le soir, elle se mettait à tournicoter dans son lit à brasser des idées noires.

Elle pensa à Bénédict, qui se montrait avec elle d'une gentillesse infinie. Avait-il toujours été si prévenant ? En tout cas, il voulait lui rendre la vie aussi douce que possible. Il lui avait donné à lire une lettre qu'elle lui avait écrite l'été de ses treize ans, lorsqu'il était en pension à la Lenk, une longue lettre en frioulan dans laquelle il était question de petits noms et de petites billes. Elle l'avait lue et relue plusieurs fois sans bien comprendre ce qu'elle avait voulu lui dire. Une phrase surtout lui avait paru incompréhensible :

Comme ça, même quand tu es seul, tu n'es pas seul.

Mais elle était trop fatiguée, maintenant, pour comprendre ce qu'elle avait écrit.

Mado aussi était gentille. Qu'est-ce qu'elle était belle, *Cristo Santo!* Elle n'habitait pas à Candolle et venait seulement quand Bénédict était là. Alors que Bénédict, lui, habitait Candolle. Mais Antoine, qui était son fils, n'habitait pas Candolle. Il habitait avec sa mère, qui venait la voir aussi, mais pas si souvent. En tout cas, elle n'aimait pas venir quand il y avait Mado, ça elle l'avait compris aussi, une fois qu'elles s'étaient retrouvées ensemble dans sa chambre. Mado avait voulu partir dès qu'elles s'étaient croisées. Elle avait eu l'impression que ces deux-là se voyaient pour la première fois. Mais comme elle était un peu endormie, elle n'en était pas sûre.

Le plus gentil de tous, c'était Antoine, qui lui rendait visite sur visite. Et même à l'hôpital, c'est lui qui venait la voir le plus souvent. Et ces histoires qu'il lui racontait... Heureusement qu'il était là pour la faire rire ! Parce que Bénédict, lui, qui était pourtant un gentil garçon, ne la faisait pas rire du tout. On aurait même dit qu'il avait peur de la faire rire. Alors qu'Antoine, dès qu'il sentait qu'elle allait rire, osait lui raconter n'importe quelle baliverne. Elle le voyait imaginer ses histoires : il la regardait du coin de l'œil, se disait : là, Teresa, elle va bien rigoler, et il inventait, il inventait !

C'était pour ça qu'une heure plus tôt, elle lui avait dit : « Mais je ne comprends pas, tu as ta chambre ici et tu vas dormir ailleurs ? Ne me dis pas que tu es crétin, toi aussi ? » Il avait éclaté de rire et lui avait demandé pourquoi elle avait dit « toi aussi », mais elle ne savait pas, ça lui était venu sans qu'elle s'en rende compte.

Genève, le 24 juillet
9, rue de Candolle
22 h 15

DE : Bénédict
À : Elisabetta
REF : La prophétie du Christ aux douze doigts

Carissima,

Voici ce que me dit Nicolas Ducimetière, de la Bodmer, à propos de la prophétie.

La Réforme prônait une interprétation stricte de « la loi mosaïque », comme disait Calvin, la loi de Moïse. Pour elle, le chiffre 10 a une importance particulière. On le retrouve souvent, en particulier dans la Kabbale et ses dix puissances créatrices. Celle qui porte le chiffre 6, du nom de Tiphéreth, présente des similitudes troublantes avec notre histoire. La planète à laquelle elle est associée est Shemesh, qui en hébreu veut dire le Soleil. On pense à Copernic... Ainsi, le chiffre 12, symbolisé par les douze doigts du Christ, venait en contrepoint du chiffre 10.

Carnaval noir

En peignant son Christ aux douze doigts, Paolo il Nano ne faisait rien d'autre que défendre l'Église de Rome contre la Réforme. Et en anéantissant la Scuola Grande del San Sepolcro, Scanziani et les siens ont abattu un allié.

Une histoire d'une effrayante banalité, ne crois-tu pas ?

Je t'embrasse,

B.

Genève, le 25 juillet
9, rue de Candolle
7 h 45

— Bonjour, dit Bénédict.
Assis à la table de cuisine, Antoine gardait les yeux sur son bol de café au lait :
— Bonjour.
Bénédict resta debout, perdu, hésitant sur ce qu'il devait faire ou dire.
— C'est Teresa qui m'a dit de dormir ici, reprit Antoine, le regard toujours baissé. Elle m'a dit que je pouvais, puisque j'ai mon lit.
Bénédict hocha la tête.
— Ça t'embête ? demanda Antoine après un long silence.
Son père fit non de la tête. Lorsqu'il sentit qu'il pouvait parler à nouveau, il dit :
— Je vais me faire griller du pain.
— J'en prendrais bien une tranche.
Bénédict ressentit un vertige :
— Très toasté ?
— Oui, répondit Antoine. Très toasté.

Genève, le 25 juillet
La Jonction
16 heures

– Tu ne voudrais pas qu'on fasse une promenade ? demanda Bénédict.
– Je veux bien, répondit Antoine.
– Maintenant ?
Antoine haussa les épaules :
– Si tu veux.
Ils descendirent la rue de Candolle, passèrent le rond-point de Plainpalais et empruntèrent le boulevard Carl-Vogt jusqu'à son extrémité sans échanger un mot.
À la rue des Deux-Ponts, Bénédict prit à droite. Un sentier courait le long du Rhône :
– Tu n'es jamais venu ici ?
Antoine secoua la tête.
Ils poursuivirent jusqu'au bout du sentier, où une petite balustrade métallique marquait l'extrême pointe du lieu, une bande de terre qui faisait comme un triangle pointu et avait pour nom la Jonction. C'était là que le Rhône et l'Arve se retrouvaient, l'Arve aux eaux boueuses et le Rhône bleu-vert, du fait qu'entre

Villeneuve, où il tombait dans le lac, et Genève, d'où il en sortait, il en avait profité pour se laver de ses alluvions. Il filait alors jusqu'à la pointe, où rien ne le séparait plus de l'Arve. À cet endroit précis se faisait leur jonction. Ou plutôt, elle aurait pu se faire. Car aussi loin que portait le regard, les deux fleuves continuaient leurs parcours séparés, chacun bien distinct de l'autre dans son lit, le brun à gauche et le bleu-vert à droite.

– Durant les mois d'été, dit Bénédict, mon père nous amenait quelquefois ici, mon frère et moi. Nous nous arrêtions à environ deux cents mètres de la pointe, côté Rhône, où la baignade était assez sûre, malgré les remous. Mon père s'asseyait sur une couverture et nous surveillait. Je ne sais pas ce qui se serait passé si l'un de nous avait eu besoin d'aide, car mon père ne savait pas nager. Mais il était là et, durant une bonne demi-heure, il nous regardait. J'aimais beaucoup nager. J'avais un beau style, je le savais, bien meilleur que celui de mon frère, j'étais bon en crawl comme en brasse, alors que lui ne connaissait que la brasse, et encore, il la pratiquait à petit bras.

Il regarda Antoine. Appuyé contre la balustrade, celui-ci tournait le dos à la pointe et ne le quittait pas des yeux.

– Dans l'eau, je multipliais les allers-retours en crawl accéléré, les plongeons à plat depuis la berge, les passages de brasse coulée, je m'esquintais à tout faire à la perfection. Mais c'était à Pierre que mon père réservait ses compliments. Pour moi, pas un mot. Je me disais qu'il veillait à ce que Pierre ne soit pas jaloux, et que c'était la marque d'un homme bon.

Antoine le tança du regard :

— Tu m'as amené ici pour me dire que tu as souffert ?

Bénédict secoua lentement la tête :

— Tu vois ces deux fleuves ? À compter de cet endroit précis où nous nous trouvons, on aurait pensé qu'ils ne feraient qu'un. Et pourtant non. Ils restent séparés. Il n'y a pas de jonction. Il n'y a que de la solitude, chacun dans sa moitié de lit. Aussi loin que l'on puisse voir, il n'y a pas de vraies retrouvailles.

— Pourquoi me dis-tu ça ?

— Je n'ai jamais réussi à te parler comme j'aurais dû. J'ai grandi avec la conviction qu'exprimer ses faiblesses était une faiblesse. Il m'a fallu vivre les bouleversements de ces dernières semaines pour comprendre que montrer ses failles, c'est le contraire d'une faille. Tu m'écoutes encore ?

Les yeux baissés, Antoine fit oui de la tête.

— Je n'ai pas été à la hauteur avec toi, je le sais. Je ne l'ai pas été avec mon père non plus. Je pourrais l'accabler, il n'était pas un père parfait. Mais je n'ai jamais osé m'opposer à lui comme tu l'as fait avec moi. Pierre avait le même père que moi, et quels que soient ses ennuis, il a fait une carrière brillante. On se marre bien avec Pierre, disais-tu. Quoi d'étonnant ? Il est drôle. Il a de l'humour. Il est capable de se moquer de lui-même. Ce n'est pas mon cas. J'espère que tu sauras partager tes doutes, tes angoisses, montrer tes failles. Que tu feras un meilleur homme que moi. Plus libre. Plus fort.

Il regarda son fils et vit que celui-ci pleurait.

– Ils sont bizarres, ces deux fleuves, tu ne trouves pas ? Au moment où ils se touchent, on dirait qu'ils se tournent le dos. Qu'aucun des deux ne veut entendre parler de l'autre. Pourtant, une chose est certaine. Ils finiront par se fondre l'un dans l'autre.

Il caressa les cheveux de son fils et lui proposa de rentrer.

Rome, le 25 juillet
Casa Santa Marta
20 heures

– Vue sur la mer ? demanda le maître d'hôtel.
– Dernier coucher de soleil, répondit Fernandez-Diaz d'un ton désabusé.

Le lendemain, il serait à Madrid et le surlendemain à Salamanque. En septembre, il reprendrait son enseignement à l'Université apostolique.
Pendant qu'il contournait les quelques tables qui le séparaient de sa place habituelle, il ne salua personne. Il n'aurait reçu en retour que de petits hochements de tête, certains cachant un regret sincère, d'autres une mauvaise joie. De toute façon, des uns ou des autres, il n'avait que faire.
Une fois assis, il observa longuement la place qu'occupait le pape jusqu'à la tentative d'attentat. Elle était vide. Les services de sécurité du Vatican avaient imposé qu'il s'installe au Palais pontifical, plus facile à sécuriser qu'une Casa Santa Marta ouverte aux quatre vents.

Me he equivocado ! se répétait Fernandez-Diaz depuis le 29 juin. Je me suis trompé. Leur plan avait raté, le pape était toujours vivant, et tout était à recommencer.

Le matin même il avait été reçu par le Saint Père. Il quittait la Curie, c'était l'usage.

À son arrivée, celui-ci n'avait pas quitté son fauteuil. Fernandez-Diaz s'était approché de lui autant qu'il le pouvait, et, le touchant presque, lui avait lancé :

– *Me he equivocado.*

Le pape avait soutenu son regard sans dire un mot.

– *Y tù tanbién.* Et toi aussi, avait ajouté Fernandez-Daiaz. Et tel que je te connais, tu continueras à te tromper jusqu'à ton dernier souffle. Pour le malheur de notre Sainte Église.

Le Saint-Père n'avait pas bronché. Il ne se faisait aucune illusion sur Fernandez-Diaz. C'était un vautour qui visait sa place. Des attentats avortés, il devait connaître chaque détail.

Après une longue minute, Fernandez-Diaz avait murmuré : « Dommage pour l'Église » avant de quitter la pièce.

Lui et les siens n'auraient pas dû faire confiance à cet abruti de Bartolomeo. Il était mort sans avouer, c'était déjà ça. Mais leur erreur fondamentale était ailleurs. Leurs pensées s'étaient focalisées sur ce qui les opposait au pape et à sa ligne de gauchiste bien-pensant. Quelle idiotie ! Ils n'avaient fait que répéter les errements de Scanziani, Valsangiacomo, et de tous ceux qui s'étaient amusés à guerroyer au sein de la Curie. À monter une moitié de l'Église contre l'autre, ils ne pouvaient que perdre. S'ils voulaient avoir la moindre chance de jeter hors d'Europe ces voyous d'islamistes, ce n'était pas en se faisant la guerre. Catho contre catho, c'était la bêtise suprême. Il fallait qu'ils s'unissent, et dans ce mouvement d'union, c'était à ceux qui croyaient en une Église forte de s'imposer. Une Église puissante. Radicale. Capable de prendre acte d'une découverte scientifique sans en faire une maladie! La Terre n'était pas le centre de l'Univers? La belle affaire ! Elle tournait autour du Soleil, Copernic avait raison, et alors ? Le monde entier s'en fichait. La Terre restait le centre spirituel de l'Univers, voilà tout. Une Église forte aurait réglé la question en affirmant son autorité spirituelle, au lieu de s'entre-déchirer.

Pour chasser les islamistes jusqu'au dernier, il fallait que l'Église ait foi en elle. Qu'elle montre sa puissance. Qu'elle soit dominatrice. Hier, face à la Réforme, aujourd'hui face au djihâd. Chaque fois, un seul langage à tenir: la force. Pas une Église de pleutres. Il est vrai que des pleutres, il y en avait plein les couloirs, à la Curie. C'étaient eux qu'il fallait commencer par chasser. Eux et leur christianisme geignard. Un christianisme de pacotille, indigne du Christ et de son message. Là se situait le premier champ de bataille. Une fois cette victoire remportée, les islamistes auraient à qui parler...

Le plus intelligent de tous, cela avait été Paolo il Nano. Lui avait tout compris. Son Christ, c'était le vrai Christ. Debout. Fort. Puissant. Les sarments de vigne qui partaient de ses douze doigts et entouraient les signes du Zodiaque d'un bois dur étaient porteurs de vie, de richesse. Maître des astres et des horloges, son Christ dominait le Monde.

Oui vraiment, il avait tout compris et ces imbéciles l'avaient assassiné. *Basta con un Cristo triste*, avait-il dû se dire. Fernandez-Diaz aussi en avait assez des *Christ sur la croix*, ou des *Déploration*, ou encore des *Descente de la croix*, et même des *Christ ressuscité*. Ici, il était faible. Là, il était ailleurs. Ressuscité mais ailleurs. Inopérant. Les hommes avaient besoin d'un maître. D'un Christ vent debout.

Il pensa à son premier semestre d'enseignement et s'en réjouit. Il avait choisi pour sujet : « Interprétation des Évangiles au prisme de l'art sacré ». Avec, pour commencer : « Étude du Christ aux douze doigts, le chef-d'œuvre de Paolo il Nano ».

– Blanc de poulet et pâtes à l'huile? demanda le maître d'hôtel.

Carnaval noir

– Régime strict, laissa tomber Fernandez-Diaz.

Pas question de se laisser aller. Il irait nager sept jours sur sept, tôt le matin. Au Parador durant la belle saison, l'hôtel avait une piscine magnifique. Sinon, ce serait au Garrido, avec le petit peuple. Tant pis.

Il fallait qu'il soit au mieux de sa forme lorsque la guerre allait reprendre .

Cet ouvrage a été imprimé en France
par CPI
en décembre 2018

Mise en pages Maury-Imprimeur

Grasset s'engage pour
l'environnement en réduisant
l'empreinte carbone de ses livres.
Celle de cet exemplaire est de :
950 g éq. CO₂
Rendez-vous sur
www.grasset-durable.fr

PAPIER À BASE DE
FIBRES CERTIFIÉES

N° d'édition : 20792 - N° d'impression : 2041827
Dépôt légal : août 2018
Nouveau tirage, dépôt légal : décembre 2018